COLLECTION FOLIO

Chimamanda Ngozi Adichie

Autour de ton cou

Traduit de l'anglais (Nigeria)
par Mona de Pracontal

Gallimard

Titre original :
THE THING AROUND YOUR NECK

Chimamanda Ngozi Adichie est née en 1977 au Nigeria, où elle vit aujourd'hui. Elle est originaire d'Abba, dans l'État d'Anambra, mais a grandi dans la ville universitaire de Nsukka, où elle a fait sa scolarité. Ses nouvelles ont été publiées dans de nombreuses revues littéraires, notamment dans *Granta*. Son premier roman, *L'hibiscus pourpre*, a été sélectionné pour l'Orange Prize et le Booker Prize. *L'autre moitié du soleil* a reçu l'Orange Prize.

Pour Ivara

CELLULE UN

La première fois que notre maison a été cambriolée, c'était notre voisin Osita qui avait grimpé par la fenêtre de notre salle à manger et volé notre télé, notre magnétoscope et les cassettes de *Purple Rain* et *Thriller* que mon père avait rapportées d'Amérique. La seconde fois, le second cambriolage, c'était mon frère Nnamabia qui avait simulé une effraction et volé les bijoux de ma mère. Ça s'est passé un dimanche. Mes parents étant partis rendre visite à nos grands-parents dans notre ville natale, Nnamabia et moi sommes allés seuls à la messe. C'est lui qui a conduit la Peugeot 504 verte de ma mère. Nous nous sommes assis côte à côte à l'église, comme nous en avions l'habitude, mais sans échanger de coups de coude ni de rires étouffés devant le chapeau hideux d'Unetelle ou le caftan élimé d'Untel, car Nnamabia est parti sans un mot au bout d'une dizaine de minutes. Il est revenu juste avant que le prêtre dise : « La messe est finie. Allez en paix. » J'étais un peu vexée. Je supposais qu'il était parti fumer et voir une fille, profitant de disposer, pour une fois, de l'auto à lui tout seul, mais il aurait pu me dire où il allait, au moins. Nous avons fait le trajet du retour en silence, et lorsque Nnamabia s'est garé dans la longue allée de notre maison, je me suis attardée pour cueillir des fleurs d'ixora pendant qu'il ouvrait la porte. En entrant, je l'ai trouvé planté au beau milieu du salon.

« On a été cambriolés ! » m'a-t-il dit en anglais.

Il m'a fallu un moment pour comprendre, pour accuser réception du désordre de la pièce. Je n'ai pas pu m'empêcher de trouver que ces tiroirs grands ouverts avaient quelque chose de théâtral, comme si l'auteur du délit avait voulu impressionner ceux qui le découvriraient. Peut-être était-ce tout simplement que je connaissais si bien mon frère. Plus tard, au retour de mes parents, quand les voisins ont commencé à s'attrouper pour dire *ndo* en claquant des doigts et secouant les épaules, j'ai compris, assise seule en haut dans ma chambre, quel était ce malaise au creux de mon ventre : c'était Nnamabia qui avait fait le coup, je le savais. Mon père le savait aussi. Il a fait remarquer que les lames orientables de la fenêtre avaient été retirées de l'intérieur et non de l'extérieur (Nnamabia était bien trop intelligent pour une telle erreur ; peut-être avait-il dû se dépêcher pour arriver à l'église avant la fin de la messe) et que le cambrioleur savait exactement où se trouvaient les bijoux de ma mère : dans le coin gauche de sa malle en métal. Nnamabia a rivé sur mon père un regard aussi solennel qu'offensé, et dit : « Je sais que je vous ai causé de terribles souffrances à tous les deux par le passé, mais jamais je ne bafouerais votre confiance de cette façon. » Il parlait en anglais et employait des mots inutiles tels que « terribles souffrances » et « bafouer », comme il le faisait toujours lorsqu'il était sur la défensive. Là-dessus, il est sorti par la porte de derrière et n'est pas rentré à la maison ce soir-là. Ni le lendemain soir. Ni le surlendemain soir. Il est revenu quinze jours plus tard, hâve, en pleurs, l'haleine chargée de bière, en disant qu'il s'excusait mais qu'il avait mis les bijoux en gage chez des commerçants haoussas d'Enugu et que tout l'argent était dépensé.

« Combien t'ont-ils donné pour mon or ? » a demandé ma mère, et à sa réponse, elle a porté les mains à la tête et crié : « Oh ! Oh ! *Chi m egbuo m !* Mon dieu m'a tuée ! » À croire qu'elle trouvait que la moindre des choses eût été qu'il en obtienne un bon prix. Je l'aurais giflée. Mon père a demandé à Nnamabia d'écrire un rapport : comment il avait vendu les bijoux, en quoi il avait dépensé l'argent, avec qui il l'avait dépensé. Je ne pensais pas que Nnamabia dirait la vérité et je ne crois pas que mon père s'y attendait non plus, mais il aimait les rapports, mon professeur de père, il aimait que les choses soient dûment consignées et documentées. Par ailleurs, Nnamabia avait dix-sept ans et une barbe taillée avec soin. Il se trouvait dans cet intervalle entre le lycée et l'université, trop âgé pour les coups de bâton : qu'aurait pu faire mon père ? Une fois que

Nnamabia eut écrit le rapport, il l'a rangé dans le bloc-tiroir en acier de son cabinet de travail, où il gardait nos documents scolaires.

« Quand je pense qu'il a pu faire une peine pareille à sa mère », a marmonné mon père, et c'est la dernière chose qu'il en a dite.

Nnamabia, pourtant, n'avait pas cherché à lui faire de la peine. Il avait agi de la sorte parce que les bijoux de ma mère étaient les seuls objets de valeur à la maison : toute une vie d'articles en or massif amassés tour à tour. Il avait agi de la sorte, aussi, parce que d'autres fils de professeur le faisaient. C'était la saison des vols dans notre paisible campus de Nsukka. Ces garçons qui avaient grandi avec *Sesame Street* et Enid Blyton, mangé des corn flakes au petit déjeuner toute leur enfance durant et porté des sandalettes soigneusement cirées pour aller à l'école primaire du personnel universitaire, les voilà qui découpaient aujourd'hui les moustiquaires des fenêtres de leurs voisins, en retiraient les lames de verre et grimpaient dans les maisons pour voler télévisions et magnétoscopes. Nous connaissions les voleurs. Le campus de Nsukka était tellement petit — avec ses maisons alignées dans des rues bordées d'arbres, séparées seulement par des haies basses — que nous ne pouvions pas ne pas savoir qui volait. Pourtant, quand leurs parents, tous professeurs, se croisaient au club des enseignants, à l'église ou à une réunion du conseil de faculté, ils continuaient de se plaindre de la racaille de la ville qui venait commettre des cambriolages dans leur sacro-saint campus.

Les garçons qui volaient étaient les plus populaires. Le soir, ils prenaient la voiture de leurs parents et roulaient le siège repoussé en arrière, bras tendus pour tenir le volant. Osita, le voisin qui nous avait délestés de notre télévision quelques semaines à peine avant l'incident de Nnamabia, était agile et beau, dans le genre ténébreux, et il se mouvait avec une grâce féline. Ses chemises étaient toujours impeccablement repassées ; lorsque je regardais de l'autre côté de la haie et que je l'apercevais, je fermais les yeux et je m'imaginais qu'il avançait vers moi, qu'il venait me prendre. Il ne me remarquait jamais. Le jour où il nous a cambriolés, mes parents ne sont pas allés chez le professeur Ebube lui demander d'exiger de son fils qu'il nous rapporte nos affaires. Ils ont dit en public que c'était la racaille de la ville. Mais ils savaient que c'était Osita. Osita avait deux ans de plus que Nnamabia ; la plupart des garçons qui volaient étaient un peu plus âgés que Nnamabia, et peut-être était-ce la raison pour laquelle Nnamabia n'avait pas cambriolé la maison de quelqu'un d'autre. Peut-être qu'il ne se sentait pas assez âgé, pas assez qualifié, pour s'attaquer à plus gros morceau que les bijoux de ma mère.

Nnamabia était tout le portrait de ma mère, avec son teint de miel, ses grands yeux et sa bouche généreuse aux courbes parfaites. Lorsqu'elle nous emmenait au marché, les marchands la hélaient :

« Hé ! Madame, pourquoi avez-vous gaspillé votre peau claire sur un garçon et laissé la fille si brune ? Qu'est-ce qu'il fabrique avec toute cette beauté, le garçon ? » Et ma mère gloussait comme si elle assumait avec un plaisir malicieux la responsabilité du physique avantageux de mon frère. Quand, à l'âge de onze ans, Nnamabia a cassé le carreau de sa salle de classe d'un jet de pierre, ma mère lui a donné de l'argent pour le remplacer, sans en dire un mot à mon père. Quand il a perdu des livres de la bibliothèque en classe 2, elle a dit à sa professeure principale que c'était notre boy qui les avait volés. En classe 3, quand il s'est avéré qu'il n'avait pas assisté à un seul cours de catéchisme alors qu'il partait exprès plus tôt tous les jours, et qu'il ne pourrait donc pas recevoir la sainte communion, elle a raconté aux autres parents qu'il avait eu une crise de paludisme le jour de l'examen. Quand il a pris la clé de la voiture de mon père et l'a enfoncée dans un savon que mon père a découvert avant qu'il ait pu le porter à un serrurier, elle a vaguement protesté qu'il s'était juste livré à une expérience et que ça ne voulait rien dire. Quand il a volé les sujets d'examen dans le bureau de mon père et les a vendus à ses étudiants, elle s'est fâchée contre lui, mais a dit ensuite à mon père que Nnamabia avait seize ans, après tout, et qu'il était vraiment temps de lui augmenter son argent de poche.

J'ignore si Nnamabia éprouvait des remords d'avoir volé ses bijoux. Je ne pouvais pas toujours lire sur le visage aimable et souriant de mon frère ce qu'il ressentait véritablement. Et nous n'en parlions pas. Bien que les sœurs de ma mère lui aient envoyé leurs boucles d'oreilles en or, qu'elle-même ait acheté à tempérament une parure boucles d'oreilles-pendentif à Mme Mozie, cette grande dame qui importait de l'or d'Italie, et qu'elle ait pris sa voiture tous les mois pour aller chez Mme Mozie lui verser ses règlements, nous n'avons jamais reparlé, passé ce jour, du fait que Nnamabia lui avait volé ses bijoux. Comme si faire semblant que Nnamabia n'avait pas commis les actes qu'il avait commis allait lui donner la possibilité d'un nouveau départ. Le cambriolage n'aurait peut-être plus jamais été évoqué si Nnamabia n'avait pas été arrêté trois ans plus tard, en troisième année d'université, et retenu au poste de police.

C'était la saison des sectes dans notre paisible campus de Nsukka. C'était l'époque où l'on pouvait voir, partout dans l'université, des panneaux clamant en grosses lettres : DITES NON AUX SECTES. La Black Axe, les Buccaneers, les Pirates étaient les plus connues. Peut-être s'agissait-il juste de confréries inoffensives, au début, mais elles avaient évolué et on les appelait maintenant des « sectes » ; des jeunes de dix-huit ans qui maîtrisaient le pas chaloupé des clips de rap américains se soumettaient à des initiations étranges et secrètes, après quoi on en retrouvait parfois un ou deux morts sur Odim Hill. Les armes à feu, les fidélités trahies et les haches étaient devenues monnaie courante. Les guerres de secte étaient devenues monnaie courante : un garçon reluquait une fille, celle-ci s'avérait la petite amie du Capone de la Black Axe, et plus tard le garçon, en allant au kiosque acheter une cigarette, prenait un couteau dans la cuisse, or c'était un membre des Buccaneers, du coup ses camarades Buccaneers allaient dans un bar à bière et tiraient une balle dans l'épaule du Black Axe le plus proche, puis, le lendemain, un Buccaneer était abattu au réfectoire, son corps s'écroulait sur les bols de soupe en aluminium, et ce soir-là un Black Axe était tué à coups de hache dans sa chambre, dans une résidence pour boys du quartier des enseignants, le sang éclaboussait son lecteur de CD. C'était absurde. C'était tellement anormal que cela en est vite devenu normal. Les filles restaient dans leurs chambres de foyer après les cours et les enseignants tremblaient quand une mouche bourdonnait trop fort ; les gens avaient peur. Alors on a fait venir la police. Les agents se sont mis à sillonner le campus dans leurs Peugeot 505 bleues bringuebalantes en pointant leurs fusils rouillés par les vitres, gratifiant les étudiants de regards sévères. Nnamabia rentra de cours en riant. Il estimait que la police allait devoir faire mieux ; tout le monde savait que les garçons des sectes avaient des armes plus modernes.

Mes parents scrutaient le visage rieur de Nnamabia avec une inquiétude silencieuse et je savais qu'eux aussi se demandaient s'il faisait partie d'une secte. Je me disais parfois que oui. Les garçons des sectes étaient populaires, or Nnamabia était très populaire. Les garçons le hélaient par son surnom en criant quand il passait : « Le Funk ! » et ils lui serraient la main ; quant aux filles, surtout les « Big Chicks », les nanas populaires du campus, elles le serraient trop longuement dans leurs bras pour lui dire bonjour. Il était de toutes les fêtes, les fêtes sages du campus comme celles, plus débridées, qui se donnaient en ville, et c'était le genre d'homme à femmes qui était aussi un mec à copains, le genre qui fumait un paquet de Rothmans par jour et avait la réputation de pouvoir descendre une caisse de bières Star en une seule séance. À d'autres moments, je me disais qu'il ne faisait pas partie d'une secte précisément parce qu'il était tellement populaire, et que ce serait plus son genre d'être en bons termes avec tous les garçons des différentes sectes, et l'ennemi d'aucun. Je n'étais pas entièrement sûre, par ailleurs, que mon frère ait en lui ce qu'il fallait — comme aplomb ou manque de confiance en soi — pour entrer dans une secte. La seule fois où je lui ai demandé s'il faisait partie d'une secte, il m'a lancé un regard surpris entre ses cils longs et épais, comme si j'aurais dû avoir assez de jugeote pour ne pas poser cette question, avant de me répondre : « Bien sûr que non. » Je l'ai cru. Mon père le croyait, lui aussi. Mais le fait que nous le croyions ne changeait pas grand-chose, car il avait déjà été arrêté et accusé d'appartenir à une secte. Il m'a dit ceci — ce « Bien sûr que non » — à notre première visite au poste de police où il était détenu.

Voici comment ça s'était passé. Par un lundi humide, quatre membres de secte embusqués à l'entrée du campus ont agressé une professeure en Mercedes rouge. Ils lui ont mis un pistolet sur la tempe, l'ont jetée hors de sa voiture, ont roulé jusqu'à la Faculté d'ingénierie où ils ont abattu trois étudiants qui sortaient de leurs amphis. Il était midi. J'étais dans une salle voisine, et lorsque nous avons entendu claquer les coups de feu, notre enseignant a été le premier à sortir de la salle en courant. Des cris ont résonné et, soudain, ça a été dans les escaliers une bousculade d'étudiants ne sachant pas trop par où s'enfuir. Dehors, trois corps gisaient sur la pelouse. La Mercedes rouge avait disparu dans un hurlement de pneus. De nombreux étudiants ont emballé quelques affaires à la hâte et les conducteurs d'*okada* leur ont fait payer double tarif pour les conduire au parking. Le président de l'université a annoncé que les cours du soir étaient annulés et que tout le monde devait rester à l'intérieur après 21 heures. Je ne trouvais pas cela très fondé puisque la tuerie avait eu lieu en plein jour, et peut-être Nnamabia n'a-t-il pas trouvé cela fondé non plus car, le premier jour du couvre-feu, il n'était pas à la maison à 21 heures et il n'est pas rentré de la soirée. J'ai supposé qu'il était resté chez un ami ; de toute façon, il ne rentrait pas toujours à la maison. Le lendemain matin, un agent de sécurité est venu dire à mes parents que Nnamabia avait été arrêté avec des garçons de secte dans un bar et emmené dans un fourgon de police. « *Ekwuzikwana !* Ne me dites pas ça ! » a hurlé ma mère. Mon père a calmement remercié l'agent de sécurité. Il nous a conduites au poste de police de la ville. Là, un agent qui mâchouillait un vieux capuchon de stylo-bille nous a dit : « Vous voulez parler de ces garçons de secte arrêtés hier soir ? On les a emmenés à Enugu. C'est une affaire très grave ! Nous devons mettre fin à ces problèmes de sectes une bonne fois pour toutes ! »

Nous sommes retournés à la voiture, tous en proie à une peur nouvelle. Nsukka — notre campus lent, coupé du monde, et la ville, encore plus lente et coupée du monde — était gérable ; mon père connaissait probablement le commissaire. Enugu, en revanche, c'était l'anonymat, la capitale d'État où il y avait la Division mécanisée de l'armée nigériane, le siège central de la police, et des contractuels aux carrefours les plus fréquentés. C'était là où la police pouvait faire ce qu'elle avait la réputation de faire lorsqu'elle était soumise à une obligation de résultat : tuer des gens.

Le commissariat d'Enugu se trouvait dans une concession très étendue, entourée de murs et pleine de bâtiments ; des voitures poussiéreuses et abîmées s'empilaient à l'entrée, devant le panneau BUREAU DU COMMISSAIRE DE POLICE. Mon père s'est dirigé vers le pavillon rectangulaire situé à l'autre bout de la concession. Ma mère a soudoyé les deux policiers de l'accueil avec de l'argent, du riz *jollof* et de la viande, le tout emballé dans un sac en plastique noir étanche, et ils ont autorisé Nnamabia à sortir de sa cellule et s'asseoir avec nous sur un banc sous un parasolier. Personne ne lui a demandé pourquoi il était resté dehors ce soir-là alors qu'il savait qu'un couvre-feu avait été imposé. Personne n'a dit que les policiers avaient eu une conduite irrationnelle en entrant dans un bar et en arrêtant tous les garçons qui s'y trouvaient, ainsi que le barman. Nous nous sommes contentés d'écouter Nnamabia parler. Il était assis à cheval sur le banc de bois, une boîte thermos pleine de riz et de poulet devant lui, les yeux brillants d'impatience : un artiste sur le point de se produire.

« Si le Nigeria était dirigé comme cette cellule, a-t-il dit, il n'y aurait plus de problèmes dans ce pays. Tout est très organisé. Notre cellule a un chef qu'on appelle le général Abacha, lequel a un commandant en second. Quand vous arrivez, vous devez leur donner de l'argent. Sinon, vous êtes mal.

— Et tu avais de l'argent ? » a demandé ma mère.

Nnamabia a souri, le visage encore embelli par une piqûre d'insecte qui faisait un bouton sur son front, et dit en ibo qu'il avait glissé son argent dans son anus peu après l'arrestation au bar. Il savait que les policiers le prendraient s'il ne le cachait pas et il savait qu'il en aurait besoin pour acheter sa paix en cellule. Il a mordu dans un pilon de poulet frit et il est passé à l'anglais.

« Le général Abacha a été impressionné par la façon dont j'avais caché mon argent. Je suis docile avec lui. Je passe mon temps à l'encenser. Quand les hommes nous ont demandé, à tous les nouveaux venus, de sauter en grenouille en nous tenant par les oreilles pendant qu'ils chantaient, il m'a fait arrêter au bout de dix minutes. Les autres ont dû continuer presque une demi-heure. »

Ma mère a refermé les bras sur ses épaules, comme si elle avait froid. Mon père, qui n'a rien dit, observait attentivement Nnamabia. Et je l'ai imaginé, mon frère docile, roulant des billets de cent naira en fines cigarettes puis glisser la main dans le dos de son pantalon pour les insérer douloureusement dans son corps.

Plus tard, sur le trajet de retour à Nsukka, mon père a dit :

« C'est ce que j'aurais dû faire quand il a cambriolé la maison. J'aurais dû le faire enfermer dans une cellule. »

Ma mère regardait silencieusement par la vitre.

« Pourquoi ? ai-je demandé.

— Parce qu'il est secoué, pour une fois. Tu n'as pas remarqué ? » m'a demandé mon père avec un petit sourire.

Je n'avais pas remarqué. Pas ce jour-là. Nnamabia m'avait eu l'air d'aller bien, avec son argent glissé dans son anus, tout ça.

Le premier choc, pour Nnamabia, ce fut de voir le Buccaneer sangloter. C'était un garçon grand et coriace ; on le disait l'auteur d'une des tueries, en lice pour devenir Capone le semestre suivant, pourtant depuis que le chef lui avait donné un coup sur l'arrière de la tête, il était recroquevillé dans la cellule et sanglotait. Nnamabia me l'a raconté à notre visite du lendemain, d'une voix où perçaient à la fois le dégoût et la déception ; on aurait cru qu'il avait brusquement découvert, malgré lui, que l'Incroyable Hulk se réduisait à une couche de peinture verte. Son deuxième choc, quelques jours plus tard, ce fut la Cellule Un, la cellule voisine de la sienne. Deux policiers avaient sorti de la Cellule Un le corps gonflé d'un mort, en prenant bien soin de s'arrêter devant la cellule de Nnamabia pour que tout le monde le voie.

Même le chef de sa cellule semblait redouter la Cellule Un. Quand Nnamabia et ses compagnons, ceux qui pouvaient se payer l'eau vendue dans d'anciens seaux à peinture, étaient emmenés dans la cour pour faire leur toilette, les policiers qui les surveillaient leur criaient souvent : « Arrêtez, ou c'est la Cellule Un tout de suite ! » La Cellule Un, Nnamabia en faisait des cauchemars. Il était incapable d'imaginer pire endroit que sa cellule, tellement surpeuplée qu'il restait souvent debout, appuyé contre le mur fissuré. De minuscules *kwalikwata* vivaient dans les fissures et leurs piqûres étaient mauvaises, et quand il laissait échapper un petit cri ses compagnons le traitaient de jeunot nourri au lait et aux bananes, de petit étudiant, de yéyé boy — de crâneur.

Elles étaient trop minuscules pour infliger des

piqûres aussi douloureuses, ces bestioles. Le pire, c'était la nuit, lorsqu'ils devaient tous dormir sur le côté, tête-bêche, à part le chef qui étalait généreusement son dos au sol. C'était le chef qui faisait le partage des assiettes de *garri* et de soupe trop claire qu'on déposait dans la cellule tous les jours. Chacun avait droit à deux bouchées. Nnamabia nous l'a raconté la première semaine. En l'écoutant parler, je me suis demandé si les insectes du mur le piquaient au visage, aussi, ou si les boutons qui recouvraient son front provenaient d'une infection. Certains étaient couronnés de pus blanc crème. Il s'est gratté tout en disant :

« Aujourd'hui, j'ai dû faire caca debout dans un sac étanche. Les toilettes étaient trop pleines. Ils ne tirent la chasse d'eau que le samedi. »

Il parlait d'un ton mélodramatique. J'avais envie de lui dire de se taire, parce qu'il prenait plaisir à son nouveau rôle de victime de traitements indignes, et parce qu'il ne comprenait pas la chance qu'il avait que les policiers l'autorisent à sortir et manger notre nourriture, ni à quel point il avait été stupide de veiller au bar ce soir-là, et combien ses chances d'être relâché étaient minces.

Nous lui avons rendu visite tous les jours de la première semaine. Nous prenions la vieille Volvo de mon père, considérant que la Peugeot 504 de ma mère, encore plus vieille, n'était pas fiable pour des trajets hors de Nsukka. Je remarquais une différence chez mes parents lorsque nous passions les postes de contrôle de la police sur la route — une différence ténue, mais réelle. Mon père ne se lançait plus, aussitôt qu'on nous faisait signe de repartir, dans un monologue sur l'analphabétisme et la corruption des policiers. Il n'évoquait plus le jour où ils nous avaient fait attendre une heure parce qu'il avait refusé de leur graisser la patte, ni la fois où ils avaient arrêté un bus où se trouvait ma ravissante cousine Ogechi et s'en étaient pris à elle — ils l'avaient traitée de pute parce qu'elle avait deux téléphones portables, et ils lui avaient réclamé tant d'argent qu'elle s'était mise à genoux par terre sous la pluie pour les supplier de la laisser partir car son bus avait déjà reçu l'autorisation de reprendre la route. Ma mère ne marmonnait pas : « Ils ne sont que les symptômes d'un malaise plus grand. » Non, mes parents gardaient le silence. Comme si refuser de formuler leurs critiques habituelles sur la police pouvait Dieu sait comment amener la libération imminente de Nnamabia. « Délicat » était le mot employé par le commissaire de Nsukka. Il serait délicat de relâcher Nnamabia prochainement, d'autant plus que le commissaire d'Enugu accordait à la télévision des interviews où il parlait des membres de sectes avec une jubilation fanfaronne. Le problème des sectes était grave. Les Hommes Importants d'Abuja suivaient les évènements. Tout le monde voulait donner l'impression d'être actif.

La deuxième semaine, j'ai dit à mes parents que nous n'irions pas voir Nnamabia. Nous ne savions pas pendant combien de temps encore nous allions devoir continuer d'y aller, l'essence était trop chère pour faire trois heures de voiture quotidiennement et cela ne ferait pas de mal à Nnamabia de se débrouiller seul pour une journée.

Mon père m'a regardée avec surprise et demandé :

« Qu'est-ce que tu veux dire ? »

Ma mère m'a toisée de la tête aux pieds et s'est dirigée vers la porte en disant que personne ne me suppliait de venir ; je pouvais rester à la maison sans rien faire pendant que mon frère innocent souffrait. Elle approchait déjà de la voiture et je lui ai couru après ; arrivée dehors, ne sachant pas trop quoi faire, j'ai ramassé une pierre à côté du massif d'ixora et l'ai lancée contre le pare-brise de la Volvo. Le pare-brise s'est fissuré. J'ai entendu le craquement et vu les lignes minuscules courir sur le verre comme des rayons, avant de faire demi-tour et foncer m'enfermer dans ma chambre pour échapper à la fureur de ma mère. Je l'ai entendue crier. J'ai entendu la voix de mon père. Finalement le silence s'est fait, et je n'ai pas entendu la voiture démarrer. Personne n'est allé voir Nnamabia, ce jour-là. Elle m'a étonnée, cette petite victoire.

Nous lui avons rendu visite le lendemain. Nous n'avons pas dit un mot sur le pare-brise, bien que les fissures s'y soient déployées comme des rides sur un ruisseau gelé. Le policier de l'accueil, l'agent aimable à la peau foncée, a demandé pourquoi nous n'étions pas venus la veille ; le riz *jollof* de ma mère lui avait manqué. Je m'attendais à ce que Nnamabia pose la même question, voire qu'il soit fâché, mais il avait une expression étrangement grave, que je ne lui avais jamais connue jusqu'alors. Il n'a pas fini son riz. Son regard fuyait sans cesse vers le tas de voitures à demi calcinées à l'autre bout de la concession, des épaves d'accidents.

« Qu'est-ce qu'il y a ? » lui a demandé ma mère, et Nnamabia s'est mis à parler presque aussitôt, comme s'il avait attendu la question.

Il a parlé en ibo, d'un ton égal, sans inflexion de voix. On avait jeté un vieil homme dans sa cellule la veille, un homme d'environ soixante-quinze ans, aux cheveux blancs, à la peau finement ridée, qui avait le raffinement désuet d'un fonctionnaire incorruptible à la retraite. Son fils était recherché pour vol à main armée et les policiers, ne parvenant pas à trouver le fils, avaient décidé de le mettre sous les verrous à sa place.

« Cet homme n'a rien fait, a dit Nnamabia.

— Mais tu n'as rien fait non plus », a dit ma mère.

Nnamabia a secoué la tête comme si elle ne comprenait pas. Les jours suivants, il a paru plus éteint. Il parlait moins, et parlait surtout du vieil homme : qu'il n'avait pas d'argent et ne pouvait pas acheter d'eau pour se laver, que les autres se moquaient de lui ou l'accusaient de cacher son fils, que le chef l'ignorait et qu'il avait l'air effrayé et terriblement petit.

« Sait-il où est son fils ? a demandé ma mère.

— Il n'a pas vu son fils depuis quatre mois », a répondu Nnamabia.

Mon père a fait une remarque, comme quoi la question n'était pas que l'homme sût ou non où se trouvait son fils.

« Bien sûr que non, a dit ma mère. C'est mal, mais c'est ce que la police fait tout le temps. S'ils n'arrivent pas à attraper la personne qu'ils recherchent, ils jettent en prison son père, sa mère ou un de ses parents. »

Mon père s'est passé la main sur le genou — en signe d'impatience. Il ne comprenait pas pourquoi ma mère énonçait une évidence.

« Cet homme est malade, a dit Nnamabia. Ses mains tremblent sans arrêt, même quand il dort. »

Mes parents se sont tus. Nnamabia a refermé la boîte thermos et s'est tourné vers mon père.

« Je voudrais lui en donner, de ce riz, mais si je le rapporte dans la cellule, le général Abacha va le prendre. »

Mon père est allé demander au policier de l'accueil si nous pouvions être autorisés à voir le vieil homme de la cellule de Nnamabia pendant quelques minutes. L'agent de service était celui à la peau claire et aux manières acerbes, qui ne disait jamais merci quand ma mère lui tendait le riz et le pot-de-vin. Il a ricané au nez de mon père et rétorqué qu'il risquait déjà son poste en autorisant Nnamabia à sortir, et malgré cela nous demandions que quelqu'un d'autre ait la permission de sortir ? Nous nous imaginions peut-être que c'était jour de visite au pensionnat ? Nous ne savions pas qu'ici, c'était un lieu de détention de haute sécurité pour les éléments criminels de la société ? Mon père est revenu s'asseoir en soupirant, et Nnamabia a gratté sans un mot son visage couvert de boutons.

Le lendemain, Nnamabia a à peine touché à son riz. Il a raconté que les policiers avaient aspergé les murs et le sol de la cellule d'eau de lessive en guise de nettoyage, comme ils en avaient l'habitude, et que le vieil homme, qui ne pouvait pas se payer de l'eau, qui ne s'était pas lavé depuis une semaine, s'était rué dans la cellule en arrachant sa chemise et avait frotté son dos frêle contre le sol mouillé de détergent. Les policiers s'étaient mis à rire en le voyant faire et lui avaient ordonné d'enlever ses vêtements et de défiler dans le couloir devant la cellule, et lorsqu'il s'était exécuté, ils avaient ri de plus belle en lui demandant si son fils le voleur savait que le pénis de papa était tout ratatiné. Nnamabia parlait le regard rivé sur son riz jaune orangé et lorsqu'il a relevé la tête, j'ai vu les yeux de mon frère s'emplir de larmes — mon frère le mondain — et j'ai éprouvé pour lui une tendresse que je n'aurais pas su expliquer si on me l'avait demandé.

Deux jours plus tard, il s'est produit une nouvelle violence de secte : un garçon en a massacré un autre à coups de hache juste devant le département de musique.

« C'est bien », a dit ma mère. Mes parents se préparaient pour aller revoir le commissaire de police de Nsukka. « Maintenant ils ne pourront pas dire qu'ils ont arrêté tous les membres de sectes. »

Nous ne sommes pas allés à Enugu ce jour-là parce que mes parents sont restés très longtemps chez le commissaire, mais ils sont revenus porteurs de bonnes nouvelles. Nnamabia et le barman devaient être libérés immédiatement. Un membre de secte était passé indic et il affirmait catégoriquement que Nnamabia n'appartenait à aucune d'entre elles. Nous sommes partis plus tôt dans la matinée que de coutume, sans riz *jollof*, et le soleil était déjà tellement brûlant que toutes les voitures avaient leurs vitres baissées. Ma mère s'est montrée nerveuse pendant tout le trajet. Elle avait toujours eu l'habitude de dire « *Nekwa ya !* Attention ! » à mon père comme s'il ne voyait pas les voitures qui faisaient de dangereuses manœuvres sur la voie d'à côté, mais cette fois-ci elle l'a fait si souvent que juste avant l'entrée de Ninth Mile, où les marchands ambulants se sont attroupés autour de la voiture avec leurs plateaux d'*okpa*, d'œufs durs et de noix de cajou, mon père a arrêté l'auto et lui a lancé : « On peut savoir qui conduit cette voiture, Uzoamaka ? »

À l'intérieur de la vaste concession du commissariat, deux policiers fouettaient quelqu'un qui était allongé par terre, sous le parasolier. Au début, j'ai cru que c'était Nnamabia et mon cœur a fait un bond dans ma poitrine, mais ce n'était pas lui. Je connaissais le garçon qui gisait à terre et se tordait en hurlant chaque fois que s'abattait le *koboko* du policier. Il s'appelait Aboy, il avait le visage grave et laid d'un chien de meute, circulait sur le campus en Lexus et faisait partie, disait-on, des Buccaneers. Je me suis efforcée de ne pas le regarder en entrant dans le poste. L'agent de service, celui qui avait des marques tribales sur les joues et disait toujours « Dieu vous bénisse » quand il prenait son pot-de-vin, a détourné le regard en nous voyant. Cela m'a donné la chair de poule. J'ai su qu'il y avait un problème. Mes parents lui ont remis le mot du commissaire. L'agent ne l'a pas regardé. Il était au courant de l'ordre d'élargissement, a-t-il dit à mon père, le barman avait déjà été relâché, mais il y avait des complications avec le garçon. Ma mère s'est mise à crier.

« Le garçon ? Que voulez-vous dire ? Où est mon fils ? »

Le policier s'est levé.

« Je vais appeler mon supérieur pour qu'il vous explique. »

Ma mère s'est ruée sur lui et l'a empoigné par la chemise. « Où est mon fils ? Où est mon fils ? » Mon père l'a décramponnée et le policier a épousseté sa chemise comme si elle y avait laissé des saletés, avant de tourner le dos et s'éloigner.

« Où est notre fils ? a demandé mon père, d'une voix si calme et si glaciale que le policier s'est arrêté.

— Ils l'ont emmené, monsieur, a-t-il dit.

— Ils l'ont emmené ? est intervenue ma mère, qui criait toujours. Qu'est-ce que vous racontez ? Avez-vous tué mon fils ? Avez-vous tué mon fils ?

— Où est-il ? a demandé mon père de la même voix calme. Où est notre fils ?

— Mon supérieur m'a dit de l'appeler quand vous viendriez », a répondu l'agent.

Et cette fois-ci, il a tourné les talons et disparu rapidement par une porte.

C'est après son départ que la peur m'a glacée, que j'ai eu envie de lui courir après et, comme ma mère, de l'agripper par sa chemise jusqu'à ce qu'il nous amène Nnamabia. L'officier de police supérieur est entré, et j'ai scruté son visage totalement dénué d'expression.

« Bonjour, monsieur, a-t-il dit à mon père.

— Où est notre fils ? » a demandé mon père.

Ma mère respirait bruyamment. Plus tard, je me rendrais compte qu'à ce moment-là chacun d'entre nous soupçonnait à part soi que Nnamabia avait été abattu par des policiers à la gâchette facile, et que la tâche de cet homme était de trouver le meilleur mensonge à nous raconter pour expliquer sa mort.

« Pas de problème, monsieur. Nous l'avons transféré, c'est tout. Je vais vous y emmener tout de suite. »

Le policier était un peu tendu ; son visage demeurait vide d'expression, mais il évitait le regard de mon père.

« Transféré ?

— Nous avons reçu l'ordre d'élargissement ce matin, mais il avait déjà été transféré. Comme nous n'avons pas d'essence, j'attendais votre venue pour que nous allions ensemble là où il est.

— Où est-il ?

— Dans d'autres locaux. Je vais vous y emmener.

— Pourquoi a-t-il été transféré ?

— Je n'étais pas présent, monsieur. Il paraît qu'il s'est mal conduit hier et qu'on l'a placé en Cellule Un, puis il y a eu un transfert de tous les gens de la Cellule Un vers d'autres locaux.

— Mal conduit ? Qu'est-ce que vous voulez dire par là ?

— Je n'étais pas présent, monsieur. »

Ma mère a alors pris la parole, d'une voix brisée.

« Emmenez-moi voir mon fils ! Emmenez-moi voir mon fils tout de suite ! »

Je me suis assise à l'arrière avec le policier. Il dégageait la même odeur que le vieux camphre de la malle de ma mère, qui semblait ne jamais pouvoir s'éventer. À part les indications qu'il a données à mon père, nous n'avons pas parlé de tout le trajet, d'environ un quart d'heure, et mon père a conduit excessivement vite, aussi vite que battait mon cœur. La petite concession avait l'air à l'abandon, avec ses plaques d'herbes folles, jonchée comme elle l'était de vieilles bouteilles, de sacs plastique et de papiers. C'est à peine si le policier a attendu que mon père arrête la voiture pour ouvrir la portière et descendre en toute hâte, et la peur m'a glacée de nouveau. Nous étions dans la partie de la ville où les routes n'étaient pas goudronnées, aucun panneau n'avait annoncé Commissariat de Police et il y avait dans l'air une immobilité, un étrange sentiment de vide. Mais le policier est revenu avec Nnamabia. Il était là, mon séduisant frère, qui marchait vers nous, égal à lui-même m'a-t-il semblé, jusqu'à ce qu'il soit assez près pour que ma mère le serre dans ses bras et que je le voie reculer en cillant ; son bras gauche était couvert de marques qui avaient l'air gonflées. Il avait du sang séché autour du nez.

« Nna-Boy, pourquoi t'ont-ils battu comme ça ? a demandé ma mère, qui s'est tournée vers le policier. Pourquoi avez-vous fait ça à mon fils, vous autres ? »

L'homme a haussé les épaules, affectant une insolence nouvelle ; à croire que jusqu'alors il avait eu des doutes sur l'état de Nnamabia, mais qu'il pouvait maintenant se laisser aller.

« Vous ne savez pas élever vos enfants correctement, vous tous qui vous croyez importants parce que vous travaillez à l'université. Quand vos enfants se conduisent mal, vous vous imaginez qu'ils ne doivent pas être punis. Vous avez de la chance, madame, beaucoup de chance qu'on l'ait relâché.

— Allons-nous-en », a dit mon père.

Il a ouvert la portière, Nnamabia est monté et nous sommes rentrés à la maison. Mon père ne s'est arrêté à aucun des postes de contrôle de la police sur la route ; une fois, en nous voyant passer à toute vitesse, un policier a agité son fusil d'un geste menaçant. La seule chose qu'a dite ma mère durant ce trajet silencieux fut : Nnamabia voulait-il qu'on s'arrête à Ninth Mile acheter de l'*okpa* ? Nnamabia a répondu que non. Nous étions arrivés à Nsukka lorsqu'il a enfin parlé.

« Hier, les policiers ont demandé au vieil homme s'il voulait un seau d'eau gratuit. Il a dit oui. Alors ils lui ont dit de se déshabiller et de défiler dans le couloir. Mes compagnons de cellule riaient. Mais certains ont dit que c'était mal de traiter un vieil homme comme ça. » Nnamabia s'est tu, le regard lointain. « J'ai engueulé le policier. J'ai dit que le vieil homme était innocent et malade, et que s'ils le gardaient là ils ne trouveraient jamais son fils vu qu'il ne savait même pas où était son fils. Ils m'ont dit de me taire immédiatement, ou ils me mettraient en Cellule Un. Je m'en fichais. Je ne me suis pas tu. Alors ils m'ont sorti, ils m'ont battu et ils m'ont mis en Cellule Un. »

Nnamabia s'est tu et nous ne lui avons rien demandé d'autre. Au lieu de quoi je l'ai imaginé élevant la voix, traitant le policier d'imbécile crétin, de lâche et dégonflé, de sadique, de salaud, et j'ai imaginé la stupeur des policiers, la stupeur du chef, bouche bée et yeux écarquillés, les compagnons de cellule sidérés par l'audace du beau garçon venu de l'université. Et j'ai imaginé le vieil homme assistant à cela avec une fierté étonnée et refusant calmement de se déshabiller. Nnamabia ne nous a pas dit ce qu'il lui était arrivé en Cellule

Un, ni ce qu'il lui était arrivé dans les nouveaux locaux, qui me faisaient l'effet d'un lieu où on retenait les gens qui allaient disparaître plus tard. Cela aurait été tellement facile pour lui, mon charmant frère, de tirer un drame joliment ficelé de son histoire, mais il ne l'a pas fait.

IMITATION

Nkem observe les yeux globuleux et bridés du masque du Bénin, sur le manteau de la cheminée du salon, lorsqu'elle apprend que son mari a une petite amie.

« Elle est vraiment jeune. Dans les vingt et un ans, dit son amie Ijemamaka au téléphone. Elle a les cheveux courts et bouclés, des petites boucles serrées, tu vois ce que je veux dire. Pas un défrisage. Un assouplissement, je crois. Il paraît que les jeunes aiment les assouplissements, maintenant. Je ne t'aurais rien dit, *sha*, je connais les hommes et leurs façons, mais j'ai appris qu'elle avait emménagé chez toi. C'est ce qui arrive quand on épouse un homme riche. » Ijemamaka marque une pause et Nkem l'entend ravaler son souffle — en faisant un bruit délibérément exagéré. « Je veux dire, Obiora est un homme bien, c'est entendu, reprend Ijemamaka. Mais amener sa petite amie dans ta maison ? C'est un manque de respect. Elle circule dans tout Lagos au volant de ses voitures. Hier, je l'ai vue de mes yeux au volant de la Mazda à Awolowo Road.

— Merci de m'avoir prévenue », dit Nkem. Elle imagine la bouche d'Ijemamaka qui se ratatine comme une orange sucée jusqu'à la dernière goutte, une bouche fatiguée d'avoir parlé.

« Il fallait que je te prévienne. À quoi servent les amies sinon ? Que pouvais-je faire *d'autre* ? » répond Ijemamaka, et Nkem se demande si c'est de la jubilation, cette note plus aiguë dans la voix d'Ijemamaka, cette inflexion sur « d'autre ».

Durant le quart d'heure qui suit, Ijemamaka parle de son séjour au Nigeria, des prix qui ont augmenté depuis sa visite précédente — même le *garri* est devenu terriblement cher. Des enfants tellement plus nombreux à vendre des marchandises dans les embouteillages, de l'érosion qui a déjà emporté de gros bouts de la route principale menant à sa ville natale, dans l'État du Delta. Nkem claque la langue et soupire bruyamment aux moments voulus. Elle ne rappelle pas à Ijemamaka qu'elle est rentrée au Nigeria il y a quelques mois, elle aussi, pour Noël. Elle ne dit pas à Ijemamaka qu'elle a les doigts gourds, qu'elle aurait préféré qu'elle n'appelle pas. Pour finir, avant de raccrocher, elle lui promet d'emmener les enfants la voir dans le New Jersey un de ces week-ends, sachant bien qu'elle ne tiendra pas cette promesse.

Elle va à la cuisine, se sert un verre d'eau puis l'abandonne sur la table, intact. De retour au salon, elle observe le masque du Bénin, sa couleur cuivrée, ses traits abstraits trop marqués. Ses voisins le qualifient de « noble » ; c'est ce masque qui a poussé le couple qui habite deux maisons plus bas à collectionner l'art africain, et lui aussi se contente de bonnes imitations, bien que discutant volontiers de l'impossibilité qu'il y a à trouver des originaux.

Nkem imagine les Béninois sculptant les masques originaux il y a quatre cents ans de cela. Obiora lui a dit qu'ils se servaient des masques pour les cérémonies royales, qu'ils les plaçaient de part et d'autre de leur roi pour le protéger, repousser le mauvais œil. Seules des personnes choisies tout spécialement pouvaient être gardiens des masques ; elles étaient également chargées d'apporter les têtes humaines fraîches utilisées pour enterrer leur roi. Nkem imagine les fiers jeunes gens, musclés, la peau brune luisant d'huile de noyau de palme, un pagne gracieusement noué à la taille. Elle imagine — et cela c'est elle qui l'imagine car Obiora n'en a rien suggéré — les fiers jeunes gens regrettant de devoir décapiter des inconnus pour enterrer leur roi, regrettant de ne pouvoir utiliser les masques pour se protéger eux-mêmes, regrettant de ne pas avoir leur mot à dire.

Elle était enceinte lorsqu'elle est venue en Amérique avec Obiora pour la première fois. La maison qu'Obiora louait, dans l'idée de l'acheter plus tard, sentait le frais, le thé vert, et la petite allée était tapissée d'une épaisse couche de graviers. Nous habitons une charmante banlieue de Philadelphie, disait-elle au téléphone à ses amies de Lagos. Elle leur envoyait des photos d'Obiora et elle devant la Liberty Bell, en griffonnant fièrement au dos « Très important dans l'histoire américaine », et joignait des prospectus en papier glacé montrant un Benjamin Franklin à la calvitie naissante.

Ses voisins de Cherrywood Lane, tous blancs aux cheveux clairs, tous minces, vinrent se présenter, lui demandèrent si elle avait besoin d'aide pour quoi que ce soit — obtenir son permis de conduire, un téléphone, quelqu'un pour le ménage. Ça ne la gênait pas que son accent et le fait qu'elle soit étrangère leur fassent croire qu'elle était démunie. Ils lui plaisaient, eux et leurs vies. Des vies « en plastique », disait souvent Obiora. Pourtant elle savait que lui aussi souhaitait que leurs enfants soient comme ceux des voisins, le genre de gamins qui, s'ils font tomber quelque chose à manger par terre, plissent le nez en disant que c'est « gâché ». Dans sa vie à elle, dans son enfance, on ramassait et on mangeait, quel que soit l'aliment.

Obiora resta les premiers mois, aussi les voisins ne commencèrent-ils à poser des questions que plus tard. Où était son mari ? Y avait-il un problème ? Nkem disait que tout allait bien. Il habitait au Nigeria *et* en Amérique ; ils avaient deux foyers. Elle lisait le doute dans leurs yeux, savait qu'ils pensaient à d'autres couples ayant des résidences secondaires dans des lieux tels que la Floride et Montréal, des couples qui occupaient chacune des maisons ensemble et en même temps.

Obiora riait quand elle lui disait qu'ils attisaient la curiosité des voisins. Il disait que les *oyibo* étaient comme ça. Dès qu'on faisait quelque chose différemment d'eux, ils vous trouvaient anormaux, comme si leur façon de faire était la seule possible. Et Nkem avait beau connaître de nombreux couples nigérians qui vivaient ensemble à longueur d'année, elle ne disait rien.

Nkem passe la main sur le nez en métal arrondi du masque du Bénin. Une imitation de premier ordre, avait dit Obiora lorsqu'il l'avait acheté, quelques années auparavant. Il lui avait dit que les Britanniques avaient volé les originaux à la fin du XIXe siècle lors de ce qu'ils avaient appelé l'Expédition punitive, que les Britanniques avaient le don d'utiliser des mots comme « expédition » et « pacification » pour désigner des massacres et des vols. Les masques — qui se comptaient par milliers, disait Obiora — étaient considérés comme « butin de guerre » et exposés aujourd'hui dans les musées du monde entier.

Nkem prend le masque et y appuie son visage ; il est froid, lourd, sans vie. Pourtant quand Obiora en parle — de celui-ci comme des autres — il leur donne une respiration, une chaleur. L'année dernière, quand il a apporté la céramique nok qui trône sur la table du hall, il lui a dit que l'ancien peuple nok se servait des originaux pour le culte des ancêtres, qu'ils les plaçaient dans des sanctuaires, leur offraient des aliments. Et là aussi, les Britanniques en avaient embarqué la plupart, racontant aux gens (récemment christianisés et complètement aveuglés, selon Obiora) que c'étaient des sculptures païennes. Nous n'apprécions jamais ce que nous avons, concluait toujours Obiora, avant de répéter l'histoire de cet imbécile de chef d'État qui était allé au Musée national de Lagos et avait forcé le conservateur à lui remettre un buste vieux de quatre cents ans, qu'il avait ensuite donné en cadeau à la reine d'Angleterre. Nkem a parfois des doutes sur les faits que rapporte Obiora mais elle l'écoute à cause de la passion avec laquelle il parle, de ses yeux qui brillent comme s'il allait pleurer.

Elle se demande ce qu'il apportera la semaine prochaine ; elle en est venue à attendre les œuvres d'art, avec l'envie de les toucher, d'imaginer les originaux, d'imaginer les vies qu'elles recèlent. La semaine prochaine, où ses enfants diront de nouveau « papa » à une personne réelle, et non à une voix au téléphone ; où elle entendra ronfler à côté d'elle lorsqu'elle se réveillera la nuit ; où elle verra une autre serviette utilisée dans la salle de bains.

Nkem regarde l'heure sur le décodeur du câble. Elle a encore une heure avant d'aller chercher les enfants. À travers les rideaux que la domestique, Amaechi, a écartés si soigneusement, le soleil jette un rectangle de lumière jaune sur la table en verre. Elle s'assied au coin du canapé de cuir et parcourt le salon du regard, se souvient du livreur d'Ethan Interiors qui a changé l'abat-jour l'autre jour. « Vous avez une maison superbe, madame », avait-il dit, avec ce drôle de sourire à l'américaine qui signifiait qu'il croyait que lui aussi pourrait en avoir une semblable un jour. C'est une des choses qu'elle en est arrivée à adorer en Amérique, cette abondance d'espoir insensé.

Au début, quand elle était venue accoucher en Amérique, elle était fière et tout excitée parce que son mariage l'avait fait entrer dans un club très convoité, le club des Riches Nigérians Qui Envoient Leurs Épouses Accoucher en Amérique. Puis la maison qu'ils louaient avait été mise en vente. Un bon prix, avait dit Obiora, avant de lui apprendre qu'ils allaient l'acheter. Ça lui plaisait qu'il dise « nous », comme si elle avait réellement son mot à dire. Et ça lui plaisait d'être entrée dans un club de plus, le club des Riches Nigérians Propriétaires D'une Maison en Amérique.

Ils n'avaient jamais décidé qu'elle resterait avec les enfants — Okey était né trois ans après Adanna. Ça s'était fait comme ça, c'était tout. Elle était restée la première fois, après Adanna, pour prendre des cours d'informatique parce que Obiora avait dit que c'était une bonne idée. Puis Obiora avait inscrit Adanna à la maternelle, quand Nkem était enceinte d'Okey. Ensuite il avait trouvé une bonne école primaire et il lui avait dit qu'ils avaient de la chance qu'elle soit si proche. Seulement un quart d'heure de voiture pour y emmener Adanna. Elle n'avait jamais imaginé que ses enfants iraient à l'école, s'assiéraient côte à côte avec des enfants blancs dont les parents possédaient de grandes maisons sur des collines solitaires, n'avait jamais imaginé cette vie. Aussi n'avait-elle rien dit.

Les deux premières années, Obiora leur rendait visite presque tous les mois, et elle rentrait à la maison avec les enfants pour Noël. Puis, lorsqu'il décrocha enfin son gros contrat avec le gouvernement, il décida de ne venir qu'en été. Pour deux mois. Il ne pouvait plus voyager aussi souvent, il ne voulait pas prendre le risque de rater ces contrats du gouvernement. Et ils tombaient sans cesse, ces contrats. Il se retrouva sur la liste des Cinquante Hommes d'Affaires Nigérians Qui Comptent et se mit à lui envoyer des photocopies de *Newswatch*, qu'elle gardait dans un dossier, sous trombones.

Nkem soupire, passe la main dans ses cheveux. Elle les trouve trop épais, trop vieux. Elle a prévu une retouche de défrisage demain, en faisant coiffer ses cheveux avec des boucles qui rebiquent contre le cou, comme l'aime Obiora. Et elle a prévu, vendredi, d'épiler son pubis en dessinant une fine bande, comme l'aime également Obiora. Elle sort dans le hall, monte le large escalier, puis redescend et va à la cuisine. Elle déambulait comme ça dans la maison de Lagos, tous les jours des trois semaines qu'elle y passait à Noël avec les enfants. Elle reniflait le placard d'Obiora, passait la main sur ses flacons d'eau de Cologne et chassait les soupçons de son esprit. Un soir de Noël, le téléphone avait sonné et la personne raccroché quand Nkem avait répondu. Obiora avait dit en riant : « Ça doit être un jeune plaisantin. »

Et Nkem s'était dit que ça devait être un jeune plaisantin ou, mieux encore, une véritable erreur de numéro.

Nkem remonte et va à la salle de bains, sent l'odeur âcre du Lysol avec lequel Amaechi vient de laver le carrelage. Elle fixe du regard son visage dans la glace ; son œil droit paraît plus petit que le gauche. « Des yeux de sirène », les appelle Obiora. Il trouve que les sirènes, et non les anges, sont les plus belles des créatures. Le visage de Nkem a toujours suscité des commentaires — la perfection de son ovale, sa peau foncée, sans un défaut — mais quand Obiora appelait ses yeux des yeux de sirène elle se sentait une beauté nouvelle, comme si le compliment lui donnait une autre paire d'yeux.

Elle attrape les ciseaux, ceux dont elle se sert pour tailler des bouts plus nets aux rubans d'Adanna, et les porte à sa tête. Elle empoigne des touffes de cheveux et coupe près du cuir chevelu, en en laissant la hauteur de son ongle de pouce, juste assez long pour faire une boucle avec un assouplissement. Elle regarde les cheveux dégringoler en voltigeant, telles des mèches de coton brun qui tombent dans le lavabo blanc. Elle coupe davantage. Des touffes de cheveux voltigent, pareilles à des ailes de papillon de nuit brûlées. Elle s'enfonce encore. Plus de cheveux tombent. Certains lui entrent dans les yeux et la piquent. Elle éternue. Elle sent l'odeur de l'hydratant Pink Oil qu'elle a mis ce matin et repense à la Nigériane qu'elle a rencontrée une fois — Ifeyinwa ou Ifeoma, elle ne s'en souvient plus — à un mariage dans le Delaware, dont le mari vivait lui aussi au Nigeria et qui portait ses cheveux courts, mais naturels, sans défrisage ni assouplissement.

La femme s'était plainte en disant « nos hommes » avec familiarité, comme si le mari de Nkem et le sien avaient on ne sait quel lien de parenté. Nos hommes aiment nous garder ici, avait-elle dit à Nkem. Ils viennent pour affaires et en vacances, ils nous laissent ici nous et les enfants avec des voitures et des grandes maisons, ils nous trouvent des bonnes du Nigeria à qui on n'est pas obligés de payer des salaires américains exorbitants, et ils disent que les affaires marchent mieux au Nigeria et tout ça. Mais vous savez pourquoi ils ne voudraient pas s'installer ici, même si c'était ici que les affaires étaient les meilleures ? Parce que l'Amérique ne reconnaît pas les Hommes Importants. Personne ne leur dit : « Monsieur ! Monsieur ! » en Amérique. Personne ne se précipite pour épousseter leurs sièges avant qu'ils s'assoient.

Nkem avait demandé à la femme si elle comptait rentrer et la femme avait fait les yeux ronds, comme si Nkem venait de la trahir. Mais comment voulez-vous que je revive au Nigeria ? avait-elle dit. Quand on a vécu si longtemps ici, on n'est plus pareil, on n'est plus comme les gens de là-bas. Comment mes enfants peuvent-ils s'intégrer ? Et Nkem, même si elle détestait la sévérité des sourcils rasés de la femme, avait compris.

Elle pose les ciseaux et appelle Amaechi pour lui dire de balayer les cheveux.

« Madame ! hurle Amaechi. *Chim o !* Pourquoi avez-vous coupé vos cheveux ? Qu'est-ce qui s'est passé ?

— Est-ce qu'il faut qu'il se passe quelque chose pour que je me coupe les cheveux ? Balaie les cheveux ! »

Nkem va dans sa chambre. Elle fixe le couvre-lit à motifs cachemire parfaitement tendu sur le lit *king size*. Même la main experte d'Amaechi ne peut masquer le fait qu'un côté du lit est plat, qu'il ne sert que deux mois par an. Le courrier d'Obiora est soigneusement empilé sur sa table de chevet, des approbations préalables de carte de crédit, des prospectus des opticiens LensCrafters. Les gens qui comptent savent qu'il vit réellement au Nigeria.

Elle sort et reste debout près de la salle de bains pendant qu'Amaechi balaie les cheveux, rassemblant les mèches brunes dans une pelle avec révérence, comme si elles étaient puissantes. Nkem regrette d'avoir été cassante. La frontière madame/bonne s'est estompée depuis toutes ces années qu'elle a Amaechi. C'est ce que vous fait l'Amérique, pense-t-elle. Elle vous impose l'égalitarisme. Vous n'avez personne à qui parler, en fait, à part vos jeunes enfants, alors vous vous tournez vers votre bonne. Et sans que vous vous en rendiez compte, elle devient votre amie. Votre égale.

« J'ai passé une mauvaise journée, dit Nkem au bout d'un moment. Je suis désolée.

— Je sais, madame, je le vois à votre visage », répond Amaechi, qui sourit.

Le téléphone sonne et Nkem sait que c'est Obiora. Personne d'autre n'appelle si tard.

« Chérie, *kedu* ? dit-il. Désolé, je n'ai pas pu appeler plus tôt. Je viens de rentrer d'Abuja, de la réunion avec le ministre. Mon vol a été repoussé jusqu'à minuit. Il est presque deux heures du matin, maintenant. Tu te rends compte ? »

Nkem émet un son compatissant.

« Adanna et Okey *kwanu* ? demande-t-il.

— Ils vont bien. Ils dorment.

— Tu es malade ? Ça va ? demande-t-il. Je te trouve bizarre.

— Ça va. »

Elle sait qu'elle devrait lui raconter la journée des enfants, comme elle le fait d'habitude quand il appelle trop tard pour leur parler. Mais elle a l'impression d'avoir la langue gonflée, trop lourde pour laisser les mots sortir.

« Quel temps a-t-il fait aujourd'hui ? demande-t-il.

— Ça se réchauffe.

— Il y a intérêt à ce que ça finisse de se réchauffer d'ici à ce que j'arrive, dit-il en riant. J'ai réservé mon vol aujourd'hui. Je suis impatient de vous voir tous.

— Est-ce que… ? commence-t-elle, mais il l'interrompt.

— Chérie, il faut que j'y aille. J'ai un appel, c'est l'assistant personnel du ministre qui m'appelle à cette heure-ci ! Je t'aime.

— Je t'aime », dit-elle, bien que ça ait déjà coupé.

Elle essaie de se représenter Obiora en cet instant, mais elle n'y arrive pas car elle ne sait pas s'il est à la maison, dans sa voiture ou ailleurs. Puis elle se demande s'il est seul, ou avec la fille aux cheveux courts et bouclés. Son esprit part vers leur chambre à coucher du Nigeria, à Obiora et elle, qui lui fait l'effet d'une chambre d'hôtel à chaque Noël.

Cette fille serre-t-elle son oreiller en dormant ? Les gémissements de cette fille ricochent-ils contre le miroir de courtoisie ? Cette fille va-t-elle à la salle de bains sur la pointe des pieds, comme elle-même le faisait, célibataire, quand son petit ami marié l'amenait chez lui pour un week-end sans l'épouse ?

Elle était sortie avec des hommes mariés avant Obiora — quelle fille célibataire de Lagos ne l'a pas fait ? Ikenna, un homme d'affaires, avait payé la note d'hôpital de son père après son opération de la hernie. Tunji, général de l'armée de terre à la retraite, avait fait réparer le toit de la maison de ses parents et leur avait acheté les premiers véritables canapés qu'ils aient jamais eus. Elle aurait envisagé de devenir sa quatrième épouse — il était musulman et aurait pu lui demander sa main — pour qu'il l'aide à assurer l'éducation de ses frères et sœurs cadets. Elle était l'*ada*, après tout, et cela lui donnait un sentiment de honte, plus encore que de défaite, de ne pouvoir faire aucune des choses qui étaient attendues de la Première Fille, de voir ses parents continuer à se battre sur la ferme brûlée par le soleil et ses frères et sœurs vendre des pains sur le parking. Mais Tunji ne lui demanda pas sa main. Il y avait eu d'autres hommes après lui, des hommes qui la complimentaient sur sa peau de bébé, des hommes qui lui faisaient des dons de temps à autre, des hommes qui ne lui demandaient jamais sa main parce qu'elle avait fait une école de secrétariat, et non l'université. Parce que, malgré la perfection de son visage, elle s'emmêlait toujours dans ses temps en anglais ; parce qu'elle était toujours, fondamentalement, une fille de la brousse.

Puis elle avait rencontré Obiora un jour de pluie où il était entré dans le hall de l'agence de publicité ; elle lui avait souri et dit : « Bonjour, monsieur. Est-ce que je peux vous aider ? » Et il avait répondu : « Oui, s'il vous plaît, faites cesser la pluie. » Yeux de Sirène, l'avait-il appelée ce premier jour. Il ne lui avait pas demandé de le retrouver dans une pension privée, comme tous les autres, mais au contraire il l'avait emmenée dîner au Lagoon, restaurant on ne peut plus public et animé, où n'importe qui aurait pu les voir. Il lui avait posé des questions sur sa famille. Il avait commandé du vin, qu'elle avait trouvé aigre, en lui disant : « Tu verras que tu y prendras goût », alors elle s'était forcée à aimer le vin tout de suite. Elle n'avait rien de commun avec les épouses de ses amis, le genre de femmes qui allaient à l'étranger et se rencontraient par hasard en faisant leur shopping chez Harrods, et elle restait sur le qui-vive en attendant qu'Obiora s'en rende compte et la quitte. Mais les mois avaient passé et il avait inscrit ses frères et sœurs à l'école, l'avait présentée à ses amis du club nautique, l'avait sortie de son petit studio d'Ojota pour l'installer dans un vrai appartement avec balcon à Ikeja. Lorsqu'il lui demanda si elle voulait bien l'épouser, elle songea que c'était vraiment inutile qu'il lui pose la question, vu qu'elle aurait été heureuse qu'il se contente de l'en informer.

À présent, Nkem se sent férocement possessive en imaginant cette fille dans les bras d'Obiora, sur leur lit. Elle raccroche le téléphone, dit à Amaechi qu'elle revient tout de suite et part au Walgreens acheter un assouplisseur. De retour dans sa voiture, elle allume la lumière et fixe longuement le paquet, avec la photo des femmes aux petites boucles serrées.

Nkem regarde Amaechi couper les pommes de terre, regarde la fine pelure qui descend en spirale brune translucide.

« Fais attention, dit-elle. Tu épluches si près.

— Ma mère me frottait des pelures d'igname sur la peau quand j'enlevais trop de chair en épluchant. Ça me grattait pendant des jours », dit Amaechi avec un petit rire.

Elle découpe les pommes de terre en quartiers. Au pays, elle aurait pris des ignames pour le ragoût de *ji akwukwo,* mais ici il n'y a pratiquement pas d'ignames au magasin africain

— de vraies ignames africaines, pas ces patates douces fibreuses que les supermarchés américains vendent sous le nom d'igname. Des imitations d'igname, pense Nkem, et ça la fait sourire. Elle n'a jamais dit à Amaechi à quel point elles avaient eu des enfances similaires. Sa mère ne lui avait peut-être pas frotté des pelures d'igname sur la peau, mais il faut dire qu'il n'y avait pratiquement jamais d'ignames. Ce qu'il y avait, c'était de la nourriture improvisée. Elle se souvient que sa mère cueillait les feuilles de plantes que personne d'autre ne mangeait et qu'elle en faisait de la soupe, en affirmant qu'elles étaient comestibles. Nkem leur trouvait toujours un goût d'urine parce qu'elle voyait les garçons du quartier pisser sur les tiges de ces plantes.

« Vous voulez que je mette des épinards ou de l'*onugbu* séché, madame ? » demande Amaechi.

Elle demande toujours, quand Nkem reste avec elle à la cuisine. Vous voulez que je mette de l'oignon rouge ou blanc ? Du bouillon de bœuf ou de poule ?

« Mets ce que tu veux », répond Nkem, et le coup d'œil que lui lance Amaechi ne lui échappe pas. D'habitude, Nkem dit « mets ci » ou « mets ça ». Maintenant elle se demande pourquoi elles se livrent à ce jeu, et qui elles essaient de tromper ; elles savent toutes les deux qu'Amaechi cuisine bien mieux qu'elle.

Nkem regarde Amaechi laver les épinards dans l'évier, la vigueur des épaules d'Amaechi, ses hanches larges et solides. Elle se souvient de la jeune fille timide et appliquée qu'Obiora avait amenée en Amérique à l'âge de seize ans, qui était restée plusieurs mois fascinée par le lave-vaisselle. Obiora avait engagé le père d'Amaechi comme chauffeur ; il lui avait acheté une moto rien que pour lui et il avait raconté que les parents d'Amaechi l'avaient gêné en s'agenouillant dans la poussière et lui serrant les jambes pour le remercier.

Amaechi est en train de secouer la passoire pleine d'épinards quand Nkem lui dit :

« Ton *oga* Obiora a une petite amie qui s'est installée dans la maison de Lagos. »

Amaechi fait tomber la passoire dans l'évier.

« Madame ?

— Tu m'as entendue », dit Nkem.

Amaechi et elle parlent des personnages des *Razmoket* que les enfants imitent le mieux, du Uncle Ben's qui est meilleur que le basmati pour le riz *jollof*, des enfants américains qui s'adressent à leurs aînés comme s'ils étaient leurs égaux. Mais elles n'ont jamais parlé d'Obiora, si ce n'est pour discuter de ce qu'il va manger ou de comment laver ses chemises, quand il est là.

« Comment le savez-vous, madame ? finit par demander Amaechi, qui se retourne pour regarder Nkem.

— C'est mon amie Ijemamaka qui me l'a dit. Elle m'a appelée. Elle vient de rentrer du Nigeria. »

Amaechi fixe Nkem avec aplomb, comme pour la sommer de retirer ce qu'elle vient de dire.

« Mais, madame, est-ce qu'elle en est sûre ?

— Je suis sûre qu'elle ne me mentirait pas pour une chose pareille », répond Nkem en se calant contre le dossier de sa chaise.

Elle se sent ridicule. Dire qu'elle est là à soutenir que la petite amie de son mari a emménagé chez elle. Elle devrait peut-être en douter ; elle devrait se rappeler la jalousie cassante d'Ijemamaka, la façon dont celle-ci trouve toujours le mot pour la démolir. Mais tout ça n'a pas d'importance, car elle sait que c'est vrai : il y a une étrangère chez elle. Et ça lui fait un peu drôle de dire « chez moi » en parlant de la maison de Lagos, dans le quartier de Victoria Garden City où les grandes demeures boudent derrière leurs hautes grilles. C'est ici, chez elle, cette maison marron de la banlieue de Philadelphie, avec ses arroseurs qui tracent des arcs parfaits en été.

« Quand *oga* Obiora viendra la semaine prochaine, madame, vous en discuterez avec lui, dit Amaechi, l'air résigné, tout en versant de l'huile végétale dans une casserole. Il lui demandera de partir. Ce n'est pas correct de l'avoir installée dans votre maison.

— Et quand il l'aura fait partir, et après ?

— Vous lui pardonnerez, madame. Les hommes sont comme ça. »

Nkem observe Amaechi et ses pieds pris dans des chaussons bleus, bien à plat, si fermement plantés dans le sol.

« Et si je vous disais qu'il a une petite amie ? Pas qu'elle a emménagé, juste qu'il a une petite amie.

— Je ne sais pas, madame. »

Amaechi évite le regard de Nkem. Elle jette des rondelles d'oignons dans l'huile brûlante et recule en l'entendant crépiter.

« Tu penses que ton *oga* Obiora a toujours eu des petites amies, hein ?

— Ce n'est pas ma place, madame.

— Je ne te l'aurais pas dit si je ne voulais pas en parler avec toi, Amaechi.

— Mais, madame, vous le savez, vous aussi.

— Je le sais ? Je sais quoi ?

— Vous savez qu'*oga* Obiora a des petites amies. Vous ne posez pas de questions. Mais au fond, vous savez. »

Nkem sent un fourmillement désagréable à son oreille gauche. Qu'est-ce que ça signifie vraiment, savoir ? Est-ce savoir, son refus de penser concrètement à d'autres femmes ? Son refus, même, d'envisager la possibilité ?

« *Oga* Obiora est un homme bien, madame, et il vous aime, il ne joue pas au football avec vous. » Amaechi retire la casserole du feu et regarde Nkem dans les yeux. Sa voix est plus douce, presque cajoleuse. « Beaucoup de femmes seraient jalouses, et peut-être que votre amie Ijemamaka est jalouse. Peut-être que ce n'est pas une vraie amie. Il y a des choses qu'elle ne devrait pas vous dire. Il y a des choses qui sont bonnes tant qu'on ne sait pas. »

Nkem passe la main dans ses cheveux courts et bouclés, collants à cause du gel assouplissant et activateur de boucles qu'elle a appliqué plus tôt. Puis elle se lève pour rincer sa main. Elle a envie d'être d'accord avec Amaechi, qu'il vaut mieux ne pas savoir certaines choses, mais elle n'en est plus si sûre. Ce n'est peut-être pas plus mal qu'Ijemamaka m'ait prévenue, se dit-elle. La *raison* pour laquelle Ijemamaka a appelé n'a plus d'importance.

« Jette un coup d'œil aux pommes de terre », dit-elle.

Plus tard dans la soirée, après avoir couché les enfants, elle décroche le téléphone de la cuisine et compose le numéro à quatorze chiffres. Elle n'appelle pratiquement jamais le Nigeria. C'est Obiora qui appelle, parce qu'il a de bons tarifs internationaux avec son portable Worldnet.

« Allô ? Bonsoir. »

C'est une voix d'homme. Inculte. Un accent ibo de la campagne.

« C'est Madame, d'Amérique.

— Ah, Madame ! » La voix change, se fait plus chaleureuse. « Bonsoir, Madame.

— Qui est au téléphone ?

— Uchenna, Madame. Je suis le nouveau boy.

— Depuis quand tu es là ?

— Ça fait deux semaines, maintenant, Madame.

— *Oga* Obiora est là ?

— Non, Madame. Pas rentré d'Abuja.

— Y a-t-il quelqu'un d'autre à la maison ?

— Comment, Madame ?

— Y a-t-il quelqu'un d'autre à la maison ?

— Sylvester et Maria, Madame. »

Nkem soupire. Elle se doutait bien que l'intendant et la cuisinière seraient là, bien sûr, il est minuit au Nigeria. Mais y a-t-il de l'hésitation dans la voix de ce nouveau boy, ce nouveau boy dont Obiora a oublié de lui parler ? La fille aux cheveux bouclés est-elle là ? Ou a-t-elle accompagné Obiora dans son voyage d'affaires à Abuja ?

« Y a-t-il quelqu'un d'autre à la maison ? » demande à nouveau Nkem.

Une pause.

« Madame ?

— Y a-t-il quelqu'un d'autre à la maison en dehors de Sylvester et Maria ?

— Non, Madame. Non.

— Tu es sûr ? »

Une pause plus marquée.

« Oui, Madame.

— D'accord, dis à *oga* Obiora que j'ai appelé. »

Nkem raccroche rapidement. Voilà ce que je suis devenue, pense-t-elle. J'espionne mon mari auprès d'un nouveau boy que je ne connais même pas.

« Vous voulez un petit verre ? » propose Amaechi, qui l'observe, et Nkem se demande si c'est de la pitié, cet éclat liquide dans les yeux légèrement bridés d'Amaechi. Un petit verre, c'est une tradition entre Amaechi et elle depuis quelques années, depuis le jour où Nkem a obtenu sa carte verte. Elle avait ouvert une bouteille de champagne ce jour-là et servi deux verres, pour elle et Amaechi, une fois les enfants couchés. « À l'Amérique ! » avait-elle dit, sous le rire trop fort d'Amaechi. Désormais elle n'avait plus à demander de visa pour rentrer en Amérique, plus à supporter de questions condescendantes à l'ambassade américaine. Grâce à cette carte en plastique dur avec la photo où elle a l'air de faire la tête. Parce qu'elle avait vraiment sa place dans ce pays, à présent, ce pays plein de curiosités et de vulgarités, ce pays où on pouvait rouler la nuit sans craindre les bandits armés, où les restaurants servaient à une personne de quoi manger pour trois.

Son pays lui manque, pourtant, ses amis, les cadences de l'ibo, du yoruba et du pidgin parlés autour d'elle. Et lorsque la neige recouvre la borne d'incendie jaune dans la rue, le soleil de Lagos, qui éblouit même quand il pleut, lui manque. Elle a pensé rentrer, parfois, mais jamais sérieusement, jamais concrètement. Elle va deux fois par semaine à un cours de Pilates à Philadelphie avec sa voisine ; elle fait des *cookies* pour les classes de ses enfants et les siens sont toujours ceux qui ont le plus de succès ; elle trouve normal que les banques aient des drive-in. L'Amérique a fini par lui plaire, par enfoncer ses racines sous sa peau. « Oui, un petit verre, dit-elle à Amaechi. Apporte le vin qui est au frigo et deux verres. »

Nkem ne s'est pas épilé le pubis, elle n'a pas de ligne fine entre les jambes quand elle roule vers l'aéroport pour aller chercher Obiora. Elle jette un coup d'œil dans le rétroviseur à Okey et Adanna, attachés à l'arrière. Ils sont silencieux aujourd'hui, comme s'ils sentaient sa retenue, le rire absent de son visage. Avant, elle riait souvent sur le trajet de l'aéroport pour aller chercher Obiora, puis lorsqu'elle l'embrassait, qu'elle le regardait embrasser les enfants. Ils dînaient dehors le premier soir, au Chili's ou dans n'importe quel autre restaurant, et Obiora regardait les enfants colorier leurs menus. Arrivés à la maison, Obiora leur donnait des cadeaux et les enfants veillaient tard, en jouant avec les nouveaux jouets. Et elle mettait le nouveau parfum entêtant qu'il lui avait acheté pour aller au lit, ainsi qu'une des nuisettes à dentelles qu'elle ne portait que deux mois par an.

Il s'étonnait toujours de ce que les enfants étaient capables de faire, de ce qu'ils aimaient ou n'aimaient pas, même si c'étaient toutes là des choses qu'elle lui avait dites au téléphone. Quand Okey courait lui montrer un bobo, il l'embrassait, puis se moquait de cette pittoresque coutume américaine qui consiste à embrasser les blessures. La salive fait-elle cicatriser les blessures ? demandait-il. Lorsque ses amis rendaient visite ou téléphonaient, il demandait aux enfants de dire bonjour à Oncle, mais non sans taquiner d'abord ses amis d'un « J'espère que vous allez comprendre l'anglais bien-bien qu'ils parlent, ce sont des *Americanah*, maintenant, oh ! »

À l'aéroport, les enfants embrassent Obiora avec le même abandon de toujours, en criant : « Papa ! »

Nkem les regarde. Bientôt, ils ne se laisseront

plus flouer par des cadeaux et des voyages d'été, et ils commenceront à se poser des questions sur ce père qu'ils voient si peu souvent dans l'année.

Après l'avoir embrassée sur la bouche, il recule pour la regarder. Il n'a pas changé : un homme ordinaire, petit, au teint clair, qui porte une veste sport coûteuse et une chemise violette.

« Chérie, comment vas-tu ? demande-t-il. Tu t'es coupé les cheveux ? »

Nkem hausse les épaules, lui adresse le sourire qui veut dire « Intéresse-toi aux enfants d'abord ». Adanna tire Obiora par la main en demandant ce que papa a apporté et si elle peut ouvrir sa valise dans la voiture.

Après le dîner, Nkem s'assied sur le lit et examine la tête ife en bronze, dont Obiora a dit qu'elle était en cuivre, en réalité. Elle est tachée, de grandeur nature, enturbannée. C'est le premier original qu'apporte Obiora.

« Nous devons y faire très attention, à celle-là, dit-il.

— Un original, répond-elle, étonnée, en passant la main sur les incisions parallèles du visage.

— Certaines remontent au XIe siècle. » Il s'assied à côté d'elle pour retirer ses chaussures. Il parle d'une voix aiguë, excitée. « Mais celle-ci est du XVIIIe. Incroyable. Ça valait vraiment la dépense.

— À quoi servait-elle ?

— À décorer le palais du roi. La plupart d'entre elles étaient faites pour commémorer ou honorer les rois. N'est-ce pas qu'elle est parfaite ?

— Oui, dit-elle. Je suis sûre qu'ils ont fait des choses terribles avec celle-là aussi.

— Quoi ?

— Comme ce qu'ils faisaient avec les masques du Bénin. Tu m'as dit qu'ils tuaient des gens pour avoir des têtes humaines à enterrer avec le roi. »

Obiora a les yeux rivés sur elle.

Elle tapote la tête de bronze du bout d'un ongle.

« Tu crois que les gens étaient heureux ? demande-t-elle.

— Quels gens ?

— Les gens qui devaient tuer pour leur roi. Je suis sûre qu'ils auraient aimé pouvoir changer la façon dont ça se passait, ils ne pouvaient pas être *heureux*. »

La tête inclinée sur le côté, Obiora la fixe du regard.

« Ben, peut-être qu'il y a neuf cents ans on ne définissait pas le bonheur comme tu le fais maintenant. »

Elle repose la tête de bronze ; elle a envie de lui demander comment il définit le bonheur, lui.

« Pourquoi tu t'es coupé les cheveux ? demande Obiora.

— Ça ne te plaît pas ?

— J'adorais tes cheveux longs.

— T'aimes pas les cheveux courts ?

— Pourquoi tu les as coupés ? C'est la dernière mode en Amérique ? »

Il rit, tout en enlevant sa chemise pour aller prendre sa douche.

Son ventre a changé. Il est plus rond, plus mûr.

Elle se demande comment des filles de vingt ans peuvent supporter ce signe flagrant de laisser-aller de quinquagénaire. Elle essaie de se souvenir des hommes mariés qu'elle a fréquentés. Avaient-ils le ventre mûr comme Obiora ? Elle ne se rappelle plus. Soudain, elle ne se souvient plus de rien, ne se souvient pas où sa vie est passée.

« Je pensais que ça te plairait, dit-elle.

— Tout irait avec ton ravissant visage, chérie, mais j'aimais mieux tes cheveux longs. Tu devrais les laisser repousser. Des cheveux longs, c'est plus seyant pour l'épouse d'un Homme Important. »

Il fait une grimace en disant « Homme Important » et rit.

Il est nu, maintenant ; il s'étire et elle regarde son ventre faire le yoyo. Les premières années, elle se douchait avec lui, se mettait à genoux et le prenait dans sa bouche, excitée par lui et par la vapeur qui les entourait. Mais maintenant, c'est différent. Elle s'est ramollie, comme le ventre d'Obiora, elle est devenue malléable, docile. Elle le regarde entrer dans la salle de bains.

« Est-ce qu'on peut faire tenir une année de mariage en deux mois d'été et trois semaines en décembre ? demande-t-elle. Est-ce qu'on peut comprimer une vie conjugale ? »

Obiora tire la chasse d'eau, porte ouverte.

« Comment ?

— *Rapuba*. Rien.

— Viens te doucher avec moi. »

Elle allume la télévision et fait semblant de ne pas l'avoir entendu. Elle pense à la fille aux cheveux courts bouclés, se demande si elle se douche avec Obiora. Elle essaie de se représenter la douche de la maison de Lagos, mais n'y arrive pas. Beaucoup de dorures — à moins qu'elle ne confonde avec une salle de bains d'hôtel.

« Chérie ? Viens te doucher avec moi », dit Obiora, en passant la tête par la porte.

Cela fait deux ans qu'il ne le lui a pas demandé. Elle commence à se déshabiller.

Sous la douche, tout en lui savonnant le dos, elle dit :

« Il faut qu'on cherche une école pour Adanna et Okey à Lagos. »

Elle n'avait pas prévu de dire cela mais ça lui paraît juste, c'est ce qu'elle a toujours voulu dire.

Obiora se retourne et la fixe du regard.

« Comment ?

— Nous rentrons à la fin de l'année scolaire. Nous rentrons vivre à Lagos. Nous rentrons. »

Elle parle lentement, pour le convaincre et aussi pour se convaincre elle-même. Obiora continue de la fixer du regard et elle se rend compte qu'il ne l'a jamais entendue exprimer son opinion, ne l'a jamais entendue prendre position. Elle se demande vaguement si c'est ce qui l'avait attiré en elle au départ, sa façon de s'en remettre à lui, de le laisser parler en leur nom à tous deux.

« Nous pourrons passer les vacances ici, ensemble, dit-elle en insistant sur le "nous".

— Comment... ? Pourquoi ? demande Obiora.

— Je veux être au courant quand un nouveau

boy est embauché dans ma maison, dit Nkem. Et les enfants ont besoin de toi.

— Si c'est ce que tu veux, finit par dire Obiora. On en reparlera. »

Elle le fait tourner avec douceur et continue de lui savonner le dos. Il n'y a plus rien à discuter, Nkem le sait ; c'est réglé.

UNE EXPÉRIENCE INTIME

Chika enjambe la première la fenêtre du magasin, puis elle tient le volet à la femme qui se hisse derrière elle. Le magasin semble avoir été abandonné bien avant le début des émeutes ; les rangées d'étagères en bois sont vides et couvertes de poussière jaune, tout comme les conteneurs en métal empilés dans un coin. Le magasin est petit, plus petit que le dressing de Chika à la maison. La femme grimpe à l'intérieur et les volets de bois grincent quand Chika les lâche. Les mains de Chika tremblent, ses mollets sont en feu d'avoir couru depuis le marché, en équilibre instable sur ses hauts talons. Elle veut remercier la femme de l'avoir arrêtée alors qu'elle passait en flèche devant elle, de lui avoir dit « Allez pas par là ! » et de l'avoir amenée à ce magasin où elles peuvent se cacher. Mais avant qu'elle puisse la remercier, la femme dit, portant la main à son cou nu :

« J'ai perdu mon collier en courant, eh.

— J'ai tout lâché, dit Chika. J'étais en train

d'acheter des oranges et j'ai lâché les oranges et mon sac à main. »

Elle n'ajoute pas que le sac était un Burberry, un original que sa mère avait acheté lors d'un récent voyage à Londres.

La femme soupire et Chika suppose qu'elle pense à son collier, sans doute des perles en plastique enfilées sur un cordon. Même sans son fort accent haoussa, Chika voit qu'elle est du Nord à son visage étroit, à la hauteur inhabituelle de ses pommettes, et qu'elle est musulmane à son foulard. Celui-ci pend à son cou à présent, mais il était sans doute drapé autour de sa tête, avant, et lui couvrait les oreilles. Un long foulard de tissu léger, rose et noir, qui a le charme criard des choses bon marché. Chika se demande si la femme la regarde elle aussi, si la femme voit, à son teint clair et à la bague-chapelet en argent qu'elle porte à la demande de sa mère, qu'elle est ibo et chrétienne. Plus tard, Chika apprendra que pendant qu'elles parlent, toutes les deux, des musulmans haoussas massacrent des chrétiens ibos à coups de machette, leur tapent dessus avec des pierres. Mais là, elle dit :

« Merci de m'avoir appelée. Tout s'est passé si vite, tout le monde s'est mis à courir et soudain je me suis retrouvée seule sans savoir quoi faire. Merci.

— Ici c'est sûr, dit la femme d'une voix si basse que c'en est presque un murmure. Eux-là ils vont pas dans petit magasin, ils vont seulement dans grand magasin et marché.

— Oui », répond Chika.

Elle n'a aucune raison d'être d'accord ou non, pourtant ; elle ne connaît rien aux émeutes : sa plus proche expérience se résume à un meeting politique à l'université quelques semaines plus tôt, où elle avait brandi une branche vert vif et scandé avec les autres : « Dehors les militaires ! Abacha dehors ! La démocratie maintenant ! » D'ailleurs elle n'aurait même pas pris part au meeting si sa sœur Nnedi n'avait compté parmi les organisateurs qui étaient allés de foyer en foyer en distribuant des tracts et en parlant aux étudiants de l'importance de « faire entendre notre voix ».

Les mains de Chika tremblent encore. Il y a à peine une demi-heure, elle était au marché avec Nnedi. Elle choisissait des oranges tandis que Nnedi s'était enfoncée un peu plus loin pour acheter des arachides, et puis des cris avaient éclaté, en anglais, en pidgin, en haoussa, en ibo. « Bagarre ! Problèmes arrivent, oh ! Ils ont tué homme ! » Et tout d'un coup les gens qui l'entouraient couraient, se bousculaient, renversaient des brouettes pleines d'ignames, abandonnaient des légumes abîmés qu'ils venaient de marchander âprement. Chika avait senti la peur et la sueur et elle s'était mise à courir, elle aussi, elle avait traversé des rues larges, était entrée dans celle-ci, étroite et — elle le craignait, le sentait — dangereuse, jusqu'au moment où elle avait vu la femme.

La femme et elle restent un moment silencieuses dans le magasin, à regarder par la fenêtre qu'elles viennent d'enjamber, dont les volets de bois se balancent en grinçant. Au début la rue est calme, puis elles entendent des bruits de pieds qui courent. Elles s'écartent toutes deux de la fenêtre, instinctivement, mais Chika peut quand même voir un homme et une femme qui passent ; la femme tient son lappa au-dessus des genoux, un bébé attaché dans le dos. L'homme parle vite, en ibo, et tout ce que comprend Chika, c'est : « Elle a peut-être couru chez Oncle. »

« Ferme fenêtre », dit la femme.

Chika ferme la fenêtre et sans l'air venu de la rue, la poussière est soudain tellement épaisse qu'elle la voit former des tourbillons au-dessus d'elle. L'atmosphère est viciée dans la pièce et ne sent pas du tout comme dans les rues, où elle a l'odeur de cette fumée couleur de ciel qui flotte dans l'air au moment de Noël, quand les gens jettent des carcasses de chèvre au feu pour éliminer le pelage. Les rues où elle a couru à l'aveuglette sans savoir dans quelle direction Nnedi était partie, sans savoir si l'homme qui courait à côté d'elle était ami ou ennemi, sans savoir si elle devait s'arrêter pour ramasser un des enfants au regard perdu séparés de leur mère dans la bousculade, sans même savoir qui était qui, qui tuait qui.

Plus tard, elle verra les épaves des voitures brûlées, leurs vitres et leurs pare-brise déchiquetés et béants, et elle imaginera les voitures en flammes parsemant la ville comme des feux de pique-nique, témoins silencieux de tant de choses. Elle apprendra que tout avait commencé au parking, quand un homme avait roulé sur un exemplaire du Coran qui traînait sur le bas-côté, un homme qui se trouvait être ibo et chrétien. Les hommes présents, des hommes qui passaient la journée là jouant aux dames et se trouvaient être musulmans, l'avaient extirpé de son pick-up et décapité d'un éclair de machette, avaient porté la tête au marché en demandant à d'autres de se joindre à eux ; l'infidèle avait profané le livre saint. Chika imaginera la tête de l'homme, sa peau devenue livide dans la mort, et elle en aura des haut-le-cœur et des vomissements qui lui tordront l'estomac. Mais, pour le moment, elle demande à la femme :

« Vous sentez toujours la fumée ?

— Oui », dit la femme, qui dénoue son lappa vert et l'étale sur le sol poussiéreux. Elle ne porte qu'un chemisier et une combinaison noire brillante déchirée aux coutures. « Viens t'asseoir. »

Chika regarde le lappa élimé par terre ; c'est sans doute un des deux seuls que la femme possède. Elle regarde sa propre tenue, une jupe en jean et un tee-shirt rouge avec une image de la statue de la Liberté qu'elle a tous deux achetés cet été, quand elle a passé quelques semaines à New York avec Nnedi chez des parents.

« Non, votre lappa va se salir.

— Assieds-toi, dit la femme. Nous attendrons ici longtemps.

— Vous savez combien de temps... ?

— Cette nuit ou demain matin. »

Chika porte la main au front, comme pour voir si elle a une poussée de fièvre paludique. D'habitude, le contact de sa paume fraîche la calme, mais cette fois-ci, elle est moite.

« Ma sœur achetait des arachides la dernière fois que je l'ai vue. Je ne sais pas où elle est.

— Elle va dans endroit sûr.

— Nnedi.

— Eh ?

— Ma sœur. Elle s'appelle Nnedi.

— Nnedi », répète la femme, et son accent haoussa enveloppe le nom ibo d'une douceur duveteuse.

Plus tard, Chika passera les morgues des hôpitaux au peigne fin pour rechercher Nnedi ; elle ira aux sièges des journaux en serrant dans sa main la photo de Nnedi et elle à un mariage, à peine une semaine plus tôt, celle où elle ébauche un sourire idiot parce que Nnedi l'a pincée juste avant que la photo soit prise, où elles portent toutes deux des robes-bustiers en tissu ankara assorties. Elle scotchera des photocopies du cliché sur les murs du marché et des magasins voisins. Elle ne trouvera pas Nnedi. Elle ne trouvera jamais Nnedi. Mais pour le moment, elle dit à la femme :

« Nnedi et moi, on est venues ici la semaine dernière pour rendre visite à notre tantie. On est en vacances scolaires.

— Vous allez où à l'école ?

— On va à l'université de Lagos. J'étudie la médecine. Nnedi fait sciences politiques. »

Chika se demande si la femme sait seulement ce que cela signifie d'aller à l'université. Et elle se demande également si elle a évoqué la fac dans le seul but de se raconter la réalité dont elle a besoin maintenant — que Nnedi n'est pas perdue au milieu d'une émeute, que Nnedi est en sécurité quelque part, sans doute en train de rire à sa manière spontanée, de toutes ses dents, sans doute en train d'élaborer une de ses théories politiques. Que le gouvernement du général Abacha se servait de sa politique étrangère pour se donner une légitimité aux yeux des autres pays africains, par exemple. Ou que l'engouement phénoménal pour les extensions de cheveux blonds est un héritage direct du colonialisme britannique.

« On est chez notre tantie depuis une semaine seulement, en fait c'est la première fois qu'on vient à Kano », dit Chika. Et elle se rend compte alors de ce qu'elle ressent : elle trouve qu'elles n'auraient pas dû être touchées par l'émeute, sa sœur et elle. Des émeutes comme celle-ci, c'était pour les articles qu'elle lisait dans les journaux. Des émeutes comme celle-ci, c'était ce qui arrivait aux autres.

« Votre tantie est au marché ? demande la femme.

— Non, elle est à son travail. C'est la directrice du secrétariat. »

Chika porte de nouveau la main au front. Elle se baisse et s'assied, beaucoup plus près de la femme qu'elle ne l'aurait fait normalement, de façon à être entièrement sur le lappa. Elle sent sur la femme une odeur de quelque chose, un produit âcre comme le pain de savon dont leur bonne se sert pour laver les draps.

« Votre tantie va dans endroit sûr.

— Oui », dit Chika. La conversation est surréaliste ; elle a l'impression de se regarder parler. « Je n'arrive toujours pas à croire qu'elle a lieu pour de bon, cette émeute. »

La femme regarde droit devant elle. Tout, chez elle, est long et fin, ses jambes étendues, ses mains aux ongles colorés au henné, ses pieds.

« C'est œuvre du mal », finit-elle par dire.

Chika se demande si c'est tout ce que la femme pense des émeutes, si c'est tout ce qu'elle y voit : le mal. Elle aimerait que Nnedi soit là. Elle imagine les yeux couleur cacao de Nnedi s'animer, ses lèvres bouger rapidement pour expliquer que les émeutes ne se déclenchent pas en vase clos, que la religion et l'appartenance ethnique sont souvent politisées parce que le dirigeant est en sécurité tant que les affamés qu'il dirige s'entretuent. Chika se surprend à se demander si cette femme a l'esprit assez large pour comprendre quelque chose à tout cela, et elle en ressent une pointe de culpabilité.

« À l'école vous voyez des malades maintenant ? » demande la femme.

Chika détourne rapidement le regard pour que la femme ne voie pas sa surprise.

« Ma formation clinique ? Oui, on a commencé l'année dernière. Nous consultons au CHU. »

Elle n'ajoute pas qu'elle est souvent assaillie

par le doute, qu'elle traîne à l'arrière du groupe de six ou sept étudiants pour échapper au regard du praticien hospitalier, en espérant qu'il ne lui demandera pas d'examiner un patient et de présenter son diagnostic différentiel.

« Je suis marchande, dit la femme. Je vends oignons. »

Chika cherche du sarcasme ou des reproches dans le ton de sa voix, mais il n'y en a pas. Elle parle de la même voix égale et basse, une femme qui dit simplement ce qu'elle fait.

« J'espère qu'ils ne détruiront pas les échoppes du marché, répond Chika ; elle ne sait pas quoi dire d'autre.

— Chaque fois qu'ils font bagarres, ils cassent marché », dit la femme.

Chika veut lui demander à combien d'émeutes elle a assisté, mais elle s'abstient. Elle a lu des articles sur les autres émeutes par le passé : des fanatiques musulmans haoussas attaquant des chrétiens ibos, et parfois des chrétiens ibos se lançant dans de meurtrières missions de vengeance. Elle ne veut pas d'une conversation qui dénonce.

« Mon mamelon brûle comme piment, dit la femme.

— Comment ?

— Mon mamelon brûle comme piment. »

Sans laisser le temps à Chika de déglutir la bulle de surprise dans sa gorge et de dire quelque chose, la femme enlève son chemisier et défait l'agrafe de devant d'un vieux soutien-gorge noir.

Elle sort l'argent qu'elle y a glissé, des billets de dix et vingt naira, avant de libérer ses seins généreux.

« Brûle-brûle comme piment », dit-elle en prenant ses seins à deux mains et en se penchant vers Chika, dans un geste d'offrande, presque.

Chika gigote. Elle se souvient de la rotation de pédiatrie d'il y a seulement une semaine : le praticien hospitalier, Dr Olunloyo, voulait que tous les étudiants sentent le murmure cardiaque de stade 4 d'un petit garçon qui les regardait avec des yeux pleins de curiosité. Le docteur lui avait demandé de passer la première et elle s'était mise à transpirer, la tête vide d'un coup, ne sachant même plus où était le cœur. Elle avait fini par poser une main tremblante à gauche du mamelon du garçon et le *brrr-brrr-brrr* du sang qui s'engouffrait en chuintant du mauvais côté, battant sous ses doigts, lui avait fait bégayer : « Désolée, désolée », alors que le garçon lui souriait.

Les mamelons de la femme n'ont rien à voir avec celui de ce garçon. Ils sont crevassés, raides et brun foncé, avec des aréoles un ton plus claires. Chika les regarde attentivement, tend la main et touche.

« Est-ce que vous avez un bébé ? demande-t-elle.

— Oui. Un an.

— Vos mamelons sont secs, mais ils n'ont pas l'air infectés. Après avoir nourri le bébé, vous devez mettre de la crème. Et quand vous lui donnez le sein, vous devez faire attention à ce que le mamelon et aussi cette partie-là, l'aréole, soient bien entrés dans la bouche du bébé. »

La femme regarde longuement Chika.

« Première fois j'entends ça. J'ai cinq enfants.

— Ça a fait pareil avec ma mère. Ses mamelons se sont crevassés quand le sixième est arrivé et elle ne savait pas pourquoi, jusqu'à ce qu'une amie lui dise qu'elle devait hydrater », raconte Chika.

Elle ne ment pratiquement jamais, mais les rares fois où elle le fait, c'est toujours dans un but précis. Elle se demande quel est le but de ce mensonge-ci, quel est ce besoin de faire appel à un passé fictif semblable à celui de la femme ; Nnedi et elle sont les seuls enfants de sa mère. En plus, sa mère avait toujours eu le Dr Igbokwe, avec sa formation et son affectation toutes britanniques, à portée de téléphone.

« Qu'est-ce que ta mère met sur son mamelon ? demande la femme.

— Du beurre de cacao. Les crevasses ont vite cicatrisé.

— Eh ? » La femme observe un moment Chika, comme si cette révélation avait créé un lien entre elles. « D'accord, j'en prends et je mets. » Elle joue quelques instants avec son foulard, puis elle dit : « Je cherche ma fille. Nous allons ensemble au marché ce matin. Elle vend arachides près de l'arrêt de bus parce qu'il y a beaucoup clients. Et puis bagarre commence et je la cherche partout au marché.

— Le bébé ? » demande Chika, consciente de la stupidité de sa question alors même qu'elle la pose.

La femme secoue la tête et une étincelle d'impatience, de colère, même, passe dans ses yeux.

« Tu as problème avec tes oreilles ? Tu n'entends pas là je dis quoi ?

— Désolée, dit Chika.

— Bébé est à la maison ! Celle-là là c'est première fille, Halima. » La femme se met à pleurer. Elle pleure sans bruit et ses épaules se soulèvent, ce ne sont pas les sanglots bruyants des femmes que connaît Chika, le genre qui hurle *Serre-moi dans tes bras, console-moi, parce que je ne peux pas faire face toute seule*. Les larmes de cette femme sont intimes, comme si elle se livrait à un rituel qui n'implique personne d'autre qu'elle.

Plus tard, quand Chika en viendra à regretter que Nnedi et elle aient eu l'idée d'aller au marché en taxi rien que pour voir un peu la vieille ville de Kano en dehors du quartier de leur tante, elle regrettera aussi qu'Halima, la fille de la femme, n'ait pas été malade, fatiguée ou paresseuse ce matin-là, ce qui l'aurait empêchée de vendre des arachides, ce jour-là.

La femme s'essuie les yeux avec un pan de son chemisier.

« Qu'Allah garde ta sœur et Halima en lieu sûr », dit-elle.

Et comme Chika ne sait pas trop ce que disent les musulmans pour exprimer leur accord — ça ne peut pas être « amen » — elle se contente de hocher la tête.

La femme a découvert un robinet rouillé dans un coin du magasin, près des conteneurs en métal. Peut-être là où le commerçant se lavait les mains, dit-elle, en expliquant à Chika que les magasins de cette rue ont été abandonnés il y a des mois de cela, quand le gouvernement les a déclarés structures illégales vouées à la démolition. La femme ouvre le robinet et toutes deux regardent — avec surprise — un filet d'eau s'étirer. Brunâtre et si métallique que Chika en sent déjà l'odeur. Il n'empêche, ça coule.

« Je me lave et je prie », dit la femme, d'une voix plus forte à présent, et elle sourit pour la première fois, découvrant des dents régulières, celles du devant tachées de brun.

Ses fossettes s'enfoncent dans ses joues, assez profondes pour avaler la moitié d'un doigt, inattendues sur un visage aussi mince. La femme se lave maladroitement les mains et la figure au robinet, puis elle retire son foulard de son cou et le pose par terre. Chika détourne les yeux. Elle sait que la femme est à genoux, dans la direction de La Mecque, mais elle ne regarde pas. C'est comme les larmes de la femme, une expérience intime, et elle regrette de ne pas pouvoir quitter le magasin. Ou de ne pas pouvoir prier, elle aussi, croire en un dieu, voir une présence omnisciente dans l'air confiné du magasin. Elle ne se souvient pas d'un moment où son idée de Dieu n'ait été floue, comme un reflet dans un miroir de salle de bains embué, et elle ne se souvient pas d'avoir jamais tenté d'essuyer le miroir.

Elle touche la bague-chapelet qu'elle porte encore, au petit doigt parfois ou à l'index, pour faire plaisir à sa mère. Nnedi ne porte plus la sienne, elle qui a dit une fois, en riant de son rire de gorge : « Les chapelets, c'est rien d'autre que des potions magiques, et j'ai pas besoin de ça, merci. »

Plus tard, la famille fera dire des messes à maintes et maintes reprises pour qu'on retrouve Nnedi saine et sauve, mais jamais pour le repos de son âme. Et Chika repensera à cette femme en prière, la tête contre le sol poussiéreux, et elle renoncera à dire à sa mère que faire célébrer des messes est un gaspillage d'argent, que c'est juste une façon de procurer des fonds à l'Église.

Lorsque la femme se relève, Chika se sent étrangement revigorée. Plus de trois heures se sont écoulées et elle s'imagine que l'émeute s'est calmée, que les émeutiers se sont dispersés. Il faut qu'elle parte, il faut qu'elle rentre à la maison et s'assure que Nnedi et sa tantie vont bien.

« Il faut que je m'en aille », dit Chika.

À nouveau, l'expression d'impatience sur le visage de la femme.

« Dehors, il y a danger.

— Je crois qu'ils sont partis. Je ne sens même plus d'odeur de fumée. »

La femme ne dit rien, elle se rassied sur le lappa. Chika l'observe quelques instants, déçue sans savoir pourquoi. Peut-être veut-elle que la femme lui donne sa bénédiction, quelque chose.

« Votre maison est loin d'ici ? demande-t-elle.

— Oui. Je prends deux autobus.

— Alors je reviendrai avec le chauffeur de ma tantie et je vous reconduirai chez vous. »

La femme tourne la tête. Chika se dirige lentement vers la fenêtre et l'ouvre. Elle s'attend à ce que la femme lui demande de s'arrêter, de revenir, de ne pas faire l'imprudente. Mais la femme ne dit rien et Chika sent ses yeux calmes dans son dos quand elle escalade la fenêtre.

Les rues sont silencieuses. Le soleil baisse et Chika regarde autour d'elle dans la pénombre du soir, ne sachant pas trop par où aller. Elle prie pour qu'un taxi surgisse, par magie, par chance, par la grâce de Dieu. Puis elle prie pour que Nnedi soit dans le taxi et lui demande où elle était passée, bon sang, elles étaient tellement inquiètes. Chika n'est pas arrivée au bout de la deuxième rue dans la direction du marché qu'elle voit le corps. Elle manque ne pas le voir, s'en approche tellement qu'elle sent sa chaleur. Le corps doit avoir été brûlé très récemment. L'odeur est renversante, une odeur de chair rôtie comme elle n'en a jamais senti de pareille.

Plus tard, quand elle parcourra tout Kano avec sa tante, un policier assis à l'avant de la voiture climatisée, elle verra d'autres corps, brûlés pour beaucoup, gisant dans le sens de la longueur contre le bord du trottoir, comme si quelqu'un s'était donné la peine de les pousser et de les aligner. Elle regardera un seul des corps, nu, raide, couché sur le ventre, et elle sera frappée de constater qu'elle ne peut dire si cet homme en partie brûlé est ibo ou haoussa, chrétien ou musulman, en regardant cette chair calcinée. Elle écoutera la BBC et entendra les bulletins sur les morts et les émeutes — « religieuses sur fond de tension ethnique », dira la voix. Et elle jettera la radio contre le mur, prise d'une fureur noire devant la façon dont tout a été présenté, édulcoré, comprimé pour faire tenir en si peu de mots tous ces corps. Mais maintenant, la chaleur du corps brûlé est si proche d'elle, si présente et tiède, qu'elle fait demi-tour et repart en flèche vers le magasin. En courant, elle sent une douleur vive à son mollet. Elle arrive au magasin et tape à la fenêtre, tape jusqu'à ce que la femme lui ouvre.

Chika s'assied par terre et examine, à la lumière qui baisse, le filet de sang qui s'étire le long de sa jambe. Elle sent ses yeux chavirer. Il a l'air étranger, ce sang, comme si quelqu'un lui avait envoyé une giclée de concentré de tomates.

« Ta jambe. Il y a du sang », dit la femme, avec une certaine lassitude.

Elle mouille un coin de son foulard au robinet et nettoie la coupure à la jambe de Chika, enroule le foulard mouillé autour puis fait un nœud au mollet.

« Merci, dit Chika.

— Tu veux toilettes ?

— Toilettes ? Non.

— On se sert de conteneurs-là pour toilettes », dit la femme.

Elle emporte un des conteneurs au fond du

magasin, et l'odeur emplit bientôt les narines de Chika, se mélange à celles de la poussière et de l'eau métallique, et lui donne le tournis et la nausée. Elle ferme les yeux.

« Désolée, oh ! Mon ventre va mal. Avec tout ce qui se passe aujourd'hui », dit la femme derrière elle.

Après, la femme ouvre la fenêtre et met le conteneur dehors, puis elle se lave les mains au robinet. Elle revient et Chika et elle s'asseyent côte à côte en silence ; au bout d'un moment, elles entendent au loin des voix criardes scander des mots que Chika n'arrive pas à comprendre. Le magasin est presque entièrement plongé dans l'obscurité quand la femme s'allonge sur le sol, le haut du corps sur le lappa et le reste non. Plus tard, Chika lira dans *The Guardian* que « dans le nord du pays les musulmans de langue haoussa réactionnaires sont connus pour avoir déjà exercé des violences contre des non-musulmans » et, au cœur de sa douleur, elle prendra le temps de se souvenir qu'elle a examiné les mamelons et connu la gentillesse d'une femme haoussa et musulmane.

Chika ne dort pratiquement pas de la nuit. La fenêtre est fermée hermétiquement ; il n'y a pas d'air dans la pièce et la poussière épaisse et sablonneuse lui entre dans le nez. Elle ne cesse de voir le cadavre noirci flottant dans un halo près de la fenêtre, un doigt accusateur pointé sur elle. Finalement, elle entend la femme se lever et ouvrir la fenêtre, laissant entrer le petit jour bleu et terne. La femme reste debout quelques instants, avant de sortir en escaladant. Chika entend des bruits de pas, des gens qui passent. Elle entend la femme appeler, d'une voix qui s'élève comme si elle reconnaissait quelqu'un, puis des paroles rapides en haoussa que Chika ne comprend pas.

La femme revient dans le magasin.

« Danger est fini. C'est Abu. Il vend provisions. Il va voir son magasin. Partout il y a policier avec gaz lacrymogène. Petit soldat il vient main-nan. Je pars main-nan avant que soldat commence à harceler les gens. »

Chika se lève lentement et s'étire ; ses articulations sont endolories. Elle fera à pied tout le trajet de retour jusque chez sa tantie, dans le lotissement privé, parce qu'il n'y a pas de taxis dans la rue, rien que des jeeps de l'armée et des berlines de police en piteux état. Elle trouvera sa tantie errant d'une pièce à l'autre, un verre d'eau à la main, répétant sans cesse en ibo, à mi-voix : « Mais pourquoi vous ai-je demandé de me rendre visite, à Nnedi et toi ? Pourquoi mon chi m'a-t-il trompée comme ça ? » Et Chika empoignera fermement sa tantie par les épaules et la conduira à un canapé.

À présent, Chika détache le foulard de sa jambe, le secoue comme pour chasser les taches de sang et le tend à la femme.

« Merci.

— Lave ta jambe bien-bien. Salue ta sœur, salue ta famille, dit la femme en serrant son lappa autour de sa taille.

— Salue ta famille aussi. Salue ton bébé et Halima », dit Chika. Plus tard, sur le trajet de retour, elle ramassera une pierre cuivrée par une tache de sang séché et elle portera ce souvenir morbide contre sa poitrine. Et à ce moment-là, dans une sorte d'étrange éclair, en serrant la pierre, elle se doutera qu'elle ne retrouvera jamais Nnedi, que sa sœur a disparu. Mais pour le moment, elle se tourne vers la femme et ajoute : « Est-ce que je peux garder ton foulard ? Au cas où ça se remette à saigner. »

La femme regarde un moment, l'air de ne pas comprendre, puis elle hoche la tête. Peut-être y a-t-il le début d'une souffrance à venir sur son visage, mais elle esquisse un sourire absent, avant de tendre le foulard à Chika et tourner le dos pour escalader la fenêtre.

FANTÔMES

Aujourd'hui j'ai vu Ikenna Okoro, un homme que je croyais mort depuis longtemps. Peut-être aurais-je dû me pencher, ramasser une poignée de sable et la lui lancer, comme on fait chez nous pour s'assurer qu'on n'a pas affaire à un fantôme. Mais je suis un homme qui a reçu une éducation occidentale, professeur de mathématiques à la retraite, âgé de soixante et onze ans, et je suis censé m'être armé d'un bagage scientifique suffisant pour rire avec indulgence des coutumes de chez nous. Je ne lui ai pas lancé de sable à la figure. De toute façon je n'aurais pas pu le faire, même si je l'avais voulu, puisque nous nous sommes rencontrés à l'université, sur le béton de l'économat.

J'étais là pour m'enquérir de ma pension de retraite, une fois de plus. « Bonjour, Prof, m'a dit Ugwuoke, l'employé maigre et desséché. Désolé, l'argent n'est pas arrivé. »

L'autre employé, dont je ne me rappelle plus le nom, a hoché la tête et s'est excusé, lui aussi, tout en mâchant un lobe de noix de kola rose. Ils avaient l'habitude. J'avais l'habitude. Tout comme les hommes en haillons regroupés sous le flamboyant, qui discutaient d'une voix forte, en gesticulant. Le ministre de l'Éducation a volé l'argent des pensions, a dit un des gars. Un autre a dit que c'était le président de l'université qui avait déposé l'argent dans des comptes personnels fortement rémunérés. Ils ont maudit le président : son pénis va se tarir. Ses enfants n'auront pas d'enfants. Il mourra de diarrhée. Lorsque je les ai rejoints, ils m'ont salué en hochant la tête, l'air de s'excuser de la situation, comme si ma retraite de professeur était, d'une certaine façon, plus importante que leurs retraites de coursier ou de chauffeur. Ils m'appelaient Prof, comme la plupart des gens, comme les vendeurs assis sous l'arbre à côté de leurs plateaux. « Prof ! Prof ! Viens acheter bonnes bananes ! »

J'ai bavardé avec Vincent, qui avait été mon chauffeur pendant trois ans quand j'étais doyen de faculté, dans les années 1980.

« Pas de pension depuis trois ans, Prof, a-t-il dit. C'est pour ça que les gens meurent quand ils prennent leur retraite.

— *O joka*, ai-je répondu, même s'il n'avait pas besoin de moi pour savoir que c'était terrible.

— Comment va Nkiru, Prof ? J'espère qu'elle se porte bien en Amérique ? »

Il me demande toujours des nouvelles de notre fille. Il nous conduisait souvent, ma femme Ebere et moi, lui rendre visite à la faculté de médecine d'Enugu. Je me souviens qu'à la mort d'Ebere il était venu avec sa famille pour *mgbalu* et avait fait un discours émouvant, bien qu'assez long, sur Ebere, disant qu'elle l'avait toujours bien traité quand il était notre chauffeur, qu'elle lui donnait les vieux vêtements de notre fille pour ses enfants.

« Nkiru va bien, ai-je dit.

— S'il vous plaît, donnez-lui le bonjour de ma part lorsqu'elle appellera, Prof.

— Je n'y manquerai pas. »

Il a parlé encore un moment, de notre pays qui n'avait pas appris à dire merci, des étudiants des foyers qui ne le payaient pas à temps quand il réparait leurs chaussures. Mais ce qui retenait mon attention c'était sa pomme d'Adam, qui faisait le yoyo de façon inquiétante, comme si d'un instant à l'autre elle allait percer la peau ridée de son cou et s'éjecter. Vincent est plus jeune que moi, il doit avoir entre soixante-cinq et soixante-dix ans, mais il en paraît davantage. Il n'a plus beaucoup de cheveux. Je me souviens bien de son bavardage incessant quand il me conduisait au travail, à l'époque ; je me souviens aussi qu'il adorait lire mes journaux, habitude que je n'encourageais pas.

« Prof, tu veux pas nous acheter bananes ? La faim nous tue », a dit un des hommes rassemblés sous le flamboyant. Son visage me rappelait quelque chose. Je crois que c'était le jardinier de mon voisin, le professeur Ijere. Malgré son ton mi-taquin, mi-sérieux, j'ai acheté une livre d'arachides et une main de bananes et je les leur ai données, même si ce dont ces hommes avaient tous vraiment besoin, c'était de lait hydratant. Leurs bras et leur visage étaient de cendre. On est bientôt en mars, mais la saison de l'harmattan est loin d'être finie : le vent sec, l'électricité statique qui fait crépiter mes vêtements, la fine poussière sur mes cils. J'ai mis plus de lait que d'habitude, aujourd'hui, et de la vaseline sur mes lèvres, mais ça n'empêche pas la peau de mon visage et de mes paumes de tirer.

Ebere me taquinait parce que je ne m'hydratais pas comme il fallait, selon elle, surtout pendant l'harmattan, et quelquefois, après mon bain du matin, elle me massait doucement les bras, les jambes et le dos avec sa Nivea. Il faut qu'on soigne cette jolie peau, me disait-elle en riant de son rire espiègle. Elle disait toujours que c'était à cause de mon teint qu'elle s'était laissé convaincre, vu que je n'avais pas d'argent, contrairement à tous les autres prétendants qui défilaient à son appartement d'Elias Avenue en 1961. Parfait, disait-elle de mon teint. Je ne trouvais rien de particulier à ma couleur terre d'ombre foncée, mais je dois reconnaître qu'au fil des ans, sous les mains d'Ebere, j'avais fini par en tirer une petite fierté.

« Merci, Prof ! » ont dit les hommes. Puis ils se sont mis à débattre de qui ferait le partage, en se moquant les uns des autres.

Je me suis attardé à les écouter. Je me rendais bien compte qu'ils s'exprimaient plus convenablement à cause de ma présence : la menuiserie n'allait pas fort, les enfants étaient malades, encore des ennuis avec les prêteurs. Ils riaient souvent. Bien sûr, ils nourrissent du ressentiment, et à juste titre, mais étrangement cela n'a pas entamé leur bonne humeur. Je me demande souvent si je serais comme eux, sans les économies que j'ai pu faire sur mes émoluments au Bureau fédéral des statistiques, et si Nkiru ne s'obstinait pas à m'envoyer des dollars dont je n'ai pas besoin. J'en doute ; je me serais sans doute recroquevillé comme une tortue dans sa carapace et j'aurais laissé ma dignité partir en pièces.

J'ai fini par leur dire au revoir et je me suis dirigé vers ma voiture, garée près des filaos qui séparent la Faculté d'éducation de l'économat. C'est alors que j'ai vu Ikenna Okoro.

Il a été le premier à m'appeler.

« James ? James Nwoye, c'est toi ? »

Il est resté bouche bée et j'ai vu qu'il avait encore toutes ses dents. J'en ai perdu une l'année dernière. J'ai refusé de faire faire des travaux dentaires, comme dit Nkiru, ce qui ne m'a pas empêché de ressentir une certaine aigreur devant la dentition complète d'Ikenna.

« Ikenna ? Ikenna Okoro ? » ai-je demandé avec l'hésitation que l'on met à suggérer une chose qui ne saurait être : le retour à la vie d'un homme mort trente-sept ans plus tôt.

« Oui, oui. »

Ikenna s'est rapproché, à pas incertains. Nous nous sommes serré la main, puis embrassés rapidement.

Nous n'avions pas été proches, Ikenna et moi ;

je le connaissais assez bien à l'époque parce que tout le monde le connaissait assez bien. C'était lui qui, lorsque le nouveau président de l'université, un Nigérian élevé en Angleterre, avait annoncé que tous les enseignants devaient désormais porter une cravate pour donner cours, avait continué à porter ses tuniques de couleur vive par défi. Lui qui était monté sur l'estrade du Club des enseignants et nous avait exhortés, jusqu'à s'en casser la voix, à adresser une pétition au gouvernement, à réclamer de meilleurs traitements pour le personnel non enseignant. Son domaine était la sociologie et même si nous étions nombreux, dans les sciences véritables, à considérer les gens des sciences sociales comme des penseurs sans consistance, qui avaient trop de temps libre et écrivaient des tonnes de livres illisibles, nous portions un regard différent sur Ikenna. Nous lui pardonnions son style péremptoire et ne jetions pas ses pamphlets, nous avions plutôt tendance à admirer la rigueur érudite avec laquelle il s'emparait d'une question ou de l'autre ; son intrépidité nous convainquait. C'est toujours un homme ratatiné, aux yeux de grenouille et à la peau claire, aujourd'hui décolorée et parsemée de taches de vieillesse brunes. À l'époque, on entendait parler de lui puis l'on faisait des efforts pour masquer sa vive déception quand on le voyait, car la force de son art oratoire laissait présumer qu'il serait bel homme. Mais comme on dit chez nous, un animal célèbre ne remplit pas toujours le panier du chasseur.

« Tu es vivant ? » lui ai-je demandé.

J'étais très secoué. Ma famille et moi l'avions vu le jour de sa mort, le 6 juillet 1967, le jour où nous avions évacué Nsukka en toute hâte, sous le soleil qui flamboyait d'un rouge étrange dans le ciel, dans le *boum boum boum* tout proche des obus des soldats fédéraux qui progressaient. Nous étions dans mon Impala. Les miliciens nous avaient salués d'un geste quand nous avions franchi les grilles du campus, et dit en criant de ne pas nous inquiéter, les vandales — comme nous appelions les soldats fédéraux — seraient battus en une affaire de quelques jours et nous pourrions alors revenir. Les villageois locaux, ceux-là mêmes qui feraient les poubelles des enseignants après la guerre pour se nourrir, suivaient à pied par centaines, des femmes avec des caisses sur la tête et des bébés attachés dans le dos, des enfants pieds nus et chargés de ballots, des hommes qui traînaient des vélos ou portaient des ignames. Je me souviens qu'Ebere consolait notre fille Zik, car dans notre hâte nous avions laissé sa poupée, quand nous avons vu la Kadett verte d'Ikenna. Il roulait dans l'autre sens, vers le campus. J'ai donné un coup de klaxon et je me suis arrêté. « Tu ne peux pas retourner ! » ai-je crié. Mais il a agité la main et répondu : « Il faut que j'aille chercher des manuscrits. » Ou peut-être a-t-il dit : « Il faut que j'aille chercher des matériaux. » J'ai trouvé cela un peu téméraire de sa part de retourner sur le campus alors que le pilonnage se rapprochait et que, de toute façon, nos troupes auraient repoussé les vandales en une semaine ou deux. Mais j'étais aussi pénétré du sentiment de notre invincibilité collective, de la justesse de la cause biafraise, et je n'y ai donc guère repensé, jusqu'au moment où j'ai appris que Nsukka était tombée le jour même où nous avions évacué et que le campus avait été occupé. Le porteur de la nouvelle, un parent du professeur Ezike, nous apprit également que deux enseignants avaient été tués. L'un d'eux s'était disputé avec les soldats fédéraux avant d'être abattu. Nous n'eûmes pas besoin qu'on nous le dise pour savoir que c'était Ikenna.

Ma question a fait rire Ikenna.

« Oui, oui, je suis vivant ! »

Il a dû trouver sa propre réponse encore plus drôle, car il a ri de plus belle. Même son rire, maintenant que j'y pense, semblait décoloré, creux, sans rapport avec les éclats agressifs qui résonnaient au Club des enseignants, à l'époque, quand il se moquait de ceux qui n'étaient pas d'accord avec lui.

« Mais nous t'avons vu, dis-je. Tu te souviens ? Le jour où on a évacué ?

— Oui.

— Ils ont dit que tu n'étais pas ressorti.

— Si, a-t-il fait en hochant la tête. Je suis ressorti. J'ai quitté le Biafra le mois suivant.

— Tu es parti ? »

Je ressens alors aujourd'hui, et c'est incroyable, une bouffée de ce profond dégoût qui nous venait quand nous entendions parler de saboteurs

— comme nous les appelions — qui trahissaient nos soldats, notre juste cause, notre nation naissante, pour accéder en toute sécurité au Nigeria, et là-bas au sel, à la viande et à l'eau fraîche dont le blocus nous privait.

« Non, non, ce n'était pas comme ça, pas ce que tu crois. » Ikenna s'est tu et j'ai remarqué que sa chemise grise pendait aux épaules. « Je suis parti à l'étranger à bord d'un avion de la Croix-Rouge. Je suis allé en Suède. »

Une certaine hésitation se dégageait de lui, un manque d'assurance qui semblaient étrangers, très éloignés de l'homme qui amenait si facilement les gens à *agir*, autrefois. Je me rappelle le premier rassemblement qu'Ikenna avait organisé après la déclaration d'indépendance du Biafra, et comment nous étions tous serrés à Freedom Square à l'écouter parler, nos acclamations et nos cris de « Bonne Indépendance ! ».

« Tu es allé en Suède ?

— Oui. »

Il n'a rien ajouté et je me suis rendu compte qu'il ne m'en dirait pas davantage, qu'il ne me dirait pas comment, au juste, il avait quitté le campus vivant, ni comment il s'était retrouvé à bord de cet avion ; je sais que des enfants ont été évacués par pont aérien vers le Gabon, plus tard pendant la guerre, mais je n'ai absolument jamais entendu parler de gens qu'on aurait emmenés à bord d'avions de la Croix-Rouge, et aussi tôt, de surcroît.

« Et depuis, tu es en Suède ?

— Oui. Ma famille tout entière était à Orlu quand ils l'ont bombardée. » Il a émis un son rauque qui se voulait un rire, mais était plus proche d'une quinte de toux. « Comme il n'est resté personne, je n'avais aucune raison de revenir. J'ai gardé le contact avec le Dr Anya un certain temps. Il m'a parlé de la reconstruction de notre campus, et je crois qu'il a dit que vous étiez partis en Amérique après la guerre. »

En fait, Ebere et moi étions revenus à Nsukka juste à la fin de la guerre, en 1970, mais pour quelques jours seulement. C'était plus que nous ne pouvions en supporter. Nos livres carbonisés gisaient en tas dans le jardin de devant, sous le parasolier. Les excréments durcis, dans la baignoire, étaient parsemés de pages de mes *Annales des Mathématiques* qui avaient servi de papier hygiénique, et des traînées croûtées couvraient les formules que j'avais étudiées et enseignées. Notre piano — le piano d'Ebere — avait disparu. Ma robe de remise de diplôme, que j'avais portée pour recevoir mon premier diplôme à Ibadan, avait fait office de chiffon et des fourmis y grouillaient, affairées et indifférentes à mon regard. Nos photos étaient déchirées, leurs cadres brisés. Nous étions donc partis en Amérique, pour n'en revenir qu'en 1976. On nous a alors attribué une autre maison, rue Ezenweze, et pendant longtemps nous avons évité de passer par la rue Imoke parce que nous ne voulions pas revoir l'ancienne maison ; nous avons appris plus tard que les nouveaux occupants avaient abattu le parasolier. J'ai raconté tout cela à Ikenna, pourtant je ne lui ai rien dit de notre séjour à Berkeley, où mon ami noir américain Chuck Bell m'avait procuré un poste d'enseignant. Ikenna a gardé le silence un moment, puis il a dit : « Comment va ta petite fille, Zik ? Ce doit être une femme, à présent. »

Il avait toujours tenu à payer le Fanta de Zik quand nous l'emmenions au Club des enseignants le Jour des Familles, parce que, disait-il, c'était la plus jolie des enfants. Je soupçonne que c'était surtout parce que nous lui avions donné le nom de notre président et qu'Ikenna avait été un zikiste de la première heure, avant de quitter le mouvement en prétextant qu'il était trop docile.

« La guerre a pris Zik », ai-je dit en ibo — pour moi, parler de la mort en anglais lui a toujours conféré une irrévocabilité troublante.

Ikenna a respiré profondément, mais n'a rien dit d'autre que « *Ndo* », rien de plus que « désolé ». Je me suis senti soulagé qu'il ne demande pas comment — il n'y avait pas trente-six « comment », de toute façon — et qu'il n'ait pas l'air excessivement bouleversé, comme si les morts en temps de guerre pouvaient jamais être de véritables accidents.

« Nous avons eu un autre enfant après la guerre, ai-je ajouté, une autre fille. »

Mais Ikenna s'était mis à parler précipitamment.

« J'ai fait ce que j'ai pu, disait-il. Vraiment. J'ai quitté la Croix-Rouge internationale. Elle était pleine de lâches qui étaient incapables de défendre des êtres humains. Ils se sont retirés quand l'avion a été abattu à Eket, comme s'ils ne savaient pas que c'était exactement ce que Gowon voulait. Mais le Conseil mondial des Églises a continué d'acheminer des secours par avion par Uli. De nuit ! J'étais présent lorsqu'il s'est réuni à Uppsala. C'était sa plus grosse opération depuis la Seconde Guerre mondiale. C'est moi qui ai organisé la levée de fonds. J'ai organisé les rassemblements pro-Biafra dans toutes les capitales européennes. Tu as entendu parler du grand meeting de Trafalgar Square ? J'étais aux manettes. J'ai fait ce que j'ai pu. »

Je n'étais pas certain qu'Ikenna s'adressât à moi. J'avais l'impression qu'il répétait ce qu'il avait déjà dit tant de fois à tant de gens. J'ai porté le regard vers le flamboyant. Les hommes y étaient toujours regroupés, mais je n'arrivais pas à voir s'ils avaient fini les bananes et les arachides. C'est peut-être à partir de ce moment-là que je me suis senti submergé par une nostalgie diffuse, sentiment qui ne m'a plus quitté depuis.

« Chris Okigbo est mort, n'est-ce pas ? » a demandé Ikenna, ce qui m'a ramené à la réalité.

Un instant, je me suis demandé s'il voulait que je nie, que je fasse d'Okigbo un fantôme revenu sur terre, lui aussi. Mais Okigbo était mort, notre génie, notre étoile, l'homme dont la poésie nous touchait tous, même les scientifiques parmi nous qui ne la comprenaient pas toujours.

« Oui, la guerre a pris Okigbo.

— Nous avons perdu un génie en devenir.

— C'est vrai, mais il aura eu, au moins, le courage de se battre. »

À peine ai-je dit ces mots que je les ai regrettés. J'avais juste voulu rendre hommage à Chris Okigbo, qui aurait pu travailler à l'une des directions générales, comme nous tous universitaires, mais avait choisi de prendre les armes pour défendre Nsukka. Je ne voulais pas qu'Ikenna se méprenne sur mes intentions, et je me suis demandé si j'allais lui présenter des excuses. Un petit tourbillon de poussière se formait de l'autre côté de la route. Les filaos se balançaient au-dessus de nos têtes et, plus loin, le vent arrachait les feuilles mortes des arbres. Peut-être à cause de ma gêne, je me suis mis à parler à Ikenna du jour où Ebere et moi étions retournés à Nsukka, à la fin de la guerre, du paysage de ruines, des toitures emportées, des maisons criblées de trous qui, selon Ebere, leur donnaient un air de gruyère. À notre arrivée à la route qui traverse Aguleri, des soldats biafrais nous avaient arrêtés et ils avaient fourgué un soldat blessé dans notre voiture ; son sang avait goutté sur la banquette arrière et imbibé profondément le rembourrage à travers les déchirures de la garniture, se mêlant intimement aux entrailles de notre voiture. Le sang d'un inconnu. Je ne savais pas très bien pourquoi j'avais décidé de raconter cette histoire-là en particulier à Ikenna, mais, pour qu'elle présente un semblant d'intérêt à ses yeux, j'ai ajouté que l'odeur métallique du sang du soldat m'avait fait penser à lui, Ikenna, car j'avais toujours imaginé que les soldats fédéraux lui avaient tiré dessus et l'avaient laissé mourir, qu'ils avaient laissé son sang tacher la terre.

Ce n'est pas vrai ; je n'ai jamais imaginé une chose pareille, et ce soldat blessé ne m'avait pas fait penser à Ikenna non plus. S'il a trouvé mon histoire étrange, il n'en a rien dit.

« J'ai entendu raconter tant d'histoires, tant d'histoires, a-t-il commenté en hochant la tête.

— Comment est la vie en Suède ? » ai-je demandé.

Il a haussé les épaules.

« J'ai pris ma retraite l'année dernière. J'ai décidé de revenir voir. » Il a dit « voir » comme si cela allait au-delà de ce qu'on fait avec les yeux.

« Et ta famille ?

— Je ne me suis jamais remarié.

— Ah.

— Et comment va ta femme ? a demandé Ikenna. Nnenna, n'est-ce pas ?

— Ebere.

— Ah oui, bien sûr. Ebere. Une femme délicieuse.

— Ebere nous a quittés, ça fait trois ans maintenant », ai-je dit en ibo.

J'ai vu avec surprise les yeux d'Ikenna s'embuer. Il avait oublié son nom et pourtant il était capable de la pleurer, ou peut-être pleurait-il une époque débordante de possibilités. Ikenna, comme j'en suis venu à le comprendre, est un homme qui porte le poids ce qui aurait pu être.

« Je suis vraiment désolé, a-t-il dit. Vraiment désolé.

— Ça va, ai-je répondu. Elle me rend visite.

— Comment ? a-t-il demandé, l'air perplexe, même s'il m'avait entendu, bien sûr.

— Elle vient. Elle me rend visite.

— Je vois, a dit Ikenna sur ce ton apaisant qu'on réserve aux fous.

— Je veux dire, elle a fait de nombreuses visites en Amérique, notre fille est médecin là-bas.

— Ah oui, vraiment ? » a demandé Ikenna avec trop d'enthousiasme.

Il avait l'air soulagé. Je ne lui en veux pas. Nous qui sommes instruits, on nous a appris à circonscrire ce qui est considéré comme réel dans des limites très rigides. J'étais comme lui avant la première visite d'Ebere, trois semaines après son enterrement. Nkiru et son fils venaient de repartir en Amérique. J'étais seul. Lorsque j'ai entendu la porte d'en bas se fermer, s'ouvrir et se refermer de nouveau, je n'y ai guère prêté attention. Les vents du soir faisaient toujours ça. Mais il n'y avait pas de bruissement de feuilles à la fenêtre de ma chambre, pas de froufrou dans les neems et les anacardiers. Il n'y avait pas de vent dehors, en fait. Pourtant, la porte d'en bas s'ouvrait et se refermait. Rétrospectivement, je ne suis pas sûr d'avoir eu aussi peur que je l'aurais dû. J'ai entendu les pas dans l'escalier, selon le rythme de ceux d'Ebere, plus appuyés toutes les troisièmes marches. Je suis resté allongé sans bouger dans l'obscurité de notre chambre. Puis j'ai senti mon couvre-lit se retirer, les mains douces prodiguer leur massage sur mes bras, mes jambes et ma poitrine, l'onctuosité apaisante du lait hydratant, et une agréable somnolence s'est emparée de moi — somnolence à laquelle je ne parviens toujours pas à résister quand elle me rend visite. Je me suis réveillé, comme à toutes ses visites, la peau souple et gorgée de l'odeur de la Nivea.

J'ai souvent envie de dire à Nkiru que sa mère me rend visite toutes les semaines pendant l'harmattan, et moins fréquemment pendant la saison des pluies, seulement si je le lui dis, elle aura enfin une raison pour venir ici et m'embarquer avec elle en Amérique, et je serai alors forcé de vivre une vie capitonnée de tant de conforts qu'elle en devient stérile. Une vie pleine de ce que nous appelons des « opportunités ». Une vie qui n'est pas pour moi. Je me demande ce qui se serait passé si nous avions gagné la guerre en 1967. Peut-être ne chercherions-nous pas aujourd'hui ces opportunités à l'étranger, et je n'aurais pas à m'inquiéter pour mon petit-fils qui ne parle pas ibo et qui, à sa dernière visite, ne comprenait pas pourquoi il était censé dire « Bonjour » à des inconnus, parce que dans son monde il faut une raison pour les marques de politesse les plus élémentaires. Mais comment savoir ? Peut-être que ça n'aurait rien changé, si nous avions gagné.

« Comment ta fille se plaît-elle en Amérique ? a demandé Ikenna.

— Ça se passe très bien pour elle.

— Et tu me dis qu'elle est médecin ?

— Oui. »

J'ai trouvé qu'Ikenna méritait que je lui en dise davantage, ou peut-être était-ce parce que la tension créée par mon commentaire précédent n'était pas complètement retombée, toujours est-il que j'ai ajouté :

« Elle vit dans une petite ville du Connecticut, près de Rhode Island. Le conseil d'administration de l'hôpital avait fait passer une annonce recherchant un médecin et quand elle s'est présentée, ils ont à peine jeté un coup d'œil à son diplôme de médecine du Nigeria et ils lui ont dit qu'ils ne voulaient pas d'étranger. Mais comme elle est américaine de naissance — nous l'avons eue à Berkeley, tu vois, j'enseignais là-bas quand nous sommes allés en Amérique après la guerre — ils ont dû la garder. » J'ai gloussé, en espérant qu'Ikenna rie avec moi. Mais non. Il a regardé dans la direction des hommes sous le flamboyant, l'air grave.

« Ah oui. Enfin, ce n'est pas aussi difficile aujourd'hui que ça l'était pour nous. Tu te souviens comment c'était de faire ses études en pays *oyibo* à la fin des années 1950 ? »

J'ai hoché la tête pour montrer que je m'en souvenais, même si Ikenna et moi ne pouvions pas avoir vécu la même expérience, en tant qu'étudiants à l'étranger : il avait fait Oxford tandis que moi, j'avais reçu une bourse du United Negro College Fund pour étudier en Amérique.

« Le Club des enseignants n'est plus que la coquille vide de ce qu'il était autrefois, a dit Ikenna. J'y suis allé ce matin.

— Ça fait si longtemps que je n'y suis plus allé. Même avant de prendre ma retraite, j'avais fini par m'y sentir trop vieux et pas à ma place.

Ces blancs-becs sont incompétents. Personne n'enseigne. Personne n'a d'idées nouvelles. Tout tourne autour des politiques politiciennes de l'université, quant aux étudiants ils achètent leurs notes avec de l'argent ou avec leur corps.

— C'est vrai ?

— Oh que oui. Les choses se sont dégradées. Les réunions du conseil d'université sont devenues de véritables joutes d'ego. C'est terrible. Tu te souviens de Josephat Udeana ?

— Celui qui dansait si bien. »

Je suis resté un instant interloqué car cela faisait une éternité que je n'avais plus pensé à Josephat tel qu'il était dans ces jours qui avaient précédé la guerre, de loin le meilleur danseur de salon de tout notre campus.

« Oui, oui, c'est vrai, ai-je dit, heureux que les souvenirs d'Ikenna soient figés à une époque où je prenais encore Josephat pour un homme intègre. Josephat a été président pendant six ans et il a dirigé cette université comme si c'était le poulailler de son père. L'argent disparaissait, et puis on voyait des voitures neuves portant le nom de fondations étrangères qui n'existaient pas. Il y a des gens qui ont porté plainte, mais ça n'a rien donné. Il décidait qui serait promu et qui serait mis au placard. En gros, cet homme se comportait comme un conseil d'université à lui tout seul. Le président actuel prend fidèlement sa suite. Je n'ai touché aucune de mes pensions depuis que j'ai pris ma retraite, tu sais. Là, je sors de l'économat.

— Et pourquoi personne ne fait rien contre tout ça ? Pourquoi ? » a demandé Ikenna. Un très court instant, ce fut l'ancien Ikenna qui parlait, c'était sa voix, son indignation, et une fois de plus je me suis souvenu que c'était un homme intrépide. Peut-être allait-il s'approcher d'un arbre voisin et y donner un coup de poing.

« Ben... » J'ai haussé les épaules. « Beaucoup d'enseignants changent leur date de naissance officielle. Ils vont au service du personnel, graissent la patte à quelqu'un et se rajoutent cinq ans. Personne ne veut partir en retraite.

— Ça ne va pas, ça. Ça ne va pas du tout.

— C'est comme ça dans tout le pays, en fait, pas seulement ici. »

J'ai secoué la tête lentement, d'un côté à l'autre, de cette manière qu'on a perfectionnée, chez nous, pour parler de ce genre de choses, comme pour signifier que la situation est malheureusement inéluctable.

« Oui, les critères dégringolent partout. Je viens de lire un article sur les contrefaçons de médicaments », a dit Ikenna.

J'ai tout de suite pensé que c'était une coïncidence qui tombait bien à propos, qu'il évoque les contrefaçons de médicaments. La vente de médicaments périmés est le dernier fléau qui frappe notre pays et si Ebere n'était pas morte comme elle l'était, j'aurais peut-être trouvé que c'était un enchaînement naturel dans la conversation. Mais je me méfiais. Ikenna avait peut-être entendu dire qu'Ebere s'était affaiblie de jour en jour à l'hôpital, que son médecin ne comprenait pas pourquoi elle ne se rétablissait pas après son traitement, que j'étais affolé, qu'aucun de nous n'avait su que les médicaments ne valaient rien avant qu'il ne soit trop tard. Peut-être Ikenna voulait-il m'amener à parler de tout cela, à révéler un peu plus de la folie qu'il avait déjà entrevue chez moi.

« Les contrefaçons de médicaments, c'est horrible », ai-je répondu avec gravité, bien décidé à ne rien dire de plus.

Mais j'avais pu me tromper en lui prêtant des intentions cachées, car Ikenna n'a pas insisté. Il a jeté un nouveau coup d'œil aux hommes sous le flamboyant et m'a demandé :

« Alors, qu'est-ce que tu fais, ces jours-ci ? »

Il paraissait curieux, comme s'il se demandait ce que pouvait bien être ma vie, seul sur ce campus qui n'est plus qu'une peau flétrie de ce qu'il a été, à attendre des pensions de retraite qui ne viennent jamais. J'ai souri et dit que je me reposais. N'est-ce pas ce qu'on fait quand on prend sa retraite ? N'appelons-nous pas la retraite « le repos de la vieillesse » en ibo ?

Quelquefois, je passe voir mon vieil ami le professeur Maduewe. Je me promène dans la vaste étendue défraîchie de Freedom Square, bordée de manguiers. Ou le long d'Ikejiani Avenue, sillonnée de motos qui foncent, coiffées d'étudiants à califourchon, et contournent les nids-de-poule en se rapprochant dangereusement les unes des autres. Pendant la saison des pluies, lorsque je découvre une nouvelle ravine à un endroit où les eaux ont entamé la terre, j'éprouve une bouffée de satisfaction. Je lis les journaux. Je mange bien ; mon homme de ménage, Harrison, vient cinq jours par semaine et sa sauce d'*onugbu* n'a pas sa pareille. Je parle souvent à notre fille, et quand mon téléphone est coupé, comme cela arrive une semaine sur deux, je cours chez NITEL graisser la patte à quelqu'un pour qu'on me rétablisse la ligne. Je déterre de vieux, vieux journaux enfouis dans la pagaille de mon bureau poussiéreux. J'inhale profondément le parfum des neems qui séparent ma maison de celle du professeur Ijere — une odeur censée avoir des vertus médicinales, même si je ne sais plus lesquelles. Je ne vais pas à l'église ; j'ai cessé d'y aller après la première visite d'Ebere, parce que je n'avais plus d'incertitude. C'est notre manque de confiance dans la vie après la mort qui nous conduit à la religion. Alors, le dimanche, je m'installe sur la véranda et je regarde les vautours arpenter lourdement mon toit, et j'imagine qu'ils jettent de là-haut des coups d'œil perplexes.

« La vie est bonne, papa ? » C'est ce que Nkiru s'est mise à me demander depuis peu au téléphone, avec cette pointe d'accent américain qui me trouble vaguement. Je lui dis qu'elle n'est ni bonne ni mauvaise, que c'est la mienne, c'est tout. Et c'est ce qui compte.

Un autre tourbillon de poussière, qui nous a fait cligner des yeux tous les deux, m'a poussé à proposer à Ikenna de m'accompagner à la maison pour que nous puissions nous asseoir et discuter convenablement, mais il a dit qu'il était en route pour Enugu, et lorsque je lui ai demandé s'il voulait passer plus tard, il a agité les mains en vague geste d'assentiment. Mais je sais qu'il ne viendra pas. Je sais que je ne le reverrai pas. Je l'ai regardé s'éloigner, vieille coque d'homme desséchée, et je suis rentré chez moi en songeant aux vies que nous aurions pu avoir et à celles que nous avions, nous tous qui fréquentions le Club des enseignants au bon vieux temps d'avant la guerre. Je roulais lentement à cause des motards qui ne respectent aucune règle de circulation, et parce que ma vue n'est plus ce qu'elle était.

Comme j'avais très légèrement rayé ma Mercedes en sortant en marche arrière la semaine dernière, j'ai fait attention en la rentrant au garage. Elle a vingt-trois ans mais elle marche très bien. Je me souviens que Nkiru était tout excitée lorsqu'elle avait été livrée d'Allemagne, où je l'avais achetée quand j'étais allé recevoir le prix de l'Académie des Sciences. C'était le dernier modèle en date. Je l'ignorais, mais ses camarades adolescents le savaient, et ils étaient tous venus regarder le compteur de vitesse, demander l'autorisation de toucher les boiseries du tableau de bord. Maintenant, bien sûr, tout le monde roule en Mercedes ; les gens les achètent d'occasion, avec des rétroviseurs ou des phares qui manquent, en provenance de Cotonou. Ebere se moquait d'eux, elle disait que notre voiture était vieille, mais bien meilleure que tous ces *tuke-tuke* que les gens conduisent sans ceinture de sécurité. Elle a gardé son sens de l'humour. Quelquefois, quand elle me rend visite, elle me chatouille les testicules, les effleure du bout des doigts. Elle sait très bien que mon traitement pour la prostate a calmé le jeu dans cette zone, mais elle le fait pour me taquiner, pour rire de son rire gentiment moqueur. À son enterrement, quand son petit-fils a lu son poème « Ris encore, Grandma », j'ai trouvé que le titre était parfait et ces mots enfantins m'ont presque fait pleurer, même si je soupçonnais Nkiru d'en avoir écrit la plupart.

J'ai balayé le jardin du regard en franchissant le seuil de la maison. Harrison fait un peu de jardinage ; en cette saison ça consiste surtout à arroser. Les rosiers ne sont plus que des tiges, mais au moins les solides cerisiers à côtes sont-ils d'un vert poussiéreux. J'ai allumé la télévision. Il y avait toujours de la neige à l'écran, bien que le fils du Dr Otagbu, un jeune homme brillant qui suit des études d'ingénieur, soit venu la réparer la semaine dernière. Mes chaînes par satellite ne marchent plus depuis le dernier orage, mais je ne suis pas encore allé au bureau du satellite pour chercher quelqu'un qui vienne voir. On peut passer quelques semaines sans la BBC et CNN, de toute façon, et NTA a de très bons programmes. C'est NTA, il y a quelques jours, qui a diffusé une interview d'un homme, un de plus, accusé d'avoir importé des contrefaçons de médicaments — contre la typhoïde, en l'occurrence. « Mes médicaments ne tuent pas les gens, disait-il obligeamment, en regardant la caméra avec de grands yeux écarquillés, comme pour en appeler aux masses. La seule chose, c'est qu'ils ne soignent pas votre maladie. » J'ai éteint car je ne supportais plus de voir ses lippes molles. Mais je n'étais pas blessé, pas aussi terriblement que si Ebere ne me rendait pas visite. J'espérais simplement qu'il ne serait pas relâché et libre de partir une fois de plus en Chine, en Inde ou Dieu sait où ils vont pour importer des médicaments périmés, qui ne tuent pas les gens à proprement parler, mais permettent à la maladie de les tuer.

Je me demande pourquoi ça ne s'est jamais dit, pendant les années qui ont suivi la guerre, qu'Ikenna n'était pas mort. Nous entendions parfois, il est vrai, des histoires d'hommes qu'on avait crus morts et qui étaient revenus dans leur concession des mois, voire des années, après janvier 1970 ; je ne peux qu'imaginer la quantité de sable jeté à ces hommes brisés par des parents balançant entre l'incrédulité et l'espoir. Mais nous ne parlions quasiment pas de la guerre. Lorsque nous le faisions, nous restions implacablement vagues, comme si ce qui comptait, ce n'était pas que nous nous étions accroupis dans des bunkers boueux pendant les raids aériens, qu'après ces raids nous enterrions des corps à la peau carbonisée, mouchetée de rose, ni que nous avions mangé des pelures de manioc et regardé les ventres de nos enfants gonfler sous l'effet de la malnutrition, mais que nous avions survécu. C'était un accord tacite entre nous tous, survivants du Biafra. Même Ebere et moi, qui avions discuté des mois durant du prénom de notre premier enfant, Zik, nous étions très vite tombés d'accord sur Nkiruka : ce qui est à venir est meilleur.

Je suis dans mon bureau, à présent, là où je corrigeais les copies de mes étudiants et où j'aidais Nkiru à faire ses devoirs de mathématiques du secondaire. Le fauteuil de cuir est usé. La peinture pastel, au-dessus des étagères, s'écaille. Le téléphone est sur mon bureau, posé sur un gros bottin. Peut-être qu'il sonnera et que Nkiru me parlera de notre petit-fils, de ses bons résultats à l'école aujourd'hui, ce qui me fera sourire même si je trouve que les professeurs américains ne sont pas assez avisés et donnent des A trop facilement. S'il ne sonne pas bientôt, je prendrai un bain, j'irai me coucher et, dans le calme et l'obscurité de ma chambre, je guetterai des bruits de portes qui s'ouvrent et se ferment.

LUNDI DE LA SEMAINE DERNIÈRE

Depuis le lundi de la semaine passée, Kamara se regardait dans les miroirs. Elle se tournait d'un côté, de l'autre, examinait ses bourrelets et imaginait son ventre plat comme une couverture de livre, puis elle fermait les yeux et imaginait Tracy le caressant de ses doigts maculés de peinture. C'est ce qu'elle faisait à présent devant la glace des toilettes, après avoir tiré la chasse d'eau.

Josh était debout près de la porte quand elle sortit. Le fils de sept ans de Tracy. Il avait les sourcils épais et droits de sa mère, deux traits au-dessus des yeux.

« Un pipi ou un caca ? demanda-t-il en prenant sa fausse voix de bébé.

— Un pipi. »

Elle entra dans la cuisine ; les stores vénitiens gris projetaient des raies d'ombre sur le plan de travail, où ils avaient travaillé toute l'après-midi pour préparer son marathon de lecture.

« Tu as fini ton jus d'épinard ? lui demanda-t-elle.

— Oui. »

Il la regardait. Il savait — il ne pouvait pas ne pas le savoir — que l'unique raison pour laquelle elle allait systématiquement aux toilettes après lui avoir tendu le verre, c'était de lui permettre de jeter le jus vert. Cela depuis le premier jour où Josh avait goûté, fait la grimace et dit : « Beurk. Je déteste. »

« Ton père dit que tu dois en boire tous les jours avant le dîner, avait dit Kamara. Ce n'est qu'un demi-verre, il suffirait d'une minute pour le vider », avait-elle ajouté avant de partir aux toilettes. Rien de plus. À son retour, le verre était vide, comme il l'était maintenant, à côté de l'évier.

« Je vais te préparer ton dîner comme ça tu seras fin prêt pour aller à Zany Brainy quand ton père rentrera, d'accord ?

Des expressions à l'américaine comme « fin prêt » ne lui venaient pas encore naturellement, mais elle les employait pour Josh.

« D'accord, dit-il.

— Tu veux un filet de poisson ou du poulet avec ton riz pilaf ?

— Du poulet. »

Elle ouvrit le réfrigérateur. L'étagère du haut était couverte de jus d'épinard bio en bouteilles plastique. Quinze jours plus tôt, quand Neil lisait *Tisanes pour enfants*, des cannettes d'infusion occupaient cet espace ; avant, il y avait eu des boissons au soja, et, encore avant, des boissons protéinées pour la croissance des os. Le jus d'épinard n'en avait plus pour longtemps ; Kamara le savait car, en arrivant cette après-midi, la première chose qu'elle avait remarquée, c'était que le *Guide complet des jus de légumes frais* n'était plus sur le plan de travail ; Neil avait dû le remiser dans le tiroir pendant le week-end.

Kamara sortit un paquet d'aiguillettes de poulet bio.

« Tu ne veux pas t'allonger un peu et regarder un film, Josh ? » demanda-t-elle. Il aimait bien s'asseoir à la cuisine et la regarder préparer le dîner, mais il avait l'air tellement fatigué. Les quatre autres finalistes du marathon devaient être aussi fatigués que lui, et avoir la bouche endolorie à force de rouler sur la langue de longs mots inconnus, le corps contracté par la pensée du concours du lendemain.

Kamara regarda Josh mettre un DVD des *Razmoket* et s'allonger sur le canapé, un garçon menu, au teint mat, aux boucles emmêlées. « Métis », appelait-on les enfants comme lui au Nigeria, et le mot était synonyme d'une beauté décontractée à la peau claire, qui allait de soi, et de voyages à l'étranger chez des grands-parents blancs. Kamara avait toujours été choquée par le prestige des métis. Mais en Amérique, « métis » était un mot négatif. Kamara l'avait appris quand elle avait téléphoné pour l'offre de baby-sitting parue dans les petites annonces du *Philadelphia City Paper* : payé généreusement, près des transports en commun, pas besoin de voiture. Neil avait paru étonné qu'elle soit nigériane.

« Vous parlez si bien anglais », avait-il dit et ça l'avait contrariée qu'il soit surpris, qu'il présume en quelque sorte que l'anglais était sa chasse gardée. Et c'est pourquoi, bien que Tobechi l'ait prévenue de ne pas parler de ses études, elle avait dit à Neil qu'elle avait un master, qu'elle venait d'arriver en Amérique pour rejoindre son mari et qu'elle souhaitait gagner un peu d'argent en attendant que sa demande de carte verte soit traitée pour pouvoir avoir un permis de travail en bonne et due forme.

« Ben, j'ai besoin de quelqu'un qui puisse s'engager jusqu'à la fin du trimestre scolaire de Josh, dit Neil.

— Pas de problème », s'empressa de répondre Kamara. Elle n'aurait vraiment pas dû dire qu'elle avait un master.

« Vous pourriez peut-être enseigner une langue nigériane à Josh ? Il prend déjà deux petits cours de français par semaine, après l'école. Il suit un cursus avancé à Temple Beth Hillel, où ils font passer des examens d'entrée aux enfants de quatre ans. Il est très calme, très gentil, c'est un enfant super, mais ça m'inquiète qu'il n'y ait pas d'autres enfants de race mixte comme lui à l'école ni dans le quartier.

— De race mixte ? » demanda Kamara.

Neil eut une petite toux délicate.

« Ma femme est afro-américaine, dit-il, et je suis blanc, juif.

— Ah, il est métis. »

Suivit un silence, puis la voix de Neil revint au bout du fil, assourdie.

« S'il vous plaît, n'employez pas ce mot. »

À cause du ton sur lequel il avait parlé, Kamara dit « Désolée », sans trop savoir, pourtant, de quoi elle s'excusait. Ce ton de voix la convainquit également qu'elle avait laissé passer sa chance d'obtenir ce boulot, elle fut donc surprise qu'il lui donne l'adresse et lui demande s'ils pouvaient se rencontrer le lendemain. Il était grand, avait le menton allongé. Il parlait avec une douceur presque apaisante, qu'il devait, supposa-t-elle, à son métier d'avocat. Il la reçut dans la cuisine, appuyé au plan de travail, et lui posa des questions sur ses références et sa vie au Nigeria, lui dit que Josh était élevé dans ses deux cultures, juive et afro-américaine, ne cessant tout du long de frotter le sticker argenté NON AUX ARMES qui était collé sur le téléphone. Kamara se demandait où était la mère de l'enfant. Peut-être que Neil l'avait tuée et fourrée dans un coffre ; Kamara avait passé les derniers mois à regarder *Court TV* et elle en avait appris long sur la folie de ces Américains. Mais plus elle écoutait Neil parler, plus elle était convaincue qu'il était incapable de tuer une fourmi. Elle percevait une fragilité en lui, une panoplie d'inquiétudes. Il lui dit qu'il se faisait du souci à la pensée que ce soit difficile pour Josh d'être différent des autres enfants de son école, que Josh soit peut-être malheureux, que Josh ne le voie pas assez, que Josh soit enfant unique, que Josh ait des problèmes liés à son enfance quand il serait adulte, que Josh fasse alors une dépression. À mi-parcours, elle avait eu envie de lui couper la parole et lui demander : « Pourquoi vous faites-vous du souci pour des choses qui ne sont pas arrivées ? » Elle s'abstint, cependant, car elle n'était pas sûre d'avoir décroché le boulot. Et lorsqu'il le lui offrit effectivement — de la sortie de l'école jusqu'à 18 h 30, douze dollars de l'heure en liquide — elle ne dit toujours rien, car tout ce dont il semblait avoir besoin, terriblement besoin, c'était qu'elle l'écoute, et cela ne lui demandait pas beaucoup d'effort.

Neil lui expliqua que sa méthode de discipline reposait sur la raison. Il ne giflait pas Josh, parce qu'il ne croyait pas dans la maltraitance comme discipline. « Si vous montrez à Josh pourquoi c'est mal de se comporter de telle ou telle façon, il arrêtera », dit Neil.

Une claque, c'est de la discipline, les maltraitances, c'est autre chose, avait envie de dire Kamara. Les maltraitances, c'étaient le genre de choses que faisaient les Américains dont on parlait aux nouvelles, comme écraser des cigarettes sur la peau de leurs enfants. Mais elle dit ce que Tobechi lui avait demandé de dire : « Je pense comme vous pour les claques. Et, bien sûr, je n'emploierai comme méthode de discipline que celle que vous approuvez. »

« Josh a une alimentation saine, poursuivit Neil. Nous consommons très peu de sirop de maïs, à haute teneur en glucose, de farine blanchie ou de graisses trans. Je vous écrirai tout ça.

— D'accord. » Elle n'était pas sûre de connaître les choses dont il avait parlé.

Avant de partir, elle demanda :

« Et sa mère ?

— Tracy est artiste. Elle passe beaucoup de temps au sous-sol en ce moment. Elle travaille sur un gros projet, une commande. Elle a une date limite… » Il laissa sa phrase en suspens.

« Ah. » Kamara le regarda, déconcertée, en se demandant s'il y avait quelque chose de spécifiquement américain qu'elle était censée déduire de ce qu'il avait dit, une chose qui expliquerait pourquoi la mère du garçon n'était pas là pour la rencontrer.

« Josh n'a pas le droit d'aller au sous-sol en ce moment, vous ne pourrez donc pas y aller non plus. Appelez-moi en cas de problème. J'ai mis les numéros sur le frigo. Tracy ne monte que le soir. Scooters lui livre de la soupe et un sandwich tous les jours et elle est assez autonome en bas. » Neil marqua une pause. « Surtout faites bien attention de ne pas la déranger, pour quoi que ce soit.

— Je ne suis pas venue pour déranger », répondit Kamara, un peu froidement car elle avait soudain l'impression qu'il lui parlait comme les gens parlent aux bonnes au Nigeria. Elle n'aurait jamais dû se laisser convaincre par Tobechi de prendre ce boulot vulgaire qui allait l'obliger à torcher le derrière de l'enfant d'un inconnu, elle n'aurait pas dû l'écouter quand il lui disait que ces riches Blancs de la Main Line ne savaient pas quoi faire de leur argent. Mais alors même qu'elle se dirigeait vers la gare en léchant les plaies de sa dignité égratignée, elle savait qu'elle n'avait pas eu besoin d'être convaincue. Elle voulait ce boulot, n'importe quel boulot ; elle voulait une raison de sortir de l'appartement tous les jours.

Et maintenant trois mois avaient passé. Trois mois à garder Josh. Trois mois à écouter les inquiétudes de Neil, à suivre les consignes nées de ses angoisses, à se prendre peu à peu d'une affection mêlée de pitié pour lui. Trois mois sans voir Tracy. Au début, Kamara était curieuse de cette femme aux longues dreadlocks et à la peau couleur de beurre de cacahouète qu'on voyait pieds nus sur la photo de mariage de l'étagère du coin salle à manger. Kamara se demandait si Tracy sortait jamais du sous-sol, et quand. Parfois, elle entendait des bruits qui venaient d'en bas, une porte qui claquait ou quelques lointains accords de musique classique. Elle se demandait si Tracy voyait jamais son enfant. Lorsqu'elle essayait de faire parler Josh de sa mère, il disait : « Maman est très occupée par son travail. Elle se fâchera si on la dérange », et comme il gardait un visage neutre, elle se retenait de l'interroger davantage. Elle l'aidait à faire ses devoirs, jouait aux cartes et regardait des DVD avec lui, lui parlait des grillons qu'elle attrapait quand elle était petite et savourait le plaisir attentif avec lequel il l'écoutait. L'existence de Tracy avait perdu toute importance, réduite à une réalité d'arrière-plan comme le chuintement sur la ligne téléphonique quand Kamara appelait sa mère au Nigeria. Jusqu'au lundi de la semaine passée.

Ce jour-là, Josh était aux toilettes et Kamara, assise à la table de la cuisine, regardait ses devoirs quand elle entendit un bruit derrière elle. Elle se retourna, croyant que c'était Josh, mais Tracy apparut, toute en rondeurs dans ses leggings et son pull moulant, souriante, qui clignait des yeux et repoussait ses longues dreadlocks avec des doigts maculés de peinture. Ce fut un moment étrange. Leurs regards se croisèrent et soudain, Kamara eut envie de maigrir et de se maquiller de nouveau. Pour une de tes semblables qui a la même chose que toi ? lui dirait son amie Chinwe si jamais elle lui en parlait. *Tufia !* C'est quoi cette bêtise ? Kamara se disait la même chose, depuis le lundi de la semaine passée. Elle se le disait alors même qu'elle arrêtait de manger des bananes plantains frites, qu'elle se faisait tresser les cheveux chez le Sénégalais de South Street et se mettait à farfouiller dans les piles de mascara à la boutique de cosmétiques. S'adresser à elle-même ces paroles ne changea rien, car ce qui s'était passé à la cuisine cette après-midi-là, c'était une éclosion de fol espoir ; car ce qui animait sa vie depuis lors, c'était la pensée que Tracy monte une nouvelle fois.

Kamara mit les aiguillettes de poulet au four. Neil lui donnait trois dollars de plus par heure les jours où il ne rentrait pas à la maison à temps et où elle devait préparer le dîner de Josh. Ça l'amusait, cette expression « préparer le dîner », qui donnait l'impression que c'était une tâche difficile, alors qu'il s'agissait en fait d'une chaîne aseptisée d'actions aseptisées : ouvrir des boîtes et des sachets et mettre les aliments au four et au micro-ondes. Neil aurait dû voir le réchaud à kérosène dont elle se servait au pays, et ses épaisses bouffées de fumée. Le four sonna. Elle disposa les aiguillettes de poulet autour du petit monticule de riz sur l'assiette de Josh.

« Josh, appela-t-elle. Le dîner est prêt. Tu veux de la glace au yaourt pour le dessert ?

— Oui. »

Josh sourit et elle songea que la courbe de ses lèvres était exactement pareille à celle de Tracy. Elle se cogna de nouveau l'orteil contre le pied du plan de travail. Elle se cognait trop souvent depuis le lundi de la semaine passée.

« Ça va ? lui demanda Josh.

— Ça va, répondit-elle en se frottant l'orteil.

— Attends, Kamara. » Josh s'agenouilla par terre et embrassa son pied. « Voilà. Comme ça, ça passera plus vite. »

Elle regarda sa petite tête penchée devant elle, ses cheveux aux boucles innocentes, et eut envie de le serrer très fort dans ses bras.

« Merci, Josh. »

Le téléphone sonna. Elle savait que c'était Neil.

« Bonjour, Kamara. Tout va bien ?

— Tout va très bien.

— Comment va Josh ? Est-ce qu'il a le trac pour demain ? Est-ce qu'il est tendu ?

— Il va très bien. On vient juste de finir l'entraînement.

— Je peux lui dire bonjour en vitesse ?

— Il est aux toilettes. » Kamara baissa la voix

en regardant Josh éteindre le lecteur de DVD dans le coin-repas.

« Entendu. À bientôt alors. Je viens juste de mettre ma dernière cliente dehors, littéralement. Nous sommes arrivés à convaincre son mari d'opter pour un accord à l'amiable et elle commençait à s'incruster. » Il rit brièvement.

« Entendu, alors. » Kamara allait raccrocher quand elle se rendit compte que Neil était toujours au bout du fil.

« Kamara ?

— Oui ?

— Je suis un peu inquiet pour demain. Vous savez, je me demande si c'est vraiment sain, à son âge, ce type de concours. »

Kamara ouvrit le robinet et chassa les dernières traînées de liquide vert foncé.

« Ne vous en faites pas pour lui.

— J'espère qu'un tour à Zany Brainy lui fera un peu oublier le concours.

— Ne vous en faites pas pour lui, répéta Kamara.

— Vous aimeriez venir à Zany Brainy avec nous ? Je vous déposerai chez vous ensuite. »

Kamara dit qu'elle préférait rentrer chez elle. Elle ne savait pas pourquoi elle avait menti en disant que Josh était aux toilettes ; ça lui était venu si facilement. Avant, elle aurait bavardé avec Neil et les aurait sans doute accompagnés à Zany Brainy, mais elle n'avait plus envie de cette relation de bonne entente avec Neil.

Elle tenait encore le téléphone à la main ; il

émettait maintenant une tonalité bruyante. Elle toucha l'autocollant PROTÉGEZ NOS ANGES que Neil avait mis sur la base le lendemain du jour où il avait appelé, dans tous ses états, parce qu'il venait de voir sur Internet la photo d'un agresseur d'enfants qui s'était récemment établi dans leur quartier et qui ressemblait comme deux gouttes d'eau au livreur d'UPS. *Où est Josh ? Où est Josh ?* avait demandé Neil, comme si Josh pouvait être ailleurs que quelque part dans la maison. Kamara avait eu de la peine pour lui en raccrochant. Elle avait fini par comprendre qu'élever les enfants à l'américaine, ça signifiait jongler d'une angoisse à l'autre, et que cela venait d'une surabondance de nourriture : parce qu'ils avaient le ventre plein, les Américains avaient le temps d'avoir peur que leurs enfants aient une maladie rare sur laquelle ils venaient de lire un article, et ils pensaient qu'ils étaient en droit de protéger leurs enfants des déceptions, du besoin et de l'échec. Parce qu'ils avaient le ventre plein, les Américains pouvaient s'offrir le luxe de se féliciter d'être de bons parents, comme si s'occuper de son enfant était l'exception et non la règle. Au début ça amusait Kamara de regarder des femmes à la télévision parler de leur amour pour leurs enfants, des sacrifices qu'elles faisaient pour eux. À présent, ça l'agaçait. Maintenant que ses règles revenaient obstinément mois après mois, elle en voulait à ces femmes manucurées, avec leurs bébés conçus sans effort et leurs formules bien tournées, comme « pratiques parentales saines ».

Elle reposa le téléphone et tira sur l'autocollant noir pour voir s'il s'enlèverait facilement. Lorsque Neil l'avait reçue pour l'entretien, il y avait l'autocollant NON AUX ARMES argenté, et c'était la première chose dont elle avait parlé à Tobechi, le drôle d'effet que ça lui avait fait de regarder Neil passer le doigt dessus sans interruption, comme par rituel. Mais l'autocollant n'intéressait pas Tobechi. Il lui avait posé des questions sur la maison, demandé des détails qu'elle ne pouvait décemment pas connaître. Était-elle de style colonial ? De quand datait-elle ? Des rêves larmoyants brillaient dans ses yeux. « Nous aussi nous habiterons une maison pareille un jour, à Ardmore ou ailleurs sur la Main Line », avait-il dit.

Elle n'avait rien répondu parce que ce qui comptait pour elle n'était pas l'endroit où ils habitaient, mais ce qu'ils étaient devenus.

Ils s'étaient rencontrés à l'université de Nsukka, alors qu'ils étaient tous les deux en dernière année, lui en ingénierie, elle en chimie. Il était calme, studieux, plutôt petit, le genre de garçon en qui les parents voient de « brillantes perspectives ». Mais elle, ce qui l'avait attirée, c'était qu'il la regardait avec des yeux admiratifs, des yeux qui lui renvoyaient une image d'elle-même qu'elle aimait. Au bout d'un mois, elle emménagea dans sa chambre de la résidence pour boys, dans une avenue du campus bordée d'arbres, et ils se mirent à aller partout ensemble, perchés sur la même *okada*, Kamara coincée entre Tobechi et le motocycliste. Ils se lavaient au seau ensemble dans la salle de bains aux murs suintants, cuisinaient dehors sur son petit réchaud, et quand ses amis lui disaient que c'était elle qui portait la culotte, il souriait comme s'ils ne savaient pas ce qu'ils rataient. Le mariage eut lieu peu après la fin de leur Service national de jeunesse, précipité parce qu'un oncle qui était pasteur venait de proposer à Tobechi de l'aider à obtenir un visa américain en l'inscrivant dans un groupe en partance pour une conférence de la Mission de la foi évangélique. L'Amérique, ça signifiait travailler dur, ils le savaient tous les deux, et on pouvait y réussir si on travaillait dur. Tobechi irait en Amérique, trouverait un boulot, travaillerait deux ans, obtiendrait sa carte verte et la ferait venir. Mais deux années passèrent, puis quatre, et elle était à Enugu, enseignait dans une école du secondaire, suivait un cursus de master à mi-temps et assistait aux baptêmes des enfants de ses amis, pendant que Tobechi faisait le taxi à Philadelphie pour le compte d'un Nigérian qui escroquait tous ses chauffeurs, profitant qu'aucun d'eux n'avait ses papiers. Une autre année passa. Tobechi ne pouvait pas envoyer autant qu'il aurait voulu car la plus grande partie de son argent s'engouffrait dans ce qu'il appelait « faire ses papiers ». Les tanties chuchotaient de plus en plus fort : « Qu'est-ce qu'il attend, ce garçon ? S'il n'est pas capable de s'organiser pour faire venir son épouse, il devrait nous le dire, l'heure tourne vite pour une femme ! » Lorsqu'ils se parlaient au téléphone, elle entendait la tension dans sa voix et elle le consolait, et se languissait de lui et pleurait quand elle était seule, jusqu'à ce que vînt enfin le jour : Tobechi appela pour dire que sa carte verte était devant lui sur la table, et qu'elle n'était même pas verte.

Kamara n'oublierait jamais à quel point, à son arrivée à l'aéroport de Philadelphie, l'air climatisé était vicié. Elle tenait encore son passeport à la main, légèrement plié à la page qui portait le visa de tourisme et le nom de Tobechi comme parrain, lorsqu'elle déboucha aux Arrivées et le trouva devant elle, la peau plus claire, rondouillard, qui riait. Six ans s'étaient écoulés. Ils se cramponnèrent l'un à l'autre. Dans la voiture, il lui dit qu'il avait fait ses papiers en tant que célibataire, qu'ils se remarieraient donc en Amérique et qu'il présenterait une demande de carte verte en son nom. Il retira ses chaussures en arrivant à l'appartement et elle regarda ses orteils, qui contrastaient sur le linoléum crème de la cuisine, et remarqua que des poils y avaient poussé. Dans ses souvenirs, il n'avait pas les orteils poilus. Elle écarquilla les yeux en l'entendant parler, émaillant son ibo d'un anglais qui avait pris un accent américain disgracieux : « Amah go » pour « I will go » — « Je vais aller ». Il ne parlait pas comme ça, au téléphone. Ou bien si, et elle ne s'en était pas rendu compte ? Etait-ce simplement que le revoir était différent, et qu'elle s'était attendue à retrouver le Tobechi de l'université ?

Il exhumait des souvenirs et les savourait. Tu te souviens du soir où on a acheté des *suya* sous la pluie ? Elle s'en souvenait. Elle se souvenait que l'orage avait crépité, que les ampoules électriques clignotaient et qu'ils avaient mangé leurs brochettes ramollies par l'eau avec des oignons crus qui leur avaient amené les larmes aux yeux. Elle se souvenait qu'ils s'étaient réveillés le lendemain matin l'haleine chargée d'oignon. Elle se souvenait aussi que leur relation était marquée par une aisance naturelle. À présent, il y avait de la gêne dans leurs silences, mais elle se disait que ça allait s'arranger ; ils avaient été longtemps séparés, après tout. Au lit, elle ne sentait rien si ce n'est le frottement caoutchouteux d'une peau contre une autre, or elle se souvenait distinctement de la façon dont ça se passait entre eux avant — lui silencieux, gentil et ferme, elle bruyante, ondulante et pleine d'appétit. À présent, elle se demandait si c'était le même Tobechi, cet homme qui paraissait tellement pressé, qui était tellement mélodramatique et qui, c'était là le plus préoccupant, s'était mis à parler avec un faux accent qui lui donnait envie de le gifler. *I wanna fuck you. I'm gonna fuck you. J'ai envie de te baiser. Je vais te baiser.* Le premier week-end où il lui fit visiter Philadelphie, ils arpentèrent la vieille ville jusqu'à ce qu'elle fût épuisée, et il lui demanda alors de s'asseoir sur un banc le temps d'aller lui acheter une bouteille d'eau. Lorsqu'il revint vers elle, dans son jeans un peu large et son tee-shirt, le soleil couleur mandarine dans le dos, elle pensa un instant que c'était quelqu'un qu'elle ne connaissait pas du tout. Il rentrait souvent de son nouveau boulot de gérant chez Burger King avec un petit cadeau : le dernier numéro d'*Essence*, du Maltina en provenance du magasin africain, une barre chocolatée. Le jour où ils allèrent dans un palais de justice échanger des serments devant une femme qui semblait impatiente, il siffla gaiement en faisant son nœud de cravate et elle l'observa avec une sorte de tristesse désespérée, tant elle aurait aimé partager sa joie. Il y avait des émotions qu'elle aurait voulu tenir au creux de sa main, mais qui n'étaient tout simplement plus là.

Quand il était au travail, elle faisait les cent pas dans l'appartement, regardait la télé et mangeait tout ce qu'il y avait dans le frigo, même de la margarine à la cuiller quand elle avait fini le pain. Comme ses vêtements la serraient à la taille et sous les bras, elle se mit à circuler drapée de son simple lappa d'imprimé *abada*, qu'elle nouait sous l'aisselle. Elle était enfin en Amérique avec Tobechi, enfin avec son homme, et le sentiment que cela lui apportait, c'était de la fadeur. Chinwe était la seule à qui elle pouvait véritablement parler, lui semblait-il. Chinwe, c'était l'amie qui ne lui avait jamais dit qu'elle était idiote d'attendre Tobechi, et si elle racontait à Chinwe qu'elle n'aimait pas son lit mais ne voulait pas en sortir le matin, Chinwe comprendrait sa confusion.

Elle appela Chinwe et celle-ci se mit à pleurer aussitôt les premiers bonjours et *kedu* échangés. Une autre femme était enceinte du mari de Chinwe et il allait lui verser le prix de la mariée, car Chinwe avait deux filles tandis que la femme provenait d'une famille riche en fils. Kamara essaya d'apaiser Chinwe, pesta contre son bon à rien de mari, puis raccrocha sans un mot sur sa vie nouvelle ; elle ne pouvait pas se plaindre de ne pas avoir de chaussures à quelqu'un qui n'avait pas de jambes.

À sa mère au téléphone, elle racontait que tout allait bien. « Nous entendrons bientôt trottiner des petits pieds ! » disait sa mère, et elle répondait « *Ise !* » pour montrer qu'elle approuvait cette bénédiction. Et c'était vrai ; à présent, elle fermait les yeux quand Tobechi montait sur elle et concentrait toute sa volonté pour tomber enceinte, parce que si cela ne la tirait pas de son désarroi, au moins cela lui donnerait-il un objet d'attention. Tobechi lui avait apporté des pilules contraceptives parce qu'il voulait une année rien que pour eux deux, pour rattraper, pour savourer le plaisir d'être ensemble, mais elle jetait chaque jour une pilule aux toilettes et se demandait comment il faisait pour ne pas voir la brume grisâtre dans laquelle elle vivait, ni les grumeaux durs qui s'étaient glissés entre eux. Le lundi de la semaine passée, pourtant, il avait remarqué le changement qui s'était opéré en elle.

« Tu es gaie, aujourd'hui, Kam », avait-il dit en l'embrassant ce soir-là.

Il avait l'air heureux qu'elle soit gaie. Elle éprouva à la fois de l'enthousiasme et des regrets, parce qu'elle avait cette connaissance qu'elle ne pouvait partager avec lui, parce qu'elle s'était brusquement remise à croire à des choses qui n'avaient rien à voir avec lui. Elle ne pouvait pas lui raconter que Tracy était montée à la cuisine et qu'elle en avait été très surprise car elle avait renoncé à se demander quel genre de mère elle pouvait bien être.

« Salut, Kamara, avait-elle dit en avançant vers elle. Je suis Tracy. » Elle avait la voix grave, un corps féminin et souple, le pull et les mains tachés de peinture.

« Oh, bonjour, avait dit Kamara en souriant. Je suis contente de faire enfin votre connaissance, Tracy. »

Kamara tendit la main mais Tracy se rapprocha et lui toucha le menton.

« Vous avez jamais porté un appareil ?

— Un appareil ?

— Oui.

— Non, non.

— Vous avez des dents absolument ravissantes. »

Tracy, qui avait toujours la main sur le menton de Kamara, lui releva légèrement la tête et Kamara eut d'abord l'impression d'être une petite fille adorée, puis une fiancée. Elle sourit à nouveau. Elle avait une vive conscience de son corps ainsi que des yeux de Tracy, qui étaient très rapprochés, incroyablement rapprochés.

« Avez-vous déjà posé pour des artistes ? demanda Tracy.

— Non... non. »

Josh entra dans la cuisine et courut vers Tracy, le visage illuminé.

« Maman ! »

Tracy le serra dans ses bras, l'embrassa, lui ébouriffa les cheveux.

« Tu as fini ton travail, maman ? » Il se cramponnait à sa main.

« Pas encore, mon ange. » Elle semblait à son aise dans la cuisine. Kamara aurait cru qu'elle ne saurait pas où étaient les verres, ni comment se servir du filtre à eau. « Je suis coincée, alors je me suis dit que j'allais faire un tour en haut. » Elle caressait les cheveux de Josh. Elle se tourna vers Kamara. « C'est coincé juste là dans ma gorge, vous savez ?

— Oui », dit Kamara, qui ne savait pas, pourtant. Tracy la regardait droit dans les yeux et ça lui rendait la langue toute molle.

« Neil m'a dit que vous aviez un master.

— Oui.

— C'est merveilleux. Moi, je détestais la fac et j'étais impatiente d'avoir mon diplôme ! » Elle rit. Kamara rit. Josh rit. Tracy jeta un coup d'œil au courrier sur la table, prit une enveloppe, l'ouvrit puis la reposa. Kamara et Josh l'observaient en silence. Là-dessus, elle tourna les talons. « Bon, il faut que je retourne bosser. À plus tard.

— Et si vous montriez votre travail à Josh ? » dit Kamara, parce qu'elle ne supportait pas l'idée que Tracy s'en aille.

Tracy parut un instant prise de court par la suggestion, puis elle baissa les yeux vers Josh.

« T'as envie de le voir, mon p'tit gars ?

— Ouais ! »

Au sous-sol, une grande toile était appuyée contre le mur.

« C'est joli, dit Josh. Hein, Kamara ? »

Elle trouvait que ça ressemblait à des éclaboussures de peinture de couleur vive jetées au hasard.

« Oui, c'est très joli. »

Ce qui éveillait davantage sa curiosité, c'était le sous-sol lui-même, là où Tracy vivait, quasiment ; le canapé affaissé, les tables encombrées, les mugs maculés de café. Tracy chatouillait Josh et Josh riait. Tracy se tourna vers elle.

« Désolée, c'est le foutoir ici.

— Non, ça va. » Elle avait envie de proposer à Tracy de ranger, n'importe quoi pourvu qu'elle puisse rester.

« Neil m'a dit que vous veniez d'arriver aux États-Unis ? J'adorerais que vous me parliez du Nigeria. Je suis allée au Ghana il y a deux ans.

— Ah. » Kamara rentra le ventre. « Ça vous a plu, le Ghana ?

— Beaucoup. La terre des origines nourrit toute mon œuvre. » Tracy chatouillait toujours Josh mais elle avait les yeux rivés sur Kamara. « Vous êtes yoruba ?

— Non, ibo.

— Que signifie votre nom ? Est-ce que je le prononce correctement ? Ka-mara ?

— Oui. C'est le diminutif de Kamarachizuoroanyi : "Puisse la grâce de Dieu nous suffire."

— C'est beau, on dirait une musique. Kamara, Kamara, Kamara. »

Kamara s'imagina Tracy répétant cela, cette fois-ci à son oreille, dans un murmure. *Kamara, Kamara, Kamara*, et leurs corps tangueraient sur la musique de son nom.

Josh courait, un pinceau à la main, et Tracy lui courut après ; ils se rapprochaient de Kamara. Tracy s'arrêta.

« Vous aimez ce travail, Kamara ?

— Oui, répondit Kamara, étonnée. Josh est un petit garçon très gentil. »

Tracy hocha la tête. Elle tendit la main et, de nouveau, effleura le visage de Kamara. Ses yeux brillaient à la lumière des halogènes.

« Vous vous déshabilleriez pour moi ? demanda-t-elle d'une voix douce comme un souffle, si douce que Kamara n'était pas certaine d'avoir bien entendu. Je vous peindrais. Mais ça ne vous ressemblerait pas beaucoup. »

Kamara était consciente qu'elle ne respirait plus comme elle le devait.

« Oh, je ne sais pas, dit-elle.

— Réfléchissez », reprit Tracy, avant de s'adresser à Josh et lui dire qu'elle devait se remettre au travail.

« C'est l'heure de tes épinards, Josh », lança Kamara d'une voix trop sonore, et elle monta, regrettant de n'avoir rien trouvé de plus audacieux à dire, souhaitant déjà que Tracy monte à nouveau.

Neil venait tout juste d'autoriser les vermicelles au chocolat à Josh, un nouveau livre affirmant que son édulcorant sans sucre était cancérigène, aussi Josh mangeait-il son dessert — de la glace au yaourt bio — parsemé de vermicelles en chocolat, quand la porte du garage s'ouvrit. Neil portait un élégant costume sombre. Il posa sa sacoche en cuir sur le plan de travail, dit bonjour à Kamara, puis fondit sur Josh.

« Salut, p'tit gars !

— Salut, papa. »

Josh l'embrassa et rit quand Neil lui frotta le nez dans le cou.

« Comment ça s'est passé, ton entraînement de lecture avec Kamara ?

— Bien.

— Tu es inquiet, p'tit gars ? Tu vas assurer, je te parie que tu vas gagner. Mais ce n'est pas grave si tu perds parce que tu seras toujours un gagnant pour papa. Tu es prêt pour Zany Brainy ? Ça devrait être sympa. Premier arrêt, Chum the Cheeseball !

— Oui. »

Josh écarta son assiette et se mit à fouiller dans son cartable.

« Je regarderai tes devoirs plus tard, lui dit Neil.

— Je trouve pas mes lacets. Je les ai retirés dans la cour de récré. » Josh sortit un papier de son cartable. Ses lacets couverts de boue séchée étaient emmêlés tout autour, et il les dégagea. « Oh, regarde ! Tu te souviens du projet de cartes de shabbat pour la famille qu'on faisait dans ma classe, papa ?

— C'est ça ?

— Oui ! »

Josh montra le papier coloré aux crayons de couleur en le tournant d'un côté et de l'autre. De son écriture étonnamment bien formée pour son âge, il avait tracé les mots : *Kamara, je suis content que nous fassions partie de la même famille. Shabbat shalom*.

« J'ai oublié de te la donner vendredi dernier, Kamara. Alors il faudra que j'attende demain pour te la donner, d'accord ? dit Josh, le visage grave.

— D'accord, Josh », répondit Kamara, qui rinçait son assiette avant de la mettre au lave-vaisselle.

Neil prit la carte des mains de Josh.

« Tu sais, Josh, dit-il en la lui rendant, c'est très gentil de ta part de la donner à Kamara, mais Kamara est ta nounou et ton amie, tandis que ça, c'était pour la famille.

— Mlle Leah a dit que je pouvais. »

Neil regarda Kamara comme s'il guettait son soutien, mais Kamara détourna le regard et consacra son attention à ouvrir le lave-vaisselle.

« On y va, papa ?

— Bien sûr. »

Avant leur départ, Kamara dit :

« Bonne chance pour demain, Josh. »

Kamara les regarda s'éloigner dans la Jaguar de Neil. Ses pieds lui démangeaient de descendre l'escalier, de frapper à la porte de Tracy et de lui offrir quelque chose : du café, un verre d'eau, un sandwich, elle-même. Dans la salle de bains, elle tapota ses cheveux qu'elle venait de faire tresser, retoucha son brillant à lèvres et son mascara, puis elle s'engagea dans l'escalier qui menait au sous-sol. Elle s'arrêta à plusieurs reprises et remonta. Pour finir, elle dévala les marches et frappa à la porte. Elle frappa, et frappa de plus belle.

Tracy ouvrit.

« Je croyais que vous étiez partie », dit-elle, l'expression distante. Elle portait un tee-shirt délavé et un jeans couvert de traînées de peinture, et ses sourcils étaient si épais et droits qu'ils en paraissaient faux.

« Non. » Kamara se sentit mal à l'aise. *Pourquoi tu n'es pas montée depuis lundi de la semaine dernière ? Pourquoi tes yeux ne s'éclairent-ils pas en me voyant ?* « Neil et Josh viennent de partir pour Zany Brainy. Je croise les doigts pour Josh demain.

— Oui. »

Kamara eut peur de reconnaître, dans son attitude, une impatience teintée d'agacement.

« Je suis sûre que Josh va gagner, dit Kamara.

— C'est bien possible. »

Tracy avait l'air de reculer, comme si elle s'apprêtait à fermer la porte.

« Vous avez besoin de quelque chose ? » demanda Kamara.

Lentement, Tracy sourit. Puis elle s'avança, s'approcha de Kamara, s'en approcha trop, amena son visage tout contre celui de Kamara.

« Vous le ferez, dit-elle, vous vous déshabillerez pour moi.

— Oui. »

Kamara rentra le ventre et le retint ainsi jusqu'à ce que Tracy lui dise :

« Bien. Mais pas aujourd'hui. Aujourd'hui, ce n'est pas un bon jour. »

Et elle disparut dans la pièce.

Le lendemain après-midi, avant même de regarder Josh, Kamara sut qu'il n'avait pas gagné. Il était assis devant une assiette de biscuits et buvait un verre de lait, Neil debout à côté de lui. Une jolie blonde qui portait un jeans qui ne lui allait pas regardait les photos de Josh sur le frigo.

« Salut, Kamara. On vient de rentrer, dit Neil. Josh a été formidable. Il méritait vraiment de gagner. On voyait bien que c'était lui le gamin qui avait travaillé le plus. »

Kamara ébouriffa les cheveux de Josh.

« Salut, Joshy.

— Salut, Kamara, dit Josh, qui fourra un biscuit dans sa bouche.

— Je vous présente Maren, dit Neil. C'est la prof de français de Josh. »

La femme dit bonjour et serra la main de Kamara, puis alla dans le coin salle à manger. Son jeans lui entrait dans les fesses et ses joues étaient tartinées d'un blush trop pimpant, en somme rien à voir avec l'idée que Kamara se faisait d'une prof de français.

« Le marathon a débordé sur l'heure de leur

petit cours, alors je me suis dit qu'ils pouvaient le faire ici et Maren a eu la gentillesse d'accepter. C'est bon, Kamara ? demanda Neil.

— Bien sûr. »

Et d'un coup, elle sentit qu'elle aimait Neil de nouveau, et qu'elle aimait la façon dont les stores découpaient la lumière du soleil qui entrait dans la cuisine et qu'elle était contente que la prof de français soit là car quand le cours aurait commencé, elle descendrait voir Tracy et lui demanderait si c'était le bon moment pour se déshabiller. Elle portait un nouveau soutien-gorge à balconnet.

« Je suis inquiet, dit Neil. Je crois que je le console avec une surcharge de sucre. Il a pris deux sucettes. Et on s'est arrêtés au Baskin-Robbins. »

Neil chuchotait alors que Josh l'entendait parfaitement. C'était le même ton de voix, bas sans raison, que lorsque Neil lui avait parlé des livres qu'il avait donnés à la moyenne section de maternelle de Josh, à Temple Beth Hillel, des livres sur les juifs éthiopiens, illustrés d'images de gens au teint d'ocre brune, mais Josh disait que la maîtresse ne les avait jamais lus en classe. Kamara se souvint que Neil lui avait serré la main avec reconnaissance quand elle lui avait dit « Ne vous en faites pas pour Josh », comme si tout ce dont Neil avait besoin, c'était que quelqu'un lui dise ces mots.

Kamara dit alors :

« Il s'en remettra. »

Neil hocha lentement la tête.

« Je ne sais pas. »

Elle tendit le bras et serra la main de Neil. Elle se sentait emplie de générosité d'esprit.

« Merci, Kamara. » Neil marqua une pause. « Il faut que j'y aille. Je vais rentrer tard, aujourd'hui. Ça ne vous ennuie pas de vous occuper du dîner ?

— Bien sûr que non. » Kamara sourit de nouveau. Peut-être aurait-elle le temps de descendre au sous-sol pendant que Josh prendrait son dîner, peut-être que Tracy lui demanderait de rester et qu'elle appellerait Tobechi et lui dirait qu'il y avait une urgence et qu'elle devait passer la nuit ici pour s'occuper de Josh. La porte qui menait au sous-sol s'ouvrit. L'excitation de Kamara lui donnait des élancements sourds aux tempes, qui s'intensifièrent lorsque Tracy apparut dans ses leggings et sa chemise tachée de peinture. Elle serra Josh et l'embrassa.

« Hé, tu es mon gagnant, mon p'tit gars, mon gagnant spécial. »

Kamara vit avec plaisir que Tracy n'embrassait pas Neil, qu'ils se disaient : « Salut, toi », comme s'ils étaient frère et sœur.

« Salut, Kamara », dit Tracy, et Kamara se dit que la raison pour laquelle Tracy semblait normale, et non absolument ravie de la voir, c'était qu'elle ne voulait pas que Neil sache.

Tracy ouvrit le frigo, prit une pomme et soupira.

« Je suis coincée, dit-elle, mais alors coincée.

— Ça ira », murmura Neil. Puis, haussant la voix pour que Maren, dans le coin-repas, l'entende, il ajouta : « Tu ne connais pas Maren, si ? »

Neil fit les présentations. Maren tendit la main et Tracy la prit.

« Vous portez des lentilles de contact ? demanda Tracy.

— Des lentilles de contact ? Non.

— Vous avez des yeux tout à fait étonnants. Violets. » Tracy tenait toujours la main de Maren.

« Oh, merci ! » Maren rit nerveusement.

« Ils sont véritablement violets.

— Euh... oui, je crois que oui.

— Avez-vous jamais posé pour des artistes ?

— Euh, non. » Nouveau petit rire nerveux.

« Vous devriez y penser », dit Tracy.

Elle porta la pomme à sa bouche et y mordit lentement, sans détacher les yeux du visage de Maren. Neil les observait avec un sourire indulgent, et Kamara détourna le regard. Elle s'assit à côté de Josh et prit un biscuit dans son assiette.

JUMPING MONKEY HILL

Les bungalows avaient tous des toits de chaume. Des noms tels que « Pavillon des Babouins » ou « Hutte du Porc-Épic » étaient peints à la main à côté des portes en bois qui donnaient sur des sentiers pavés, et on avait laissé les fenêtres ouvertes pour que les résidents se réveillent dans le bruissement des feuilles de jacaranda et le son apaisant et régulier des vagues qui déferlent. Des thés et tisanes de qualité étaient disposés dans des plateaux en osier. En milieu de matinée, de discrètes domestiques noires faisaient le lit, nettoyaient la luxueuse baignoire, passaient l'aspirateur sur la moquette et disposaient des fleurs sauvages dans des vases faits à la main. Ujunwa trouvait étrange que l'Atelier des écrivains africains se tînt là, à Jumping Monkey Hill, dans les environs du Cap. Le nom lui-même, la « colline du singe sauteur », était incongru, et le village de vacances exsudait une complaisance de bien-nourris ; c'était le genre d'endroit où elle imaginait de riches touristes étrangers courir en tous sens pour prendre des photos de lézard, avant de rentrer chez eux sans s'être vraiment rendu compte qu'il y avait en Afrique du Sud plus d'humains noirs que de lézards à tête rouge. Elle apprit par la suite que c'était Edward Campbell qui avait choisi le lieu ; il y était venu en week-end quand il enseignait à l'université du Cap, il y avait de cela plusieurs années.

Mais elle l'ignorait l'après-midi où Edward — un vieil homme coiffé d'un chapeau d'été, qui découvrait deux dents couleur de moisi quand il souriait — vint la chercher à l'aéroport. Il l'embrassa sur les deux joues. Il lui demanda si son billet prépayé lui avait causé des difficultés à Lagos, si ça l'ennuyait d'attendre l'Ougandais, dont l'avion n'allait pas tarder à arriver, si elle avait faim. Il lui dit que sa femme, Isabel, était déjà passée chercher la plupart des autres participants à l'atelier et que leurs amis Simon et Hermione, qui étaient venus avec eux de Londres en tant que personnel payé, préparaient un déjeuner de bienvenue au village de vacances. Ujunwa et lui s'assirent sur un banc aux Arrivées. Il cala contre son épaule la pancarte portant le nom de l'Ougandais et lui dit que Le Cap était très humide en cette période de l'année, qu'il était très content de l'organisation de l'atelier. Il étirait ses mots. Il avait cet accent que les Britanniques qualifient de « posh », de distingué, et que certains riches Nigérians tentent d'imiter, pour finir par se rendre comiques sans le vouloir. Ujanwa se demanda si c'était lui qui l'avait choisie pour l'atelier. Sans doute pas ; c'était le British Council qui avait lancé l'appel à candidatures puis sélectionné les meilleures d'entre elles.

Edward s'était légèrement déplacé pour se rapprocher d'elle. Il lui demandait ce qu'elle faisait au Nigeria. Ujunwa força un grand bâillement en espérant qu'il se tairait. Il répéta sa question et lui demanda si elle avait pris un congé pour participer à l'atelier. Il la regardait attentivement. Il pouvait avoir n'importe quel âge, dans une fourchette de soixante-cinq à quatre-vingt-dix ans. Elle ne pouvait pas le dire à son visage, lequel était agréable mais informe, comme si Dieu, après l'avoir créé, l'avait aplati contre un mur et étalé ses traits sur toute sa figure. Elle sourit évasivement et répondit qu'elle avait perdu son travail juste avant de quitter Lagos — un poste dans le secteur bancaire —, qu'il n'y avait donc pas eu lieu de prendre un congé. Elle bâilla de nouveau. Il paraissait désireux d'en savoir davantage et elle n'avait pas envie d'en dire plus, aussi fut-elle soulagée, lorsqu'elle leva la tête, de voir l'Ougandais qui venait à leur rencontre.

L'Ougandais avait un air somnolent. Une petite trentaine ; le visage carré et la peau foncée ; des cheveux non peignés, recroquevillés en petites boules frisées. Il s'inclina en prenant la main d'Edward entre les siennes, puis se tourna et marmonna un vague bonjour à l'adresse d'Ujunwa. Il s'assit à l'avant de la Renault. Le trajet était long jusqu'au village de vacances, par des routes raides et taillées au hasard à flanc de colline, et Ujunwa eut peur qu'Edward fût trop âgé pour conduire aussi vite qu'il le faisait. Elle retint son souffle jusqu'à ce qu'ils arrivent au groupe de toits de chaume et d'allées parfaites. Une blonde souriante l'emmena à son bungalow, le Repaire des Zèbres, qui avait un lit à colonnes et des draps parfumés à la lavande. Ujunwa s'assit un instant sur le lit, puis se leva pour défaire ses bagages, jetant de temps à autre un coup d'œil par la fenêtre pour voir si des singes rôdaient dans les feuillages des arbres.

Il n'y en avait pas, malheureusement, comme l'expliqua plus tard Edward aux participants, pendant le déjeuner qu'ils prirent sous des parasols roses sur la terrasse, tout au bord de la balustrade pour profiter de la vue sur la mer bleu turquoise en contrebas. Il fit les présentations en montrant chaque personne du doigt. La Sud-Africaine, qui était blanche, venait de Durban, tandis que son compatriote, qui était noir, habitait Johannesburg. Le Tanzanien était d'Arusha, l'Ougandais d'Entebbe, la Zimbabwéenne de Bulawayo, le Kényan de Nairobi et la Sénégalaise, la plus jeune du groupe à vingt-trois ans, était venue en avion de Paris, où elle était étudiante à l'université.

Edward présenta Ujunwa en dernier : « Ujunwa Ogundu est notre participante nigériane et elle habite Lagos. » Ujunwa parcourut la table du regard et se demanda avec qui elle allait s'entendre. La Sénégalaise était la plus prometteuse, avec l'étincelle insolente de son regard, son accent francophone et les mèches argentées dans ses dreadlocks épaisses. La Zimbabwéenne avait des dreadlocks plus longues et plus fines, et les cauris qui y étaient tressés s'entrechoquaient quand elle agitait la tête. Elle avait l'air nerveuse et hyperactive, et Ujunwa se dit qu'elle l'apprécierait sans doute, mais seulement comme elle appréciait l'alcool : à petites doses. Le Kényan et le Tanzanien paraissaient quelconques, presque interchangeables — des hommes de grande taille, au front large, qui arboraient des barbes miteuses et des chemisettes à motifs. Elle se dit que ceux-là, elle les apprécierait comme on apprécie les gens qui ne représentent pas de menace, sans s'investir. Pour les Sud-Africains, elle ne savait pas trop : la femme, qui était blanche, avait un visage trop sérieux, dénué d'humour et sans le moindre maquillage ; l'homme, qui était noir, semblait plein d'une pieuse componction, comme un témoin de Jéhovah qui va de porte en porte et sourit chaque fois qu'on la lui claque au nez. Quant à l'Ougandais, Ujunwa l'avait pris en grippe à l'aéroport, et elle le détestait encore plus à présent à cause des réponses flagorneuses qu'il faisait aux questions d'Edward, de sa façon de se pencher en avant pour s'adresser exclusivement à lui, en ignorant les autres participants. Lesquels ne lui parlaient guère, du coup. Tous savaient qu'il était le lauréat du prix Lipton de littérature africaine, doté de quinze mille livres. Ils ne l'inclurent pas dans leurs échanges polis sur leurs vols.

Ils mangèrent le poulet à la crème enjolivé de

fines herbes et burent l'eau pétillante servie dans des bouteilles luisantes, puis Edward se leva pour prononcer le discours de bienvenue. Il clignait des yeux en parlant, et ses cheveux fins voletaient sous la brise qui sentait la mer. Il commença par leur dire ce qu'ils savaient déjà — que l'atelier durerait deux semaines ; que c'était son idée, mais bien sûr financé grâce à la bienveillance de la Fondation Chamberlain pour les arts, de même que le prix Lipton de littérature africaine était son idée mais financé également par les généreux membres de la fondation ; qu'il leur était demandé à tous d'écrire une nouvelle en vue d'une éventuelle publication dans l'*Oratory* ; que des ordinateurs portables seraient mis à leur disposition dans les bungalows ; qu'ils écriraient la première semaine et étudieraient le travail de chacun des participants la seconde ; que l'Ougandais dirigerait l'atelier. Puis il parla de lui, racontant qu'il plaidait la cause de la littérature africaine depuis quarante ans, que c'était la passion de sa vie depuis Oxford. Il jetait de fréquents coups d'œil à l'Ougandais. Lequel s'empressait de hocher la tête pour accuser réception de chaque regard. Pour finir, Edward présenta sa femme, Isabel, bien qu'ils eussent tous déjà fait sa connaissance. Il leur dit qu'elle militait pour les droits des animaux, que c'était une spécialiste de l'Afrique qui avait passé son adolescence au Botswana. Il eut l'air fier lorsqu'elle se leva, comme si la grâce de sa silhouette élancée compensait la médiocrité de la sienne. Elle avait les cheveux roux foncé, coupés en mèches qui encadraient son visage. Elle les tapota et dit : « Edward, franchement, une présentation… ! » Ujunwa la soupçonnait pourtant d'avoir souhaité qu'Edward la présente, de lui avoir peut-être même rappelé de le faire, en lui disant : « Alors, chéri, tu n'oublieras pas de me présenter convenablement au déjeuner, hein ? » D'une voix probablement empreinte de délicatesse.

C'est sur ce même ton de voix que, le lendemain matin au petit déjeuner, lorsqu'elle s'assit à côté d'Ujunwa, Isabel dit qu'avec une si fine ossature, Ujunwa devait certainement descendre d'une lignée royale du Nigeria. La première pensée qui vint à l'esprit d'Ujunwa, ce fut de demander à Isabel si elle avait besoin de faire appel au sang royal pour s'expliquer la beauté de ses amis de Londres. Elle ne posa pas cette question mais répondit à la place — car elle ne put s'en empêcher — qu'elle était effectivement une princesse de souche ancienne, et qu'un de ses ancêtres avait capturé un commerçant portugais au XVIIe siècle et l'avait gardé, toiletté et huilé, dans une cage royale. Isabel rétorqua gaiement qu'elle repérait toujours le sang royal et qu'elle espérait qu'Ujunwa soutiendrait sa campagne contre le braconnage et que c'était horrible, tout simplement horrible, le nombre de grands singes que les gens tuaient alors qu'ils ne les mangeaient même pas, quoi qu'on pût raconter sur la viande de brousse ; ils se servaient juste de leurs parties intimes pour faire des amulettes.

Après le petit déjeuner, Ujunwa appela sa mère et lui parla du village de vacances et d'Isabel, et ça lui fit plaisir de l'entendre rire. Elle raccrocha, s'installa devant son ordinateur portable et se demanda depuis combien de temps sa mère n'avait pas vraiment ri. Elle resta longtemps assise comme ça, à déplacer la souris d'un côté à l'autre, en essayant de décider si elle allait donner à son personnage un prénom courant, comme Chioma, ou plus exotique, comme Ibari.

Chioma vit avec sa mère à Lagos. Elle a un diplôme d'économie de l'université de Nsukka, a fini son Service national de jeunesse depuis peu et, tous les jeudis, elle achète *The Guardian*, passe la rubrique Emplois au peigne fin et envoie son CV dans des enveloppes kraft. Des semaines passent, sans aucune réponse. Finalement elle reçoit un coup de téléphone la convoquant à un entretien. Après les premières questions, l'homme dit qu'il va l'embaucher, puis il traverse la pièce, se place derrière elle et passe les mains par-dessus ses épaules pour lui peloter les seins. « Imbécile ! lui lance-t-elle entre les dents, vous n'avez aucun respect de vous-même ! » Et elle s'en va. Des semaines de silence s'ensuivent. Elle donne un coup de main à la boutique de sa mère. Elle envoie d'autres enveloppes. À l'entretien suivant, la femme, qui parle avec l'accent le plus artificiel et le plus idiot que Chioma ait jamais entendu, lui dit qu'elle cherche quelqu'un qui ait fait ses études à l'étranger, et Chioma est à deux doigts de rire en partant. Encore des semaines de silence. Chioma n'a pas vu son père depuis des mois, mais elle décide d'aller à son nouveau bureau de Victoria Island pour lui demander s'il peut l'aider à trouver un travail. Leur rencontre est tendue. « Pourquoi tu n'es pas venue depuis, hein ? » lui demande-t-il en faisant semblant d'être fâché, parce qu'il lui est plus facile, elle le sait, d'être fâché ; c'est plus facile de se fâcher contre les gens quand on leur a fait du mal. Il passe quelques coups de fil. Il lui donne une petite liasse de billets de deux cents nairas. Il ne lui pose pas de question sur sa mère. Elle remarque la photo de la Femme Jaune sur son bureau. Sa mère l'avait bien décrite : « Elle est très claire, elle a l'air métis, et le truc, c'est qu'elle n'est même pas jolie, son visage ressemble à une papaye jaune trop mûre. »

Le lustre de la salle à manger principale de Jumping Monkey Hill était si bas qu'Ujunwa pouvait le toucher en tendant la main. Edward était assis à un bout de la longue table tendue de blanc, Isabel à l'autre, et les participants entre les deux. Les planchers de bois dur résonnaient sous les pas des serveurs qui circulaient pour distribuer les menus. Médaillons d'autruche. Saumon fumé. Poulet à l'orange. Edward leur recommanda vivement l'autruche à tous. Elle était tout simplement fâââbuleuse. Ujunwa n'aimait pas l'idée de manger de l'autruche, elle ne savait même pas que ça se mangeait, les autruches, et lorsqu'elle le dit, Edward partit d'un rire bon enfant et rétorqua que l'autruche était un produit africain, bien sûr. Tout le monde commanda l'autruche et lorsque le poulet d'Ujunwa arriva, trop fort en agrumes, elle se demanda si elle n'aurait pas dû prendre plutôt l'autruche. On aurait dit un morceau de bœuf, de toute façon. Elle but plus d'alcool qu'elle n'en avait jamais bu de sa vie, deux verres de vin, se détendit alors et bavarda avec la Sénégalaise des meilleurs façons d'entretenir des cheveux noirs naturels : pas de produits à base de silicone, beaucoup de beurre de karité, ne les peigner que lorsqu'ils sont mouillés. Elle entendait des bribes de ce qu'Edward disait sur le vin : le chardonnay était terriblement ennuyeux.

Ensuite, les participants se retrouvèrent dans le kiosque — sauf l'Ougandais, qui s'assit à part avec Edward et Isabel. Ils chassèrent les insectes qui voletaient, burent du vin, rirent, se taquinèrent les uns les autres : Vous les Kényans, vous êtes trop soumis ! Vous les Nigérians, vous êtes trop agressifs ! Vous les Tanzaniens, vous n'avez aucun sens de la mode ! Vous les Sénégalais, vous vous laissez bourrer le mou par les Français ! Ils parlèrent de la guerre au Soudan, du déclin de l'« African Writers Series »[1], de livres et d'écrivains. Ils tombèrent d'accord que Dambudzo Marechera était étonnant, Alan Paton condescendant, Isak Dinesen impardonnable. Le Kényan prit un accent européen générique et, entre deux taffes, récita ce qu'Isak Dinesen avait dit sur les enfants kikuyus, à savoir qu'ils devenaient tous arriérés mentaux à l'âge de neuf ans. Ils rirent. La Zimbabwéenne dit qu'Achebe était ennuyeux et que stylistiquement

1. Collection de littérature africaine, lancée en 1962 par l'éditeur britannique Heinemann. (*N. de la T.*)

il n'inventait rien, à quoi le Kényan répondit que c'était sacrilège et fit mine de chiper le verre de la Zimbabwéenne, qui se rétracta en riant et reconnut que, bien sûr, Achebe était sublime. La Sénégalaise raconta qu'elle avait failli vomir quand un professeur de la Sorbonne lui avait dit qu'en fait Conrad était *de son côté*, comme si elle ne pouvait pas juger par elle-même de qui était de son côté. Ujunwa se mit à sauter sur place en déblatérant des idioties pour imiter les Africains de Conrad, sentant la douce légèreté du vin dans sa tête. La Zimbabwéenne tituba, tomba à la renverse dans la fontaine et en ressortit en crachotant, les dreadlocks mouillées, en disant qu'elle avait senti des poissons gigoter dans l'eau. Le Kényan dit qu'il se servirait de ça pour sa nouvelle — des poissons dans la fontaine de l'élégant village de vacances — vu qu'il n'avait vraiment aucune idée de ce qu'il allait écrire. La Sénégalaise dit que son histoire était en fait sa propre histoire, celle du deuil de sa petite amie et de la façon dont ce chagrin lui avait donné le courage d'apprendre à ses parents qu'elle était lesbienne, même s'ils traitaient maintenant son homosexualité comme une plaisanterie anodine et continuaient de parler des familles de jeunes gens qui lui conviendraient. Le Sud-Africain parut s'alarmer en entendant le mot « lesbienne ». Il se leva et partit. Le Kényan dit que le Sud-Africain lui faisait penser à son père, qui appartenait à une église du Holy Spirit Revival et ne parlait pas aux gens dans la rue parce qu'ils n'étaient pas sauvés. La Zimbabwéenne, le

Tanzanien, la Sud-Africaine et la Sénégalaise parlèrent tous de leur père.

Ils regardèrent Ujunwa, qui se rendit compte qu'elle était la seule à n'avoir rien dit, et le vin cessa un instant de lui embrumer l'esprit. Elle haussa les épaules et marmonna qu'il n'y avait pas grand-chose à dire sur son père. C'était quelqu'un de normal. « Est-ce qu'il est présent dans ta vie ? » demanda la Sénégalaise en baissant le ton de sa voix d'un cran, ce qui signifiait qu'elle supposait que non, et pour la première fois son accent francophone agaça Ujunwa. « Il est présent dans ma vie, dit Ujunwa avec calme et force. C'est lui qui m'achetait des livres quand j'étais petite et lui qui a lu mes premiers poèmes et mes premières nouvelles. » Elle se tut ; tout le monde la regardait et elle ajouta : « Il a fait une chose qui m'a surprise. Ça m'a blessée, aussi, mais surtout ça m'a surprise. » La Sénégalaise eut l'air de vouloir en demander davantage, mais se ravisa et dit qu'elle reprendrait bien du vin. « Est-ce que tu écris sur ton père ? » demanda le Kényan, et Ujunwa répondit d'un NON catégorique, parce qu'elle n'avait jamais cru en la fiction comme thérapie. Le Tanzanien dit que toutes les fictions étaient thérapeutiques, d'une façon ou d'une autre, et quoi qu'on dise.

Ce soir-là, Ujunwa essaya d'écrire, mais elle avait le tournis et mal à la tête, alors elle se coucha. Après le petit déjeuner, elle s'assit à son ordinateur avec une tasse de thé.

Chioma reçoit un appel téléphonique de la Merchant Trust Bank, une des sociétés que son père a contactées. Il connaît le président du conseil d'administration. Elle a bon espoir ; tous les gens qu'elle connaît qui travaillent dans des banques roulent dans de jolies Jetta d'occasion et ont de jolis appartements à Gbagada. C'est le directeur adjoint qui lui fait passer l'entretien. Il est foncé de teint et séduisant, la monture de ses lunettes porte le logo d'un styliste chic et, pendant qu'il lui parle, elle souhaite désespérément qu'il la remarque. Mais non. Il lui dit qu'ils aimeraient l'embaucher pour faire du marketing, ce qui consistera à aller démarcher de nouveaux clients. Elle travaillera avec Yinka. Si elle arrive à faire entrer dix millions de nairas au cours de sa période d'essai, un poste fixe lui sera assuré. Elle l'écoute en hochant la tête. Elle a l'habitude de retenir l'attention des hommes et là elle se renfrogne parce qu'il ne la regarde pas comme un homme regarde une femme, de plus elle ne comprend pas vraiment ce qu'il entend par « aller démarcher de nouveaux clients », jusqu'au jour où elle commence, deux semaines plus tard. Un chauffeur en uniforme les conduit, Yinka et elle, en jeep de fonction climatisée — elle passe la main sur le cuir doux des sièges, réticente à descendre de voiture — à la maison d'un alhaji à Ikoyi. L'alhaji a des manières d'oncle débonnaire ; il sourit, agite les mains, rit. Yinka lui a rendu visite plusieurs fois déjà, et il l'embrasse et lui dit quelque chose qui la fait rire. Il regarde Chioma. « Elle est trop jolie, celle-là », dit-il. Un domestique leur sert des verres de chapman[1] givrés. L'alhaji

1. Gin local. (*N. de la T.*)

s'adresse à Yinka mais regarde fréquemment Chioma. Ensuite il demande à Yinka de se rapprocher et de lui expliquer le compte d'épargne à haut rendement, puis il lui demande de s'asseoir sur ses genoux, et si elle ne croit pas qu'il est assez fort pour la porter ? Yinka dit que oui, bien sûr, et s'assied sur ses genoux avec un sourire serein. Yinka est petite et claire de peau ; elle rappelle à Chioma la Femme Jaune.

Chioma ne sait de la Femme Jaune que ce que sa mère lui en a dit. Par une après-midi où les clientes étaient rares, la Femme Jaune était entrée dans la boutique de sa mère, située Adeniran Ogunsanya Street. La mère d'Ujunwa savait qui était la Femme Jaune ; elle savait que la Femme Jaune avait une liaison avec son mari depuis un an, et qu'il lui avait payé sa Honda Accord ainsi que son appartement à Ilupeju. Mais ce qui la rendit dingue, ce fut l'affront : que la Femme Jaune ose entrer dans sa boutique et regarder des chaussures qu'elle envisageait de payer avec de l'argent qui appartenait en réalité à son mari. Alors la mère d'Ujunwa avait attrapé la Femme Jaune par le tissage de cheveux qui lui arrivait aux reins en hurlant : « Voleuse de mari ! » et les vendeuses s'étaient mises de la partie, elles avaient giflé et battu la Femme Jaune, qui avait fini par regagner sa voiture en courant. Lorsque le père de Chioma avait appris ce qui s'était passé, il avait crié contre sa mère et dit qu'elle s'était comportée comme une folle de la rue, qu'elle leur avait fait honte, à lui, à elle-même et à une innocente, et ce sans raison. Puis il avait quitté la maison. Chioma était rentrée de son Service national de jeunesse et elle avait remarqué que la penderie de son père était vide. Tantie Elohor, Tantie Rose et Tantie Uche étaient venues toutes les trois et avaient dit à sa mère : « Nous sommes prêtes à t'accompagner pour le supplier de revenir ou alors nous irons le supplier en ton nom. » Et la mère de Chioma avait répondu : « Non, jamais de la vie. Je ne vais pas le supplier. Ça suffit. » Tantie Funmi était venue et elle avait dit que la Femme Jaune l'avait noué avec un médicament, mais qu'elle connaissait un bon *babalawo* qui pouvait le dénouer. Et la mère de Chioma avait répondu : « Non, je n'y vais pas. » Sa boutique faisait faillite parce que le père de Chioma l'avait toujours aidée à importer des chaussures de Dubaï. Alors elle baissa ses prix, fit de la publicité dans *Joy* et *City People* et se mit à vendre des chaussures fabriquées à Aba. Chioma porte une paire de ces chaussures le matin où, assise dans le salon de l'alhaji, elle regarde Yinka, perchée sur ces genoux généreux, parler des avantages d'un compte d'épargne à la Merchant Trust Bank.

Au début, Ujunwa essaya de ne pas remarquer qu'Edward regardait souvent son corps, que ses yeux ne se posaient pas sur son visage mais toujours plus bas. Les journées de l'atelier avaient pris un rythme régulier : petit déjeuner à huit heures, déjeuner à une heure et dîner à six heures dans la salle à manger d'apparat. Le sixième jour, une journée d'une chaleur caniculaire, Edward leur distribua des exemplaires de la première nouvelle qu'ils devraient commenter, écrite par la Zimbabwéenne. Les participants étaient tous assis sur la terrasse et quand Edward termina la distribution, Ujunwa vit qu'il ne restait plus de siège libre sous les parasols.

« Ça ne me gêne pas de m'asseoir au soleil, dit-elle en se levant déjà. Je me lève et je vous laisse ma place, si vous voulez, Edward ?

— J'aimerais mieux que vous vous couchiez et partagiez votre place avec moi », répondit-il.

Ce fut un moment moite et épais ; un oiseau, au loin, croassa. Edward souriait jusqu'aux oreilles. L'Ougandais et le Tanzanien avaient été les seuls à l'entendre. Alors l'Ougandais rit. Et Ujunwa rit aussi, parce que c'était drôle et spirituel, se dit-elle, quand on y pensait. Après le déjeuner, elle alla se promener avec la Zimbabwéenne et quand elles s'arrêtèrent pour ramasser des coquillages au bord de l'eau, Ujunwa voulut lui raconter ce qu'avait dit Edward. Mais la Zimbabwéenne avait la tête ailleurs, elle était moins bavarde que d'habitude ; sans doute était-elle inquiète pour sa nouvelle. Ujunwa la lut dans la soirée. Elle trouva l'écriture trop alambiquée, mais l'histoire lui plut et elle écrivit des commentaires et des suggestions mesurées dans la marge. C'était une histoire drôle et bien connue, celle d'un enseignant du secondaire qui s'entend dire par son pasteur pentecôtiste que sa femme et lui ne pourront pas avoir d'enfant tant qu'ils n'auront pas obtenu la confession des sorcières qui ont noué la matrice de sa femme. Ils se persuadent que les sorcières sont leurs voisines, et tous les matins ils prient d'une voix forte, propulsant de l'autre côté de la clôture des bombes verbales animées par le Saint-Esprit.

Le lendemain, après que la Zimbabwéenne eut lu un extrait, un court silence se fit autour de la table de la salle à manger. Puis l'Ougandais prit la parole, pour dire qu'il y avait une grande énergie dans sa prose. La Sud-Africaine hocha la tête avec enthousiasme. Le Kényan exprima son désaccord. Certaines phrases faisaient un tel effort pour être littéraires qu'elles n'avaient plus de sens, dit-il, et il en lut une en exemple. Le Tanzanien objecta qu'il fallait regarder une nouvelle comme un tout, et non comme plusieurs parties. Oui, en convint le Kényan, mais chaque partie doit avoir du sens pour pouvoir former un tout qui se tienne. Alors Edward prit la parole. L'écriture était ambitieuse, certes, mais l'histoire laissait sur sa faim : « Et alors ? » avait-on envie de demander. Elle semblait terriblement dépassée, quand on pensait à tout ce qui se passait d'autre au Zimbabwe sous la férule de l'horrible Mugabe. Ujunwa dévisagea Edward. Que voulait-il dire par « dépassée » ? Comment une histoire aussi vraie pouvait-elle être dépassée ? Mais elle ne demanda pas ce que voulait dire Edward, le Kényan ne le demanda pas non plus, pas plus que l'Ougandais, et la Zimbabwéenne se contenta de repousser ses dreadlocks en faisant tinter ses cauris. Les autres gardèrent le silence. Peu après, tous se mirent à bâiller, dire bonne nuit et regagner leurs bungalows.

Le lendemain, ils ne reparlèrent pas de la soirée de la veille. Ils parlèrent des œufs brouillés, tellement légers, du bruissement des feuilles de jacaranda contre leurs fenêtres la nuit, tellement inquiétant. Après le dîner, la Sénégalaise lut un passage de sa nouvelle. C'était une soirée venteuse et ils avaient fermé la porte pour barrer le bruit des branchages qui tournoyaient. La fumée de la pipe d'Edward planait dans la pièce. La Sénégalaise lut deux pages d'une scène d'enterrement, s'arrêtant à de nombreuses reprises pour boire de l'eau, et son accent s'épaississait à mesure que l'émotion la gagnait, transformait ses *t* en *z*. Après, tous se tournèrent vers Edward, même l'Ougandais, qui semblait avoir oublié qu'il dirigeait l'atelier. Edward mâchouilla sa pipe, l'air pensif, avant de dire qu'il pensait que ce genre d'histoires d'homosexuels ne reflétait pas véritablement l'Afrique.

« Quelle Afrique ? » s'exclama Ujunwạ.

Le Sud-Africain gigota sur son siège. Edward mâchouilla encore sa pipe. Puis il regarda Ujunwa comme on regarderait un enfant qui refuse d'être sage à l'église, et dit qu'il ne parlait pas du point de vue d'un africaniste formé à Oxford, mais comme quelqu'un qui aime l'Afrique véritable et non qu'on plaque des idées occidentales sur des cadres africains. La Zimbabwéenne, le Tanzanien et la Sud-Africaine se mirent à hocher la tête pendant qu'Edward parlait.

« On est peut-être en l'an 2000, disait-il, mais en quoi est-ce un comportement d'Africaine de déclarer à sa famille qu'on est homosexuelle ? »

La Sénégalaise partit dans un flot de français incompréhensible puis, au bout d'une minute d'un débit fluide, dit en anglais : « Mais je suis sénégalaise ! Je suis sénégalaise ! » Edward répondit dans un français tout aussi rapide, puis conclut en anglais, avec un léger sourire : « Je crois qu'elle a bu trop de cet excellent bordeaux », et certains des participants gloussèrent.

Ujunwa fut la première à partir. Elle arrivait à son bungalow quand elle entendit quelqu'un l'appeler et s'arrêta. C'était le Kényan. La Zimbabwéenne et la Sud-Africaine l'accompagnaient. « Allons au bar », dit le Kényan. Ujunwa se demanda où était la Sénégalaise. Au bar, elle prit un verre de vin et les écouta parler des autres résidents de Jumping Monkey Hill — tous blancs — qui regardaient les participants à l'atelier d'un œil méfiant. Le Kényan raconta que, la veille, un couple assez jeune s'était arrêté et avait reculé d'un pas quand il s'était approché d'eux sur le sentier, en revenant de la piscine. La Sud-Africaine dit qu'elle avait eu droit à des regards méfiants, elle aussi, peut-être parce qu'elle ne portait que des caftans en kente. Assise là, le regard plongé dans la nuit noire, à écouter la ronde de leurs voix adoucies par l'alcool, Ujunwa sentit un dégoût d'elle-même éclater au creux de son ventre. Elle n'aurait pas dû rire quand Edward avait dit : « J'aimerais mieux que vous vous couchiez et partagiez votre place avec moi. » Ça n'avait rien de drôle. Ça n'avait absolument rien de drôle. Elle avait trouvé ça odieux, et odieux son grand sourire, le bref aperçu de ses dents verdâtres, cette façon qu'il avait toujours de regarder sa poitrine et non son visage, de promener ses yeux sur tout son corps ; pourtant elle s'était forcée à rire comme une hyène détraquée. Elle posa son verre de vin à moitié bu et dit : « Edward passe son temps à regarder mon corps. » Le Kényan, la Sud-Africaine et la Zimbabwéenne la fixèrent. Ujunwa répéta : « Edward passe son temps à regarder mon corps. » Le Kényan dit qu'il était évident depuis le premier jour qu'Edward devait escalader sa grande gigue plate d'épouse en rêvant que ce soit Ujunwa ; la Zimbabwéenne qu'il avait l'œil concupiscent dès qu'il le posait sur Ujunwa ; la Sud-Africaine qu'Edward ne se permettrait jamais de regarder une Blanche comme ça parce que ce qu'il ressentait pour Ujunwa, c'était une envie dénuée de respect.

« Vous aviez tous remarqué ? leur demanda Ujunwa. Vous aviez tous remarqué ? »

Elle se sentait étrangement trahie. Elle se leva et rentra à son bungalow. Elle appela sa mère, mais la voix métallique n'arrêtait pas de dire : « Le numéro que vous avez appelé est indisponible, veuillez renouveler votre appel ultérieurement », alors elle raccrocha. Elle n'arrivait pas à écrire. Elle resta allongée dans son lit éveillée, si longtemps que lorsqu'elle s'endormit enfin, c'était l'aurore.

Ce soir-là, le Tanzanien lut un extrait de sa nouvelle sur les massacres au Congo, racontés du point de vue d'un milicien, homme d'une violence lubrique. Edward déclara que ce serait la nouvelle phare de l'*Oratory*, qu'elle se distinguait par son urgence et sa pertinence, qu'elle apportait des informations. Ujunwa trouvait qu'on aurait dit un article de *The Economist* agrémenté de personnages de bandes dessinées. Mais elle garda cela pour elle. Elle retourna à son bungalow et, bien qu'elle eût mal au ventre, alluma son ordinateur.

En observant Yinka assise sur les genoux de l'alhaji, Chioma a l'impression de jouer la comédie. Elle écrivait des pièces au lycée. Sa classe en mit une en scène pour les fêtes d'anniversaire de l'école et, à la fin, le public leur fit une ovation debout et le directeur dit : « Chioma est notre future star ! » Son père était présent, assis à côté de sa mère, il souriait et applaudissait. Pourtant, lorsqu'elle dit qu'elle voulait étudier la littérature à l'université, il lui dit que ce n'était pas viable. Ce fut son mot, viable. Il dit qu'elle devait étudier autre chose, et qu'elle pouvait toujours écrire à côté. L'alhaji passe doucement le doigt sur le bras de Yinka, en disant : « Mais vous savez que la Savanna Union Bank m'a envoyé des gens la semaine dernière. » Yinka sourit toujours et Chioma se demande si elle n'a pas mal aux joues, à force. Elle pense aux nouvelles rangées dans une boîte en métal sous son lit. Son père les a toutes lues et il écrivait parfois dans la marge : *Excellent ! Cliché ! Très bon ! Pas clair !* C'était lui qui lui achetait des romans ; sa mère considérait que les romans étaient une perte de temps ; elle trouvait que tout ce dont Chioma avait besoin, c'était ses livres de cours.

« Chioma ! » dit Yinka, et elle lève la tête. L'alhaji lui parle. Il a l'air presque intimidé et fuit son regard. Il fait montre envers elle d'une hésitation qu'il n'a pas avec Yinka. « Je dis que vous êtes trop jolie. Comment se fait-il qu'un Homme Important ne vous ait pas épousée ? » Chioma sourit sans rien dire. L'alhaji reprend : « J'ai accepté de faire affaires avec la Merchant Trust mais vous serez mon interlocutrice. » Chioma ne sait pas trop quoi répondre. « Bien sûr, dit Yinka. Elle sera votre interlocutrice. Nous nous occuperons de vous. Ah, merci, monsieur ! »

L'alhaji se lève et dit : « Venez, venez, j'ai rapporté de bons parfums de mon dernier voyage à Londres. J'aimerais vous donner quelque chose à emporter chez vous. » Il fait quelques pas vers l'intérieur puis se retourne. « Venez, venez, toutes les deux. » Yinka suit. Chioma se lève. L'alhaji se tourne à nouveau vers elle, attendant qu'elle suive. Mais elle ne suit pas. Elle se tourne vers la porte, l'ouvre, débouche dans la lumière vive du soleil, passe devant la jeep dans laquelle le chauffeur écoute la radio, la portière ouverte. « Tantie ? Tantie ? Il s'est passé quelque chose ? » lance-t-il. Elle ne répond pas. Elle marche et marche, dépasse le grand portail, et sort dans la rue, où elle prend un taxi et va à l'agence débarrasser son bureau presque vide.

Ujunwa se réveilla au fracas de la mer, le ventre noué par l'anxiété. Elle ne voulait pas lire sa nouvelle ce soir. Elle ne voulait pas aller au petit déjeuner non plus, mais elle y alla quand même, dit bonjour à la ronde, sourit à la ronde.

Elle s'assit à côté du Kényan, qui se pencha et lui chuchota qu'Edward venait de dire à la Sénégalaise qu'il avait rêvé de son nombril nu. Nombril nu. Ujunwa regarda la Sénégalaise, qui portait délicatement sa tasse de thé aux lèvres, l'air confiant, les yeux tournés vers la mer. Ujunwa lui envia son calme et son assurance. Elle était vexée, aussi, qu'Edward fasse des remarques suggestives à une autre, et se demanda ce que signifiait son dépit. En était-elle venue à considérer ses regards salaces comme son dû ? Cette pensée ainsi que la perspective de lire dans la soirée la mettaient mal à l'aise, aussi demanda-t-elle à la Sénégalaise, tandis qu'ils s'attardaient après déjeuner, l'après-midi, ce qu'elle avait répondu lorsque Edward lui avait parlé de son nombril nu.

La Sénégalaise haussa les épaules et expliqua que le vieil homme pouvait bien nourrir tous les rêves qu'il voulait, elle resterait une lesbienne heureuse de l'être, et qu'il n'y avait pas besoin de lui dire quoi que ce soit.

« Mais pourquoi est-ce qu'on ne dit rien ? » demanda Ujunwa. Elle éleva la voix et regarda les autres. « Pourquoi est-ce qu'on ne dit jamais rien ? »

Ils s'entre-regardèrent. Le Kényan dit au garçon que l'eau avait tiédi ; pourrait-il leur apporter d'autres glaçons ? Le Tanzanien demanda au garçon d'où, au Malawi, il était originaire. Le Kényan lui demanda si les cuisiniers étaient malawites, eux aussi, comme les serveurs semblaient tous l'être. Alors la Zimbabwéenne dit qu'il lui importait peu de savoir d'où venaient les cuisiniers, vu que la nourriture à Jumping Monkey Hill était ni plus ni moins dégoûtante, avec cette débauche de viande et de crème. D'autres paroles se déversèrent et Ujunwa avait du mal à suivre qui disait quoi. Imaginez une réunion entre Africains sans riz, et pourquoi proscrire la bière de la table du dîner juste parce que Edward jugeait le vin plus convenable, et le petit déjeuner à huit heures c'était trop tôt, peu importe si Edward avait déclaré que c'était l'heure « juste », et l'odeur de sa pipe était écœurante, en plus il fallait qu'il décide ce qu'il aimait fumer et qu'il arrête de se rouler des cigarettes arrivé à la moitié de sa pipe.

Seul le Sud-Africain gardait le silence. Il prit l'air affligé, mains croisées sur les genoux, avant de dire qu'Edward n'était qu'un vieil homme qui ne pensait pas à mal. Ujunwa explosa. « C'est à cause de ce genre d'attitude qu'ils ont pu vous tuer, vous parquer dans des townships et exiger que vous présentiez des laissez-passer pour fouler votre propre terre ! » Puis elle se tut et s'excusa. Elle n'aurait pas dû dire ça. Elle n'avait pas eu l'intention de crier. Le Sud-Africain haussa les épaules comme s'il comprenait que le diable était toujours à l'œuvre. Le Kényan observait Ujunwa. Il lui dit, d'une voix basse, qu'elle était en colère contre bien plus que le seul Edward, et elle détourna les yeux en se demandant si « colère » était le mot juste.

Plus tard, elle alla à la boutique de souvenirs

avec le Kényan, la Sénégalaise et le Tanzanien et elle essaya des bijoux en ivoire d'imitation. Ils taquinèrent le Tanzanien pour l'intérêt qu'il portait aux bijoux — et s'il était gay, lui aussi ? Il rit et rétorqua qu'il avait des possibilités infinies. Puis il ajouta, plus sérieusement, qu'Edward avait des relations et qu'il pouvait leur trouver un agent à Londres ; inutile de se le mettre à dos, inutile de fermer la porte aux occasions. Quant à lui, il n'avait pas envie de finir à cet ennuyeux poste d'enseignant à Arusha. Il faisait mine de s'adresser à tous, mais regardait Ujunwa.

Ujunwa acheta un collier et le mit ; elle aimait l'effet du pendentif blanc en forme de dent contre sa gorge. Le soir, Isabel sourit en le voyant. « J'aimerais que les gens se rendent compte à quel point l'ivoire d'imitation a l'air vrai et qu'ils laissent les animaux tranquilles », dit-elle. Avec un grand sourire, Ujunwa répondit que c'était en fait de l'ivoire véritable, et elle se demanda si elle ne devait pas ajouter qu'elle avait tué l'éléphant elle-même lors d'une chasse royale. Isabel parut d'abord saisie d'étonnement, puis peinée. Ujunwa tripota le bijou de plastique. Il fallait qu'elle se détende, comme elle se le dit et redit quand elle commença la lecture de sa nouvelle. Après, l'Ougandais fut le premier à prendre la parole, déclarant qu'il trouvait la nouvelle très forte, très crédible, et Ujunwa fut encore plus surprise par l'assurance de son ton que par ses propos. Le Tanzanien dit qu'elle rendait bien Lagos, avec ses odeurs et ses sons, et que c'était incroyable à quel point les villes du tiers-monde se ressemblaient. La Sud-Africaine dit qu'elle détestait le terme « tiers-monde », mais qu'elle avait adoré la peinture de ce que les femmes enduraient au Nigeria. Edward se renversa contre son dossier et dit : « Ça ne se passe jamais comme ça dans la vraie vie, si ? Les femmes ne sont jamais victimes d'une façon aussi grossière, et certainement pas au Nigeria. Il y a des femmes qui occupent des postes élevés au Nigeria. À l'heure actuelle, le ministre le plus puissant du gouvernement est une femme. »

Le Kényan intervint en disant qu'il aimait la nouvelle, mais qu'il ne pouvait pas croire que Chioma quittait son boulot ; après tout c'était une femme qui n'avait pas le choix, et il trouvait donc que la fin n'était pas vraisemblable.

« C'est toute l'histoire qui n'est pas vraisemblable, dit Edward. Elle est au service d'une idée, mais ce n'est pas une histoire vraie, sur de vraies personnes. »

Ujunwa sentit quelque chose se contracter en elle. Edward parlait toujours. Bien sûr, on se devait d'admirer l'écriture, qui était tout à fait fâââbuleuse. Il l'observait, et c'est à cause du triomphe qu'elle lut dans ses yeux qu'elle se leva et éclata de rire. Les participants la dévisagèrent. Elle rit et rit de plus belle, sous leurs regards, puis ramassa ses feuilles.

« Une histoire vraie sur de vraies personnes ? dit-elle, les yeux rivés sur Edward. La seule chose que j'ai omise dans l'histoire, c'est qu'après avoir quitté ma collègue et être sortie de la maison de l'alhaji, je suis montée dans la jeep et j'ai exigé du chauffeur qu'il me ramène à la maison parce que je savais que c'était la dernière fois que je mettais les pieds dans cette jeep. »

Il y avait d'autres choses qu'Ujunwa aurait aimé dire, mais elle ne les dit pas. Des larmes lui montaient aux yeux, qu'elle refoula. Il lui tardait d'appeler sa mère, et, en se dirigeant vers son bungalow, elle se demanda si cette fin, dans une nouvelle, serait jugée crédible.

AUTOUR DE TON COU

Tu croyais qu'en Amérique tout le monde avait une voiture et une arme à feu ; tes oncles, tes tantes et tes cousins le croyaient aussi. Quand tu as gagné à la loterie des visas américains, ils t'ont dit : Dans un mois, tu auras une grosse voiture. Bientôt, une grande maison. Mais ne va pas acheter un revolver comme ces Américains.

Ils s'étaient attroupés dans la pièce où tu vivais avec ton père, ta mère et tes trois frères et sœurs, à Lagos, en s'appuyant contre les murs crus car il n'y avait pas assez de chaises pour tout le monde ; ils venaient te dire au revoir d'une voix forte et te glisser à mi-voix ce qu'ils voulaient que tu leur envoies. Comparées à la grosse voiture et la grande maison (voire au revolver), leurs envies étaient modestes : des sacs à main, des chaussures, des parfums et des vêtements. Tu avais dit d'accord, pas de problème.

Ton oncle d'Amérique, qui avait inscrit tous les membres de la famille à la loterie des visas, te proposa d'habiter chez lui le temps de trouver tes marques. Il vint te chercher à l'aéroport et t'acheta un gros hot-dog plein de moutarde jaune qui te donna mal au cœur. Une introduction à l'Amérique, dit-il en riant. Il habitait une petite ville blanche du Maine, dans une maison vieille de trente ans, au bord d'un lac. Il te dit que l'entreprise pour laquelle il travaillait lui avait offert quelques milliers de dollars de plus que le salaire moyen, plus des stock-options, parce qu'ils étaient prêts à tout pour avoir une image de diversité. Ils mettaient sa photo dans toutes leurs brochures, même celles qui n'avaient aucun rapport avec son service. Il rit et dit que c'était un bon poste, qui méritait qu'ils vivent dans une ville entièrement blanche, même si sa femme devait faire une heure de voiture pour trouver un salon de coiffure où l'on sache coiffer les cheveux noirs. Le truc, c'était de comprendre l'Amérique ; de savoir que l'Amérique, c'était donnant-donnant. On faisait beaucoup de sacrifices, mais on gagnait beaucoup aussi.

Il te montra comment postuler à un emploi de caissière à la station-service de Main Street et t'inscrivit à une fac où les filles avaient de grosses cuisses, portaient du vernis à ongles rouge vif et mettaient de l'autobronzant qui les rendait orange. Elles te demandaient où tu avais appris à parler anglais et si vous aviez de vraies maisons, là-bas en Afrique, si tu avais déjà vu une voiture avant de venir en Amérique. Tes cheveux les laissaient pantoises. Est-ce qu'ils tiennent tout droit ou ils retombent, si tu défais tes tresses ? Elles voulaient le savoir. Ils tiennent tous tout droit ? Comment ? Pourquoi ? Est-ce que tu te sers d'un peigne ? Tu leur adressais un sourire pincé quand elles te posaient ces questions. Ton oncle te dit de ne pas t'étonner ; c'était un mélange d'ignorance et d'arrogance, selon lui. Puis il te raconta que les voisins avaient prétendu, quelques mois après son emménagement, que les écureuils commençaient à disparaître. Ils avaient entendu dire que les Africains mangeaient toutes espèces d'animaux sauvages.

Tu riais avec ton oncle et tu te sentais à l'aise chez lui ; sa femme t'appelait *nwanne*, sœur, et ses deux enfants d'âge scolaire t'appelaient Tantie. Ils parlaient ibo et mangeaient du *garri* à déjeuner ; c'était comme à la maison. Jusqu'au jour où ton oncle entra dans le sous-sol exigu où tu dormais entre des vieilles caisses et des briques alimentaires et où il t'attira violemment contre lui, en te pétrissant les fesses et en gémissant. Ce n'était pas véritablement ton oncle, en fait ; c'était un frère du mari de ta tante paternelle, sans lien de sang. Quand tu le repoussas, il s'assit sur ton lit — il était chez lui, après tout —, sourit et te dit qu'à vingt-deux ans tu n'étais plus une enfant. Si tu le laissais faire, il te rendrait de nombreux services. Les femmes intelligentes faisaient ça tout le temps. Comment croyais-tu que les femmes qui avaient des boulots bien payés au pays, à Lagos, y parvenaient ? Et même celles de New York ?

Tu restas enfermée dans la salle de bains jusqu'à ce qu'il remonte et, le lendemain matin, tu partis à pied, par la longue route sinueuse, dans l'odeur des alevins du lac. Tu le vis passer en voiture sans klaxonner — avant, il te déposait toujours à Main Street. Tu te demandas ce qu'il allait raconter à sa femme, quelle raison il invoquerait pour ton départ. Et tu te souvins de ce qu'il t'avait dit, que l'Amérique c'était donnant-donnant.

Tu te retrouvas dans le Connecticut, dans une autre petite ville, parce que c'était le terminus du bus Greyhound que tu avais pris. Tu entras dans le restaurant au store propre et pimpant, et tu dis que tu étais prête à travailler pour deux dollars de moins que les autres serveuses. Le gérant, Juan, avait des cheveux aile de corbeau et une dent en or qu'il découvrit en souriant. Il dit qu'il n'avait jamais eu d'employé du Nigeria, mais que les immigrés travaillaient tous dur. Il le savait, il était passé par là. Il te paierait un dollar en moins, mais sous la table ; il n'aimait pas toutes les taxes qu'on lui faisait payer.

Tu n'avais pas les moyens d'étudier parce que tu payais maintenant un loyer pour ta chambre minuscule à la moquette tachée. De plus, la petite ville du Connecticut n'avait pas de fac locale, et les crédits de l'université de l'État étaient trop chers. Alors tu allais à la bibliothèque municipale, tu consultais les programmes des cours sur les sites Internet des établissements et tu lisais certains des livres. Parfois, assise sur le matelas plein de bosses de ton lit une place, tu pensais au pays — tes tantes qui vendaient du poisson séché et des bananes plantains dans la rue, cajolant les clients pour qu'ils achètent puis les abreuvant d'insultes s'ils n'achetaient rien ; tes oncles qui buvaient du gin local et entassaient leurs familles et leurs vies dans une seule pièce ; tes amis qui étaient venus te dire au revoir avant ton départ, pour se réjouir que tu aies gagné la loterie des visas américains, pour avouer leur envie ; tes parents, qui se tenaient souvent par la main quand ils allaient à l'église le dimanche matin, ce qui leur valait les rires et taquineries des voisins de la chambre d'à côté ; ton père, qui rapportait de son travail les vieux journaux de son patron et les faisait lire à tes frères ; ta mère, dont le salaire suffisait tout juste à couvrir l'inscription de tes frères au collège où les professeurs accordaient un A quand on leur glissait une enveloppe kraft.

Tu n'avais jamais eu besoin de payer pour avoir A, jamais glissé d'enveloppe kraft à un de tes professeurs au collège. Pourtant tu choisissais maintenant de longues enveloppes kraft pour envoyer à tes parents la moitié de tes gains mensuels, à l'adresse de l'établissement semi-public où ta mère faisait le ménage ; tu te servais toujours des dollars que te donnait Juan parce qu'ils étaient neufs, contrairement à ceux des pourboires. Tous les mois. Tu pliais soigneusement l'argent dans une feuille de papier blanc, mais tu n'écrivais pas de lettre. Il n'y avait rien à écrire.

Après quelques semaines, pourtant, il te vint l'envie d'écrire parce que tu avais des histoires à raconter. Tu voulais raconter le caractère étonnamment communicatif des Américains, qui s'empressent de vous parler du combat de leur mère contre le cancer ou de l'accouchement prématuré de leur belle-sœur, autant de choses qu'on devrait taire ou ne révéler qu'aux membres de la famille qui s'en soucient vraiment. Tu voulais raconter comment les gens laissent leurs assiettes à moitié pleines et chiffonnent quelques dollars, en manière d'offrande semblait-il, ou d'expiation pour un tel gaspillage. Tu voulais raconter la gamine blonde qui s'était mise à pleurer, à se tirer les cheveux, à jeter les menus par terre, tandis que ses parents, loin de la faire taire, la suppliaient, cette gamine qui devait avoir autour de cinq ans — jusqu'à ce que, pour finir, ils se lèvent tous de table et s'en aillent. Tu voulais raconter que les riches portaient des vêtements miteux et des tennis déchirées, qu'ils avaient la dégaine des gardiens de nuit des grandes concessions de Lagos. Tu voulais raconter que les Américains riches étaient minces, tandis que les Américains pauvres étaient gros, et qu'ils étaient nombreux à ne posséder ni grande maison ni grosse voiture ; quant aux revolvers, tu ne pouvais pas te prononcer pour le moment, car qui sait s'ils n'en avaient pas au fond de leurs poches ?

Ce n'était pas juste à tes parents que tu avais envie d'écrire, c'était aussi à tes amis, tes cousins, tes tantes et tes oncles. Mais comme il était exclu, avec l'argent que tu gagnais comme serveuse, que tu puisses jamais acheter assez de parfums, de vêtements et de sacs à main pour tout le monde tout en continuant à payer ton loyer, tu n'écrivais à personne.

Personne ne savait où tu étais, parce que tu ne le disais à personne. Parfois, tu avais l'impression d'être invisible et tu essayais de traverser le mur de ta chambre pour rejoindre le couloir, et tu te faisais des bleus aux bras en te cognant contre le mur. Une fois, Juan te demanda si tu avais un homme qui te battait, parce que si c'était ça, dit-il, il lui ferait son affaire, et tu lui avais répondu par un rire mystérieux.

La nuit, quelque chose venait s'enrouler autour de ton cou, une chose qui manquait t'étouffer avant que tu ne sombres dans le sommeil.

Au restaurant, beaucoup de gens te demandaient depuis quand tu étais venue de Jamaïque parce qu'ils croyaient que tous les Noirs qui avaient un accent étranger étaient jamaïcains. Ou bien, si certains devinaient que tu étais africaine, ils te disaient qu'ils adoraient les éléphants et avaient envie de faire un safari.

Aussi quand il te demanda, dans la pénombre du restaurant, alors que tu venais de lui réciter les plats du jour, de quel pays d'Afrique tu étais originaire, tu répondis « le Nigeria » en t'attendant à ce qu'il te dise qu'il avait donné de l'argent pour lutter contre le sida au Botswana. Mais il te demanda si tu étais yoruba ou ibo, car tu n'avais pas un visage foulani. Ce qui te surprit — tu te dis qu'il devait être professeur d'anthropologie à l'université de l'État, un peu jeune puisqu'il devait tout juste approcher de la trentaine, maintenant allez savoir ? Ibo, répondis-tu. Il te demanda comment tu t'appelais et dit que c'était joli, Akunna. Il ne te demanda pas ce que ça signifiait, heureusement, parce que tu en avais plus qu'assez de la réaction des gens : « Richesse du père ? Vous voulez dire... votre père va vous vendre à un mari, vraiment ? »

Il te raconta qu'il était allé au Ghana, en Ouganda et en Tanzanie, qu'il adorait la poésie d'Okot p'Bitek et les romans d'Amos Tutuola et qu'il avait beaucoup lu sur les pays d'Afrique subsaharienne, sur leur histoire et leur complexité. Tu voulais ressentir du dédain et le manifester en lui apportant sa commande, car les Blancs qui aimaient trop l'Afrique et ceux qui ne l'aimaient pas assez se valaient — par leur égale condescendance. Mais il ne hochait pas la tête d'un air supérieur comme l'avait fait le professeur Cobbledick, à ta fac dans le Maine, lors d'un débat en classe sur la décolonisation en Afrique. Il n'avait pas la même expression que le professeur Cobbledick, cette expression de qui se croit meilleur que les gens sur lesquels il a quelques connaissances. Il vint le lendemain et s'assit à la même table, et lorsque tu lui demandas si le poulet était bon, il te demanda si tu avais grandi à Lagos. Il vint le troisième jour et se mit à parler avant même de commander, racontant qu'il avait visité Bombay et qu'il voulait maintenant visiter Lagos pour voir comment vivaient les vraies gens, par exemple dans les bidonvilles, parce qu'il ne faisait jamais les trucs idiots pour touristes quand il était à l'étranger. Il parla tant et plus et tu dus lui dire que c'était contraire à la politique du restaurant. Il effleura ta main quand tu posas le verre d'eau. Le quatrième jour, en le voyant arriver, tu dis à Juan que tu ne voulais plus de cette table. Ce soir-là, après ton service, tu le trouvas qui attendait dehors, les écouteurs vissés dans les oreilles, et il te demanda de sortir avec lui parce que ton nom rimait avec *hakuna matata* et que *Le Roi Lion* était le seul film à l'eau de rose qu'il ait jamais aimé. Tu n'avais jamais entendu parler du *Roi Lion*. Tu le regardas dans la lumière vive et remarquas qu'il avait les yeux de la couleur de l'huile d'olive extra-vierge, un doré tirant sur le vert. L'huile d'olive extra-vierge était la seule chose que tu adorais en Amérique, que tu aimais sans réserve.

Il était en année de licence à l'université de l'État. Il te dit son âge et tu lui demandas pourquoi il n'avait pas encore fini ses études. C'était l'Amérique, ici, après tout, ce n'était pas comme au pays, où les universités fermaient si souvent que les gens mettaient trois ans de plus que prévu pour terminer leur cursus et où les enseignants avaient beau faire grève sur grève, ils n'étaient pas payés. Il t'expliqua qu'il avait pris deux ans pour se découvrir et voyager, principalement en Afrique et en Asie. Tu lui demandas où il avait fini par se trouver, et ça le fit rire. Pas toi. Tu ignorais qu'on pouvait décider de ne pas aller à la fac, tout bonnement ; qu'on pouvait dicter sa propre vie. Toi, tu avais l'habitude d'accepter ce que la vie donnait, d'écrire sous sa dictée.

Les quatre jours suivants, tu refusas de sortir avec lui parce que sa façon de te regarder te mettait mal à l'aise, ce regard dévorant et passionné dont il scrutait ton visage, qui te poussait à lui dire au revoir, et en même temps te donnait de la réticence à t'éloigner. Et puis, le cinquième soir, quand tu ne le trouvas pas debout à la porte après ton service, tu fus prise de panique. Tu prias pour la première fois depuis longtemps et lorsqu'il surgit par-derrière et te dit « Salut », tu dis que oui, tu voulais bien sortir avec lui, avant même qu'il te l'ait demandé. Tu avais peur qu'il ne te le redemande pas.

Le lendemain, il t'emmena dîner chez Chang's et tu trouvas, dans ton biscuit porte-bonheur, deux bandes de papier. Blanches toutes les deux.

Tu compris que tu étais à l'aise avec lui le jour où tu lui racontas que tu regardais *Questions pour un champion* à la télévision du restaurant et que tu prenais parti, dans l'ordre, pour : les femmes de couleur, les hommes noirs et les femmes blanches avant, enfin, de soutenir les hommes blancs — autant dire que cela n'arrivait jamais. Il rit et te dit qu'il avait l'habitude qu'on ne prenne pas parti pour lui, sa mère enseignait les études féminines.

Et tu compris que vous étiez devenus proches quand tu lui confias que ton père n'était pas instituteur à Lagos, en réalité, mais simple chauffeur dans une entreprise de bâtiment. Et tu lui racontas cette journée passée dans les embouteillages de Lagos, dans la Peugeot 504 bringuebalante que conduisait ton père ; il pleuvait et ton siège était mouillé à cause du trou grignoté dans le toit par la rouille. Il y avait beaucoup d'embouteillages, il y avait toujours beaucoup d'embouteillages à Lagos, et lorsqu'il pleuvait, ça devenait le chaos. Les routes se changeaient en mares boueuses dans lesquelles les voitures s'embourbaient, tu avais d'ailleurs des cousins qui se faisaient un peu d'argent en allant dégager les voitures. C'était à cause de la pluie et de la gadoue, pensais-tu, que ton père avait freiné trop tard ce jour-là. Tu entendis le choc avant de le sentir. L'auto que ton père avait emboutie était trapue, étrangère, vert foncé, avec des phares dorés comme des yeux de léopard. Ton père se mit à pleurer et supplier avant même de quitter le volant et s'allonger à plat ventre sur la chaussée, déclenchant un concert de coups de klaxon. Désolé monsieur, désolé monsieur, psalmodia-t-il. Si vous me vendez moi et ma famille, vous pourrez même pas acheter un pneu pour votre voiture. Désolé monsieur.

L'Homme Important assis sur la banquette arrière ne sortit pas, mais son chauffeur oui, qui examina les dégâts tout en regardant du coin de l'œil la silhouette aplatie de ton père, comme si les supplications étaient une forme de pornographie, un spectacle qu'il appréciait même s'il n'oserait jamais l'avouer. Pour finir, il laissa ton père repartir. Le congédia d'un geste. Les autres voitures klaxonnèrent et leurs chauffeurs lancèrent des jurons. Lorsque ton père remonta dans l'auto, tu refusas de le regarder parce qu'il était exactement comme les cochons qui se vautraient dans les marais autour du marché. Ton père avait l'air d'une *nsi*. D'une merde.

Quand tu lui racontas cette histoire, il pinça les lèvres, prit ta main dans la sienne et dit qu'il comprenait ce que tu ressentais. Tu te dégageas, brusquement agacée, parce qu'il s'imaginait que le monde était, ou devait être, peuplé de gens comme lui. Tu lui dis qu'il n'y avait rien à comprendre, c'était comme ça et c'était tout.

Il trouva le magasin africain dans les pages jaunes d'Hartford et t'y conduisit. À le voir circuler entre les rayons avec aisance, incliner la bouteille de vin de palme pour regarder s'il y avait du dépôt, le propriétaire du magasin, un Ghanéen, lui demanda s'il était africain, comme les Kényans ou Sud-Africains blancs, et il répondit que oui, mais qu'il vivait en Amérique depuis longtemps. Il avait l'air content que le propriétaire du magasin le croie. Ce soir-là, tu préparas le dîner avec les ingrédients que tu avais achetés ; quant à lui, après avoir mangé du *garri* et de la sauce d'*onugbu*, il vomit dans ton évier. Ce qui ne t'embêta pas plus que ça, parce que tu allais maintenant pouvoir faire de la sauce d'*onugbu* à la viande.

Il ne mangeait pas de viande parce qu'il désapprouvait la façon dont on tuait les animaux ; il disait que ça provoquait une sécrétion de toxines de la peur chez les animaux et que les toxines de la peur rendaient les gens paranos. À la maison, les morceaux de viande que vous mangiez, quand il y avait de la viande, faisaient la moitié de ton doigt. Mais cela, tu ne le lui dis pas. Tu ne lui dis pas non plus que les cubes de *dawadawa* que ta mère mettait dans tous ses plats parce que le thym et le curry étaient trop chers contenaient du glutamate, *étaient* du glutamate. Il disait que le glutamate donnait le cancer, que c'était pour ça qu'il aimait bien Chang's ; Chang cuisinait sans glutamate.

Une fois, chez Chang's, il dit au garçon qu'il était allé récemment à Shanghai, et qu'il parlait un peu le mandarin. Le garçon se montra plus chaleureux, lui indiqua la meilleure soupe, puis lui demanda : « Vous avez petite amie à Shanghai maintenant ? » Et il sourit, sans répondre.

Tu en eus l'appétit coupé, un poids tout au fond de la poitrine. Cette nuit-là tu ne gémis pas quand il fut entré en toi, tu te mordis les lèvres et fis semblant de ne pas jouir parce que tu savais que ça l'inquiéterait. Plus tard, tu lui expliquas ce qui t'avait fâchée, à savoir que vous aviez beau aller souvent ensemble chez Chang's, vous aviez beau vous être embrassés juste avant qu'on vous apporte la carte, le Chinois était parti du principe que tu ne pouvais décemment pas être sa petite amie — et il avait souri sans répondre. Avant de s'excuser, il te regarda d'un œil absent et tu vis qu'il n'avait pas compris.

Il t'offrait des cadeaux et quand tu objectais à la dépense, il te disait que son grand-père de

Boston avait été riche, mais s'empressait d'ajouter que le vieil homme avait beaucoup distribué à gauche et à droite, de sorte que son legs en fidéicommis n'était pas énorme. Ses cadeaux te laissaient perplexe. Une boule de verre grosse comme un poing dans laquelle tu voyais, lorsque tu l'agitais, pirouetter une minuscule et gracieuse poupée habillée de rose. Une pierre brillante qui prenait la couleur de ce avec quoi elle entrait en contact. Un foulard du Mexique en soie peinte à la main, d'un prix élevé. Tu finis par lui dire, d'une voix aiguisée par l'ironie, que dans ta vie les cadeaux étaient toujours utiles. La pierre, par exemple, ce serait bien si on pouvait s'en servir de pilon. Il rit, longtemps et fort, mais pas toi. Tu te rendis compte que dans sa vie on pouvait acheter des cadeaux qui n'étaient que des cadeaux et rien d'autre, rien d'utile. Lorsqu'il se mit à t'offrir des chaussures, des vêtements et des livres, tu lui demandas d'arrêter, tu ne voulais pas de cadeaux du tout. Il les achetait quand même et tu les gardais pour tes cousins, tes oncles et tes tantes, pour le jour où tu pourrais, enfin, aller au pays, même si tu ne savais pas comment tu arriverais jamais à te payer un billet d'avion *en plus* de ton loyer. Il disait qu'il voulait vraiment voir le Nigeria et qu'il pouvait payer pour votre voyage à tous les deux. Tu ne voulais pas que ce soit lui qui paie quand tu irais au pays. Tu ne voulais pas qu'il aille au Nigeria, qu'il l'ajoute à la liste des pays qu'il visitait pour s'ébahir devant le spectacle de la vie de gens pauvres qui ne pourraient jamais, à leur tour, s'ébahir devant le spectacle de sa vie. Tu lui dis cela par une journée ensoleillée où il t'avait emmenée voir le détroit de Long Island, et vous vous êtes disputés, tous les deux, haussant la voix tout en marchant le long de l'eau calme. Il dit que tu avais tort de le traiter de moralisateur. Tu dis qu'il avait tort de qualifier les seuls Indiens pauvres de Bombay de vrais Indiens. Cela signifiait-il qu'il n'était pas un vrai Américain, puisqu'il n'était pas pauvre et gros comme les gens que vous aviez vus tous les deux à Hartford ? Il te dépassa d'un pas vif, le haut du corps pâle et nu, s'éloigna en soulevant du sable avec ses tongs, mais il revint vers toi et te tendit la main. Vous vous étiez réconciliés et vous aviez fait l'amour, passant la main dans les cheveux l'un de l'autre, les siens doux et blonds comme les barbes dansantes des jeunes maïs, les tiens foncés et élastiques comme les crins d'un oreiller. Il avait pris un coup de soleil et sa peau était devenue de la couleur d'une pastèque mûre, et tu lui avais embrassé le dos avant de l'enduire de lait hydratant.

Cette chose qui s'enroulait autour de ton cou, qui manquait t'étouffer avant que tu t'endormes, commença à se desserrer, à lâcher prise.

Tu voyais aux réactions des gens que vous formiez un couple anormal — les méchants qui étaient trop méchants et les gentils trop gentils. Les vieilles dames et vieux messieurs blancs qui le fusillaient du regard en marmonnant, les hommes noirs qui secouaient la tête, les femmes noires dont les yeux pleins de pitié déploraient ton manque d'amour-propre, ton mépris de soi. Les femmes noires qui te décochaient de rapides sourires de solidarité ; les hommes noirs qui se forçaient à te pardonner, qui lui lançaient un bonjour trop appuyé ; les Blancs, femmes et hommes, qui disaient « Quel beau couple » d'une voix trop forte et trop enthousiaste, comme pour se prouver leur propre ouverture d'esprit.

Ses parents, en revanche, étaient différents ; ils te donnaient presque l'impression que c'était tout à fait normal. Sa mère te dit qu'il ne leur avait jamais présenté de fille, sauf celle qu'il avait invitée au bal du lycée, et il eut un sourire crispé et attrapa ta main. La nappe cachait vos mains jointes. Il serra fort ta main et tu lui rendis la pression, tout en te demandant pourquoi il était tellement raide et pourquoi ses yeux couleur d'huile d'olive extra-vierge s'assombrissaient quand il parlait à ses parents. Sa mère fut ravie, quand elle te demanda si tu avais lu Nawal el Saadawi, que tu lui répondes oui. Son père te demanda si la cuisine indienne était proche de la cuisine nigériane, et il te taquina au moment de l'addition sur qui allait payer. Tu les regardas en éprouvant de la reconnaissance qu'ils ne t'examinent pas comme un trophée exotique, une défense en ivoire.

Plus tard, il te parla de ses problèmes avec ses parents, qui divisaient leur amour en parts comme un gâteau d'anniversaire, et ne lui en donneraient un plus gros morceau que s'il acceptait de faire des études de droit. Tu aurais voulu partager sa peine. Mais en fait tu étais en colère.

Ta colère augmenta encore lorsqu'il te dit qu'il avait refusé de les accompagner au Canada passer une semaine ou deux dans leur petit chalet d'été au Québec. Ils lui avaient même demandé de t'emmener avec lui. Il te montra des photos et tu t'étonnas qu'ils qualifient la maison de chalet car, dans ton quartier, au pays, les bâtiments de cette taille, c'étaient des banques ou des églises. Tu fis tomber un verre qui se brisa sur le plancher de bois dur de son appartement et il te demanda ce qui n'allait pas ; rien, répondis-tu, même si tu trouvais qu'il y avait beaucoup de choses qui n'allaient pas. Plus tard, sous la douche, tu avais fondu en larmes et tu avais regardé l'eau diluer tes larmes, sans savoir pourquoi tu pleurais.

Tu finis par écrire. Une lettre courte à tes parents, glissée entre les dollars neufs, où tu donnais ton adresse. Tu reçus une réponse à peine quelques jours plus tard, livrée par coursier. Ta mère avait écrit la lettre elle-même ; tu reconnus ses pattes de mouche et ses fautes d'orthographe.

Ton père était mort, il s'était écroulé contre le volant de la voiture de l'entreprise. Cela faisait maintenant cinq mois, écrivait-elle. Ils s'étaient servis d'une partie de l'argent que tu avais envoyé pour lui faire des funérailles de qualité : ils avaient tué une chèvre pour les invités et avaient enterré ton père dans un cercueil de qualité. Tu te roulas en boule sur ton lit, les genoux contre la poitrine, et tu essayas de te rappeler ce que tu faisais quand ton père était mort, ce que tu avais fait pendant tous ces mois où il était déjà mort. Peut-être ton père était-il mort le jour où tu avais eu la chair de poule de la tête aux pieds, une éruption de pointes dures comme des grains de riz crus que tu ne t'expliquais pas, et où Juan t'avait taquinée en te proposant de remplacer le cuisinier pour te réchauffer dans la touffeur des fourneaux. Peut-être ton père était-il mort un des jours où vous aviez fait une virée à Mystic, regardé un match à Manchester ou dîné chez Chang's.

Il te tint dans ses bras tout le temps où tu pleuras, te caressa les cheveux, t'offrit d'acheter le billet d'avion, de t'accompagner voir ta famille. Tu lui dis non, que tu avais besoin d'y aller seule. Il te demanda si tu reviendrais et tu lui rappelas que tu avais la carte verte et que tu la perdrais si tu laissais passer une année sans revenir. Il dit que tu savais ce qu'il voulait dire ; allais-tu revenir, revenir ?

Tu t'écartas sans répondre, et lorsqu'il t'emmena à l'aéroport, tu le serras dans tes bras, très fort, très longuement, et puis tu lâchas prise.

L'AMBASSADE AMÉRICAINE

Elle faisait la queue devant l'ambassade américaine de Lagos en regardant droit devant elle, presque immobile, un dossier de plastique bleu sous le bras. Elle était la quarante-huitième d'une file d'environ deux cents personnes qui s'étirait du portail fermé de l'ambassade américaine jusqu'à celui de l'ambassade tchèque, plus petit et envahi de plantes grimpantes, et au-delà. Elle ne remarquait pas les vendeurs de journaux qui donnaient des coups de sifflet en lui agitant sous le nez *The Guardian*, *The News* et *The Vanguard*. Ni les mendiants qui arpentaient la rue en tendant des écuelles émaillées. Ni les klaxons des vendeurs de glaces à bicyclette. Elle ne s'éventait pas avec un magazine ni ne chassait la minuscule mouche qui voletait près de son oreille. Lorsque l'homme qui était derrière elle la tapota dans le dos et lui demanda : « Vous auriez la monnaie de vingt nairas, *abeg*, deux billets de dix ? », elle le dévisagea un moment, pour se concentrer, se souvenir de là où elle était, avant de répondre en secouant la tête : « Non. »

L'air était lourd et humide. Il lui pesait sur le crâne, et ce n'en était que plus difficile de faire le vide dans son esprit, comme le Dr Balogun l'avait préconisé la veille. Il avait refusé de lui donner davantage de calmants car elle avait besoin de toute son attention pour l'entretien de demande de visa. C'était facile à dire, pour lui ; comme si elle savait comment s'y prendre pour garder l'esprit vide, comme si c'était en son pouvoir, comme si c'était elle qui appelait ces images du petit corps rebondi de son fils Ugonna s'effondrant devant elle, de la tache si rouge sur sa poitrine qu'elle aurait voulu le gronder d'avoir joué avec l'huile de palme de la cuisine. Non qu'il fût capable d'atteindre l'étagère où elle gardait les huiles et les épices, non qu'il fût capable de dévisser le capuchon de la bouteille d'huile de palme en plastique. Il n'avait que quatre ans.

L'homme derrière elle lui donna une nouvelle petite tape. Elle sursauta et faillit hurler à cause de la douleur aiguë qui lui parcourut le dos. Elle s'était froissé un muscle, avait dit le Dr Balogun, l'air impressionné qu'elle ne se soit rien fait de plus grave en sautant du balcon.

« Voyez ce que fait ce bon à rien de soldat », lui dit l'homme derrière elle.

Elle tourna la tête vers le trottoir d'en face, en bougeant lentement le cou. Un petit groupe s'était formé. Un soldat frappait un homme à lunettes à l'aide d'un long fouet qui traçait une courbe dans l'air avant de s'abattre sur le visage de l'homme, ou sur son cou — elle n'aurait su le dire car il levait les mains comme pour parer le fouet. Elle vit ses lunettes glisser et tomber. Elle vit le godillot du soldat écraser sous son talon la monture noire, les verres teintés.

« Voyez comment les gens supplient le soldat, poursuivit l'homme derrière elle. Notre peuple a trop pris l'habitude de supplier les soldats. »

Elle ne dit rien. Il insistait à se montrer liant, contrairement à la femme devant elle qui lui avait dit un peu plus tôt : « Je vous parle, je vous parle, et vous me regardez d'un œil bovin ! » et qui à présent l'ignorait. Peut-être se demandait-il pourquoi elle ne partageait pas la familiarité qui s'était instaurée entre les autres personnes de la queue. Parce qu'ils s'étaient tous levés tôt — pour ceux qui avaient dormi — pour être à l'ambassade avant l'aurore, parce qu'ils s'étaient tous démenés pour entrer dans la file d'attente des visas, esquivant les coups de fouet des soldats qui avaient bousculé le groupe en tous sens avant que la queue finisse par se former, parce qu'ils avaient tous peur que l'ambassade américaine décide de ne pas ouvrir ses portes ce jour-là et qu'ils doivent tout recommencer le surlendemain, puisque l'ambassade n'ouvrait pas le mercredi, ils avaient établi des rapports amicaux. Des hommes et des femmes guindés échangeaient des journaux et dénonçaient les abus du gouvernement du général Abacha, tandis que des jeunes en jeans, tout pleins de leur savoir-faire, se donnaient des tuyaux sur les meilleures façons de répondre aux questions pour le visa d'étudiant américain.

« Regardez son visage, comme il saigne. Le fouet lui a entaillé le visage », dit l'homme derrière elle.

Elle ne regarda pas car elle savait que le sang serait rouge, comme de l'huile de palme fraîche. Au lieu de quoi, elle porta les yeux vers Eleke Crescent, une rue sinueuse bordée d'ambassades aux vastes pelouses, et vers les foules amassées des deux côtés. Un trottoir vivant. Un marché qui sortait de terre pendant les heures d'ouverture de l'ambassade américaine et disparaissait à sa fermeture. Il y avait le stand de location de chaises, avec ses piles de chaises en plastique blanc à cent nairas de l'heure qui baissaient rapidement. Il y avait les planches en bois appuyées sur des blocs de ciment, aux étals colorés chargés de bonbons, de mangues et d'oranges. Il y avait les jeunes gens qui doublaient de rouleaux de tissu les plateaux de cigarettes qu'ils portaient sur la tête. Il y avait les mendiants aveugles guidés par des enfants, qui chantaient des bénédictions en anglais, yoruba, pidgin, ibo et haoussa quand quelqu'un mettait de l'argent dans leurs écuelles. Et il y avait, bien sûr, le labo photo de fortune. Un homme de grande taille debout à côté d'un trépied, qui tenait une pancarte à la craie disant EXCELLENTES PHOTOS EN UNE HEURE, AUX NORMES DES VISAS AMÉRICAINS. C'était là qu'elle avait fait faire sa photo de passeport, assise sur un tabouret branlant, et elle n'avait pas été étonnée de voir que la photo avait du grain et lui faisait la peau bien plus claire qu'elle ne l'était. Cela étant, elle n'avait pas eu le choix, elle n'aurait pas pu la faire faire avant.

Deux jours plus tôt, elle avait enterré son enfant près d'un potager dans leur ville ancestrale d'Umunnachi, entourée de gens venus exprimer leur soutien, et dont elle ne se souvenait plus à présent. La veille, elle avait conduit son mari, dans le coffre de leur Toyota, chez un ami qui l'avait fait sortir du pays. Et l'avant-veille, elle n'aurait pas eu besoin de prendre une photo d'identité ; sa vie était normale, elle avait emmené Ugonna à l'école, lui avait acheté un friand à la saucisse chez Mr Biggs, avait chanté sur Majek Fashek en l'écoutant à son autoradio. Si une voyante lui avait dit qu'en l'espace de quelques jours elle ne reconnaîtrait plus sa vie, elle aurait ri. Peut-être même aurait-elle donné dix nairas de plus à la voyante pour son imagination débridée.

« Quelquefois, je me demande si les gens de l'ambassade américaine regardent par leur fenêtre et prennent plaisir à voir les soldats fouetter les gens », disait l'homme derrière elle. Qu'il se taise, souhaitait-elle. C'était de l'entendre parler qui la gênait pour garder l'esprit vide, libre de toute pensée d'Ugonna. Elle regarda en face de nouveau ; le soldat s'éloignait à présent, mais même à cette distance, elle vit son regard mauvais. Le regard mauvais d'un adulte qui peut fouetter un autre adulte si bon lui semble, quand bon lui semble. Il marchait d'une démarche aussi fanfaronne que les hommes qui avaient cassé sa porte l'autre soir, il y avait de cela quatre jours, et fait irruption chez eux.

Où est ton mari ? Où est-il ? Ils avaient ouvert les penderies des deux chambres, même les tiroirs. Elle aurait pu leur dire que son mari mesurait plus d'un mètre quatre-vingt, qu'il ne pouvait décemment pas se cacher dans un tiroir. Trois hommes en pantalon noir. Ils sentaient l'alcool et le pépé-soupe et, beaucoup plus tard, tenant le corps immobile d'Ugonna dans ses bras, elle sut qu'elle ne mangerait plus jamais de pépé-soupe.

Où est parti ton mari ? Où est-il ? Ils lui pressèrent un revolver contre la tête et elle répondit : « Je ne sais pas, il est parti hier seulement », immobile malgré le filet d'urine tiède qui coulait le long de ses jambes.

L'un des hommes, celui au tee-shirt noir à capuche qui sentait le plus l'alcool, avait les yeux étonnamment injectés de sang, si rouges qu'ils paraissaient douloureux. C'était lui qui criait le plus, qui donna des coups de pied dans la télévision. *Tu es au courant de l'histoire que ton mari a écrite dans le journal ? Tu sais que c'est un menteur ? Tu sais que les gens comme lui devraient être en prison parce que ce sont des fauteurs de troubles, parce qu'ils ne veulent pas que le Nigeria progresse ?*

Il s'assit sur le canapé, à la place qu'occupait toujours son mari pour regarder le journal du soir sur NTA, et la tira d'un geste brutal, ce qui la fit tomber maladroitement sur ses genoux. Son revolver s'enfonça dans sa taille. *Jolie femme, pourquoi tu épouses un fauteur de troubles ?* Elle sentit son érection dégoûtante, l'odeur fermentée de son haleine.

Laisse-la tranquille, dit un autre. Celui dont le crâne chauve luisait comme s'il l'avait enduit de vaseline. *Allons-nous-en.*

Elle parvint à se dégager et se leva et l'homme au tee-shirt à capuche, encore assis sur le canapé, lui donna une claque sur les fesses. C'est alors qu'Ugonna se mit à pleurer, à courir vers elle. L'homme au tee-shirt à capuche riait ; il disait qu'elle avait le corps tout mou, agitait son arme. Ugonna hurlait à présent ; il ne hurlait jamais quand il pleurait, ce n'était pas ce genre d'enfant. Et puis le coup de feu partit et la tache d'huile de palme surgit sur la poitrine d'Ugonna.

« Tenez, des oranges », dit l'homme derrière elle en lui tendant un sac plastique contenant six oranges épluchées. Elle ne l'avait pas vu les acheter.

Elle secoua la tête.

« Merci.

— Prenez-en une. J'ai remarqué que vous n'aviez rien mangé depuis ce matin. »

Elle le regarda alors pour de bon, pour la première fois. Un visage quelconque, au teint foncé étonnamment lisse pour un homme. Sa chemise impeccablement repassée et sa cravate bleue dénotaient de l'ambition, ainsi que son anglais parlé avec circonspection, comme s'il craignait de faire une faute. Peut-être qu'il travaillait à une des banques de nouvelle génération et qu'il gagnait bien mieux sa vie qu'il ne l'aurait jamais cru possible.

« Non merci », dit-elle.

La femme devant elle tourna la tête et lui jeta un coup d'œil, puis reprit sa conversation, racontant qu'il y avait un service religieux spécial qui s'appelait le Saint Ministère du miracle du visa américain.

« Vous devriez manger, oh », dit l'homme derrière elle, qui ne lui tendait plus le sac d'oranges, cependant.

Elle secoua de nouveau la tête ; la douleur était toujours présente, quelque part entre ses yeux. À croire que sauter du balcon lui avait déglingué l'intérieur du crâne et que des pièces s'y entrechoquaient maintenant douloureusement. Sauter n'avait pas été sa seule option, elle aurait pu grimper sur le manguier dont une branche barrait le balcon ou foncer dans l'escalier. Les hommes se disputaient, si fort que leurs cris oblitéraient la réalité, et un bref instant elle avait cru que cette détonation n'était peut-être pas un coup de feu, que c'était peut-être un de ces orages qui éclatent en traître au début de l'harmattan, que la tache rouge était peut-être de l'huile de palme, et qu'Ugonna aurait mis la main sur la bouteille d'une façon ou d'une autre et jouait à s'évanouir, même si ce n'était pas un jeu auquel il avait jamais joué. Puis leurs paroles l'avaient ramenée sur terre. *Tu t'imagines qu'elle va dire aux gens que c'était un accident ? C'est ça qu'Oga nous a demandé de faire ? Un petit enfant ! Nous devons tuer la mère. Non, c'est double d'ennuis. Si. Non, allons-nous-en, mon ami !*

Alors elle avait foncé sur le balcon, enjambé

la balustrade, sauté sans penser aux deux étages et grimpé dans la poubelle, à côté du portail. Après avoir entendu le vrombissement de leur voiture qui s'éloignait, elle était retournée à son appartement, imprégnée de l'odeur des peaux de plantain pourries de la poubelle. Elle avait pris le corps d'Ugonna dans ses bras, posé la joue contre sa poitrine silencieuse, et s'était rendu compte qu'elle n'avait jamais eu autant honte. Elle lui avait fait défaut.

« Vous êtes inquiète pour l'entretien pour le visa, *abi* ? » demanda l'homme derrière elle.

Elle haussa les épaules, doucement pour ne pas se faire mal au dos, et se força à esquisser un sourire absent.

« Faites bien attention à regarder la personne dans les yeux quand vous répondrez à ses questions, c'est tout. Même si vous vous trompez, ne vous reprenez pas, sinon ils en concluront que vous mentez. J'ai beaucoup d'amis qu'ils ont refusés, pour des raisons petites-petites. Moi, je demande un visa de tourisme. Mon frère vit au Texas et je veux aller passer des vacances là-bas. »

Il parlait comme les voix qui l'avaient entourée, les gens qui l'avaient aidée à faire fuir son mari et à enterrer Ugonna, qui l'avaient amenée à l'ambassade. N'hésite pas quand tu répondras aux questions, avaient dit les voix. Dis-leur tout sur Ugonna, dis-leur comment il était, mais n'en fais pas trop parce que tous les jours, des gens leur mentent pour obtenir des visas d'asile, en leur parlant de la mort de proches qui n'ont jamais existé. Donne-leur une image réelle d'Ugonna. Pleure, mais ne pleure pas trop.

« Ils ne donnent plus de visas d'immigration aux gens de chez nous, sauf si la personne répond aux critères américains de la richesse. Mais il paraît que les gens des pays européens n'ont pas de mal à obtenir leurs visas. Vous faites une demande de visa d'immigration ou de tourisme ?

— D'asile. »

Elle ne regarda pas son visage ; elle sentit sa surprise, plutôt.

« D'asile ? dit-il. Ça va être très difficile à prouver. »

Elle se demanda s'il lisait *The New Nigeria*, s'il avait entendu parler de son mari. Probablement. Tous ceux qui soutenaient la presse pro-démocratie savaient qui était son mari, d'autant plus qu'il avait été le premier journaliste à qualifier ouvertement le coup d'État d'imposture, à écrire un article accusant le général Abacha d'avoir inventé un coup d'État pour pouvoir tuer ou mettre en prison ses adversaires. Des soldats étaient venus au siège du journal et avaient embarqué de nombreux exemplaires de cette édition dans un camion noir ; des photocopies avaient quand même circulé dans Lagos — un voisin en avait vu une collée sur un pont, à côté d'affiches annonçant des campagnes lancées par des églises ou de nouveaux films. Les soldats avaient gardé son mari pendant quinze jours et lui avaient entaillé le front, lui faisant une cicatrice en forme de L. Des amis avaient touché la cicatrice du bout des doigts quand ils s'étaient réunis à leur appartement pour célébrer sa libération, en apportant des bouteilles de whisky. Elle se souvenait que quelqu'un lui avait dit : *Le Nigeria ira bien grâce à toi*, et elle se souvenait de l'expression de son mari, de son air de messie exalté lorsqu'il leur avait raconté le soldat qui lui avait offert une cigarette après l'avoir battu, en bégayant tout le long de son récit, comme quand il était enthousiaste. Il y a quelques années, elle trouvait ce bégaiement attachant ; plus maintenant.

« Beaucoup de gens demandent l'asile et ne l'obtiennent pas », dit l'homme derrière elle. Fort. Peut-être qu'il avait parlé pendant tout ce temps.

« Est-ce que vous lisez *The New Nigeria* ? » lui demanda-t-elle, sans se retourner pour le regarder, mais en observant à la place un couple, dans la queue, qui achetait des paquets de biscuits ; ils firent crisser les emballages en les ouvrant.

« Oui. Vous le voulez ? Les vendeurs en ont peut-être encore quelques-uns.

— Non, je vous demandais juste ça comme ça.

— Très bon journal. Ces deux rédacteurs en chef, c'est le genre de gens dont le Nigeria a besoin. Ils risquent leur vie pour nous dire la vérité. Des hommes qui ont un vrai courage. Si seulement nous avions plus de gens de cette trempe. »

Ce n'était pas du courage, c'était juste un égoïsme démesuré. Un mois plus tôt, lorsque son mari avait oublié le mariage de son cousin alors qu'ils avaient accepté d'être les témoins, qu'il lui avait dit qu'il ne pouvait pas annuler son voyage à Kaduna parce que l'interview qu'il voulait faire avec le journaliste arrêté était trop importante, elle avait regardé cet homme distant et passionné par sa cause qu'elle avait épousé, et elle lui avait dit : « Tu n'es pas le seul à détester le gouvernement. » Elle était allée seule au mariage et lui était allé à Kaduna, et à son retour, ils ne s'étaient pas dit grand-chose ; leurs conversations ne portaient pratiquement plus que sur Ugonna, de toute façon. Tu ne croiras pas ce que ce garçon a fait aujourd'hui, lui disait-elle, par exemple, quand il rentrait du travail, puis elle lui racontait en détail qu'Ugonna avait déclaré qu'il y avait du poivre dans ses Quaker Oats et que par conséquent il n'en mangerait plus, ou qu'il l'avait aidée à tirer les rideaux.

« Alors vous croyez que ce qu'ils font, ces rédacteurs en chef, c'est du courage ? » Et elle se tourna pour faire face à l'homme derrière elle.

« Oui, bien sûr. On n'en est pas tous capables. C'est ça, le véritable problème dans ce pays, nous n'avons pas assez de gens courageux. »

Il la gratifia d'un long regard, méfiant et moralisateur, comme s'il la soupçonnait d'être une apologiste du gouvernement, une de ces personnes qui critiquaient les mouvements prodémocratie, qui maintenaient que seul un gouvernement militaire pouvait marcher au Nigeria. Dans d'autres circonstances, elle lui aurait parlé de son expérience de journaliste, en commençant par l'université de Zaria, où elle avait organisé un rassemblement pour protester contre la décision du gouvernement du général Buhari de réduire les subventions destinées aux étudiants. Elle lui aurait peut-être dit qu'elle avait travaillé pour l'*Evening News*, ici à Lagos, qu'elle avait écrit l'article sur la tentative d'assassinat de l'éditeur du *Guardian*, qu'elle avait démissionné quand elle était enfin tombée enceinte, parce qu'ils essayaient depuis quatre ans, avec son mari, et qu'elle avait l'utérus plein de fibromes.

Elle détourna la tête et observa les mendiants qui parcouraient la queue pour les visas. Des hommes efflanqués en longues tuniques crasseuses, qui maniaient des chapelets et citaient le Coran ; des femmes au regard amer, qui portaient dans le dos des enfants maladifs, attachés par des tissus élimés ; un couple d'aveugles guidés par leur fille, des médailles bleues de la Sainte Vierge glissées sous leurs cols en haillons. Un vendeur de journaux s'approcha en donnant des coups de sifflet. Elle ne vit pas *The New Nigeria* parmi les journaux calés sur son bras. Peut-être était-il épuisé. Le dernier article de son mari, « Les années Abacha d'hier à aujourd'hui : de 1993 à 1997 », ne l'avait pas inquiétée, au début, parce qu'il n'y écrivait rien de nouveau, il dressait seulement un inventaire des assassinats, des contrats jamais honorés et de l'argent manquant dans les caisses. Ce n'était pas comme si les Nigérians n'étaient pas déjà au courant de ces choses-là. Elle n'avait pas escompté que l'article ferait des vagues, ni grand bruit, mais dès le lendemain de sa parution, la station de radio de la BBC en avait parlé aux nouvelles et avait interviewé un professeur de sciences politiques nigérian en exil, lequel avait dit que son mari méritait un prix des Droits humains. *Il combat la répression avec sa plume, il donne une voix à ceux qui n'en ont pas, il informe le monde.*

Son mari avait essayé de lui cacher son inquiétude. Puis, après avoir reçu un coup de fil anonyme (il en recevait tout le temps, c'était ce genre de journaliste, le genre à nouer des amitiés au cours de ses enquêtes) comme quoi le chef de l'État en personne était furieux, il ne cacha plus sa peur ; il lui laissa voir le tremblement de ses mains. Des soldats étaient en route pour l'arrêter, avait dit l'anonyme. Selon la rumeur ce serait sa dernière arrestation, il ne reviendrait jamais. Il grimpa dans le coffre quelques minutes après le coup de fil, pour que, si les soldats posaient la question, le portier puisse affirmer en toute honnêteté qu'il ne savait pas quand son mari était parti. Elle emmena Ugonna chez une voisine, puis aspergea vite l'intérieur du coffre avec de l'eau, malgré son mari qui lui disait de se dépêcher, parce qu'elle avait l'impression qu'un coffre mouillé serait plus frais, qu'il y respirerait mieux. Elle l'avait conduit à la maison de son corédacteur en chef. Le lendemain, il l'appelait de la République du Bénin ; le corédacteur en chef avait des contacts qui lui avaient fait passer la frontière en catimini. Son visa pour l'Amérique, qu'il avait obtenu lorsqu'il était allé suivre une formation à Atlanta, était encore valide, et il ferait une demande d'asile à New York. Elle lui dit de ne pas s'inquiéter pour Ugonna et elle, que tout irait bien, elle demanderait un visa à la fin du trimestre scolaire et ils le rejoindraient en Amérique. Ce soir-là, Ugonna avait été agité, et elle lui avait permis de veiller et de jouer avec sa petite voiture pendant qu'elle lisait un livre. Lorsqu'elle vit les trois hommes faire irruption par la porte de la cuisine, elle s'en voulut terriblement de ne pas avoir envoyé Ugonna au lit malgré tout. Si seulement…

« Ah, ce soleil n'est pas doux du tout. Ces gens de l'ambassade américaine devraient quand même nous construire un abri. Ils pourraient se servir d'une partie de l'argent qu'ils recueillent pour les visas », dit l'homme derrière elle.

Quelqu'un, derrière lui, dit que les Américains recueillaient cet argent pour leur propre usage. Quelqu'un d'autre dit que c'était voulu que les demandeurs de visa attendent en plein soleil. Quelqu'un d'autre encore rit. Elle fit signe au couple aveugle et chercha un billet de vingt nairas dans son sac. Lorsqu'elle le mit dans le bol, ils psalmodièrent : « Dieu te bénisse, tu auras de l'argent, tu auras bon mari, tu auras bon travail » en pidgin, puis en ibo et en yoruba. Elle les regarda s'éloigner. Ils ne lui avaient pas dit : « Tu auras beaucoup de bons enfants. » Elle les avait entendus dire ça à la femme devant elle.

Les grilles de l'ambassade s'ouvrirent d'un coup et un homme en uniforme marron cria : « Les cinquante premiers de la queue, entrez et remplissez les formulaires. Tous les autres, revenez un autre jour. L'ambassade ne peut traiter que cinquante personnes aujourd'hui. »

« On a de la chance, hein, *abi* ? » dit l'homme derrière elle.

Elle observait l'employée qui lui faisait passer l'entretien à travers la cloison de séparation en verre, ses cheveux auburn qui effleuraient mollement les plis de son cou, ses yeux verts qui scrutaient ses documents par-dessus la monture argentée comme si les verres étaient superflus.

« Pouvez-vous reprendre votre histoire, madame ? Vous ne m'avez donné aucun détail », dit l'employée avec un sourire d'encouragement. C'était le moment ou jamais, elle le savait, de parler d'Ugonna.

Elle regarda un instant le guichet voisin, où un homme en costume sombre se penchait tout contre la cloison, avec déférence, comme s'il adressait une prière à la préposée aux visas qui se trouvait derrière. Et elle comprit qu'elle aimerait mille fois mieux mourir des mains de l'homme au tee-shirt noir à capuche ou de celui au crâne chauve et luisant que de dire un mot sur Ugonna à cette employée, ou à quiconque de l'ambassade américaine. Que de vendre Ugonna en échange d'un visa pour la sécurité.

Son fils s'était fait tuer, c'était tout ce qu'elle dirait. Tuer. Pas un mot sur son rire, qui semblait partir d'un point au-dessus de sa tête, aigu et cristallin. Ou sur le nom qu'il donnait aux sucreries et gâteaux secs : « des pain-pain ». Sa façon de lui agripper le cou quand elle le tenait dans ses bras. Ce qu'en disait son mari, qu'il serait artiste parce qu'il n'essayait pas de construire des choses avec ses Lego, mais préférait les disposer côte à côte, en alternant les couleurs. Ils ne méritaient pas de savoir tout cela.

« Madame ? Vous avez dit que c'était le gouvernement ? »

« Le gouvernement » — c'était une étiquette tellement large, qui donnait de la liberté, de l'espace pour manœuvrer, excuser, accuser quelqu'un d'autre. Trois hommes. Comme son mari, son frère, ou l'homme derrière elle dans la file d'attente. Trois hommes.

« Oui, dit-elle. C'étaient des agents du gouvernement.

— Pouvez-vous le prouver ? Avez-vous une preuve qui l'atteste ?

— Oui. Mais je l'ai enterrée hier. Le corps de mon fils.

— Madame, je suis désolée pour votre fils, dit la préposée aux visas. Mais j'ai besoin d'une preuve que vous savez que c'était le gouvernement. Il y a des combats entre groupes ethniques en ce moment, il y a des assassinats personnels. J'ai besoin d'une preuve que le gouvernement est impliqué et j'ai besoin d'une preuve que vous serez en danger si vous restez au Nigeria. »

Elle regarda les lèvres rose décoloré, qui

remuaient en découvrant des dents minuscules. Des lèvres rose décoloré dans un visage parsemé de taches de rousseur, à l'abri du soleil. Elle eut brusquement envie de demander à la préposée aux visas si les articles du *New Nigeria* valaient la vie d'un enfant. Mais elle s'abstint. Elle doutait que l'employée eût connaissance des journaux pro-démocratie, ni des longues files d'attente lasses devant le portail de l'ambassade, dans des zones délimitées dépourvues d'ombre, où le soleil acharné faisait naître des amitiés, des maux de tête et du désespoir.

« Madame ? Les États-Unis offrent une nouvelle vie aux victimes de persécution politique, mais il faut des preuves… »

Une nouvelle vie. C'était Ugonna qui lui avait donné une nouvelle vie, qui l'avait surprise par la rapidité avec laquelle elle adoptait la nouvelle identité qu'il lui donnait, la nouvelle personne qu'il faisait d'elle. « Je suis la mère d'Ugonna », disait-elle à l'école maternelle, aux maîtresses, aux parents des autres enfants. À ses obsèques à Umunnachi, comme ses amies et ses parentes portaient des robes toutes coupées dans le même imprimé ankara, quelqu'un avait demandé : « Laquelle est la mère ? » et elle avait levé la tête, attentive un instant, et dit : « Je suis la mère d'Ugonna. » Elle voulait retourner à leur ville ancestrale et planter des ixoras, de la variété aux tiges fines comme des aiguilles qu'elle suçait quand elle était enfant. Un pied suffirait, sa parcelle était tellement petite. Lorsqu'il fleurirait, que les fleurs accueilleraient les abeilles, elle voulait les cueillir et les sucer, accroupie dans la terre. Et après, elle voulait disposer les fleurs sucées l'une à côté de l'autre, comme Ugonna le faisait avec ses Lego. C'était cela, comprit-elle, la nouvelle vie qu'elle voulait.

Au guichet d'à côté, l'Américain préposé aux visas parlait trop fort dans son micro :

« Je ne peux pas accepter vos mensonges, monsieur ! »

Le Nigérian en costume sombre qui présentait sa demande de visa se mit à crier et gesticuler en agitant son dossier de plastique transparent, plein à craquer : « C'est honteux ! Comment pouvez-vous traiter les gens de cette manière ? Je vais me plaindre à Washington ! », jusqu'à ce qu'un vigile vienne et le fasse sortir.

« Madame ? Madame ? »

C'était son imagination, ou la compassion s'effaçait-elle du visage de la préposée aux visas ? Elle vit le geste rapide de la femme qui rejetait en arrière ses cheveux couleur d'or rouge alors qu'ils ne la gênaient pas, appuyés doucement contre son cou, encadrant un visage clair. Son avenir dépendait de ce visage. Le visage d'une femme qui ne la connaissait pas, qui ne cuisinait sans doute pas à l'huile de palme, ni ne savait que l'huile de palme fraîche est d'un rouge très vif, tandis que lorsqu'elle ne l'est plus elle vire à l'orange, se fige et forme des grumeaux.

Elle tourna lentement les talons et se dirigea vers la sortie.

« Madame ? » Elle entendit la voix de la préposée aux visas derrière elle.

Elle ne se retourna pas. Elle sortit de l'ambassade américaine, passa devant les mendiants qui faisaient toujours leurs va-et-vient en tendant leurs bols émaillés, et monta dans sa voiture.

LE TREMBLEMENT

Le jour où un avion s'écrasa au Nigeria, le même jour où la première dame nigériane mourut, on frappa fort à la porte d'Ukamaka à Princeton. Les coups la surprirent car personne ne se présentait jamais à sa porte sans prévenir — on était en Amérique, après tout ; ici les gens appelaient avant de passer — à part le livreur de FedEx, qui ne frappait jamais aussi fort. Ça l'avait stressée car depuis le début de la matinée, elle était sur Internet à consulter les nouvelles du Nigeria, en rafraîchissant les pages trop souvent, appelait ses parents et amis au Nigeria, se faisait des tasses de thé Earl Grey l'une après l'autre et les laissait refroidir. Elle avait réduit les premières images du site de l'accident. Chaque fois qu'elle les regardait, elle éclaircissait l'écran de son portable pour scruter ce que les articles appelaient « l'épave », une carcasse noircie parsemée çà et là de fragments blanchâtres, semblables à des bouts de papier déchirés, une masse carbonisée et indifférente, qui avait été un avion plein de monde — des gens qui attachaient leur ceinture et priaient, des gens qui dépliaient des journaux, des gens qui attendaient que l'hôtesse de l'air arrive avec un chariot et demande : « Sandwich ou gâteau ? » Parmi ces gens figurait peut-être son ancien petit ami, Udenna.

On frappa de nouveau, plus fort. Elle regarda par l'œilleton : un homme grassouillet, à la peau foncée, dont la tête lui disait vaguement quelque chose, même si elle n'arrivait pas à se rappeler où elle l'avait vu. C'était peut-être à la bibliothèque ou dans la navette du campus de Princeton. Elle ouvrit la porte. Il esquissa un sourire et lui parla sans la regarder dans les yeux.

« Je suis nigérian ; j'habite au deuxième. Je suis venu pour qu'on puisse prier ensemble pour ce qui se passe dans notre pays. »

Elle fut surprise qu'il sache qu'elle était nigériane, elle aussi, qu'il sache quel appartement elle occupait, qu'il soit venu frapper à sa porte, et elle n'arrivait toujours pas à le remettre.

« Est-ce que je peux entrer ? » demanda-t-il.

Elle le fit entrer. Elle fit entrer dans son appartement un inconnu en sweat-shirt de Princeton informe qui venait prier pour ce qui se passait au Nigeria, et quand il voulut lui prendre les mains, elle hésita un bref instant à tendre les siennes. Ils prièrent. Il priait de cette façon typique des pentecôtistes nigérians qui la mettait mal à l'aise : il baignait tout dans le sang du Christ, ligotait les démons et les jetait à la mer, combattait les esprits maléfiques. Elle avait envie de l'interrompre et de lui dire que ce n'était pas vraiment nécessaire, ces effusions de sang et ces ligotages, cette transformation de la foi en pugilat ; de lui dire que la vie était davantage une lutte contre nous-mêmes que contre un Satan armé d'une lance ; que croire, c'était choisir de toujours affûter sa conscience. Mais elle ne prononça pas ces paroles parce que venant d'elle, c'eût été moralisateur ; elle n'aurait pas su leur donner l'accent pragmatique et pince-sans-rire qui faisait passer le message, comme le père Patrick le faisait si naturellement.

« Yahvé Dieu, les machinations du Malin ne réussiront pas, toutes les armes forgées contre nous échoueront, au nom de Jésus ! Seigneur notre Père, nous recouvrons tous les avions du Nigeria du précieux sang de Jésus ; Seigneur notre Père, nous recouvrons l'air du précieux sang de Jésus et nous détruisons tous les agents des ténèbres… » Sa voix enflait, sa tête dodelinait. Elle avait besoin de faire pipi. Elle était gênée de se tenir ainsi mains jointes avec lui, de sentir ses doigts chauds et fermes, et ce malaise la poussa à dire, à la première pause qu'il fit dans une longue tirade : « Amen ! » en croyant que c'était fini — mais ce ne l'était pas, et elle s'empressa de refermer les yeux tandis qu'il reprenait de plus belle. Il priait et priait, accentuant la pression de ses mains chaque fois qu'il disait « Seigneur notre Père ! » ou « Au nom de Jésus ! ».

C'est alors qu'elle se sentit prise de frissons, d'un tremblement involontaire de tout le corps. Était-ce Dieu ? Une fois, il y avait des années de cela, quand elle était adolescente et faisait scrupuleusement son chapelet tous les matins, des mots qu'elle ne comprenait pas avaient jailli de sa bouche alors qu'elle priait agenouillée contre son lit de bois rêche. Cela n'avait duré que quelques secondes, ce déferlement de paroles incompréhensibles au milieu d'un « Je vous salue Marie », mais à la fin du chapelet, elle s'était trouvée véritablement terrifiée, et persuadée que la sensation de froid blanc qui l'enveloppait, c'était Dieu. Udenna était la seule personne à qui elle en eût jamais parlé, et il disait que c'était par elle-même qu'elle avait créé l'expérience. Mais comment aurais-je pu ? avait-elle objecté. Comment aurais-je pu créer une chose que je ne désirais même pas ? Pourtant, elle avait fini par se ranger à son avis, comme elle le faisait toujours, sur presque n'importe quel sujet, et dire qu'elle avait effectivement tout imaginé.

Là, le tremblement cessa aussi vite qu'il avait commencé, et le Nigérian acheva la prière. « Au nom de Jésus l'éternel et le puissant !

— Amen ! » dit-elle.

Elle se dégagea doucement, marmonna « Excusez-moi », et fila à la salle de bains. Quand elle en ressortit, il était toujours debout à côté de la porte de la cuisine. Quelque chose dans son attitude, dans sa posture, debout les bras croisés, lui amena le mot « humble » à l'esprit.

« Je m'appelle Chinedu, dit-il.

— Et moi Ukamaka », dit-elle.

Ils se serrèrent la main, ce qui l'amusa car ils venaient de se tenir par les mains pour la prière.

« Cet accident d'avion est horrible, dit-il. Très horrible.

— Oui. »

Elle ne lui dit pas qu'Udenna était peut-être à bord. Elle aurait aimé qu'il s'en aille, maintenant qu'ils avaient prié, mais il passa au salon, s'assit sur le canapé et se mit à raconter comment il avait appris l'accident d'avion, comme si elle lui avait demandé de rester, comme si elle avait besoin de connaître les détails de son rituel du matin, de savoir qu'il écoutait le journal de la BBC en ligne car il n'y avait jamais rien d'approfondi aux nouvelles américaines. Il lui dit qu'il n'avait pas réalisé au départ qu'il s'agissait de deux évènements séparés — la première dame était morte en Espagne peu après une abdoplastie qu'elle faisait faire en prévision de sa fête d'anniversaire de soixante ans, alors que l'avion s'était écrasé à Lagos quelques minutes après le décollage pour Abuja.

« Oui, dit-elle en s'asseyant à son ordinateur portable. Moi aussi, j'ai cru qu'elle était morte dans l'avion, au début. »

Il se balançait légèrement, les bras toujours croisés.

« C'est trop, cette coïncidence. Dieu nous dit quelque chose, là. Dieu seul peut sauver notre pays. »

Nous. Notre pays. Les mots les unissaient dans un deuil commun, et elle se sentit un instant proche de lui. Elle rafraîchit une page Internet. On n'annonçait toujours pas de survivants.

« Il faut que Dieu prenne les rênes du Nigeria, poursuivit-il. Les gens disaient qu'un gouvernement civil serait mieux que les gouvernements militaires, mais regardez ce que fait Obasanjo. Il a gravement détruit notre pays. »

Elle hocha la tête en se demandant quelle serait la façon la plus polie de lui demander de partir, réticente pourtant à le faire parce que sa présence lui donnait l'espoir qu'Udenna soit toujours en vie, sans qu'elle puisse s'expliquer par quel biais.

« Avez-vous vu des photos des proches des victimes ? Il y a une femme qui a arraché ses vêtements et s'est mise à courir en combinaison. Elle disait que sa fille était dans cet avion, et que sa fille allait à Abuja lui acheter du tissu. *Chai !* » Chinedu émit ce long sucement qui exprime la tristesse. « Le seul ami que je connais qui aurait pu prendre cet avion vient de m'envoyer un e-mail pour me dire qu'il allait bien, Dieu merci. Personne dans ma famille ne risquait de le prendre, alors au moins je n'ai pas à m'inquiéter pour eux. Ils n'ont pas dix mille nairas à jeter dans un billet d'avion ! »

Il rit, bruit aussi soudain qu'incongru. Elle rafraîchit une page Internet. Toujours pas de nouvelles.

« Je connais quelqu'un qui a pris cet avion, dit-elle. Qui a peut-être pris cet avion.

— Dieu Yahvé !

— Mon petit ami, Udenna. Mon ex-petit ami, en fait. Il faisait son MBA à Wharton et il était parti au Nigeria la semaine dernière pour le mariage de son cousin. » Ce n'est qu'après avoir parlé qu'elle se rendit compte qu'elle l'avait fait au passé.

« On ne vous a rien dit de sûr ? demanda Chinedu.

— Non. Il n'a pas de portable au Nigeria et je n'arrive pas à avoir la connexion avec le téléphone de sa sœur. Elle était peut-être avec lui. Le mariage a lieu demain à Abuja, en principe. »

Ils restèrent assis en silence ; elle remarqua que Chinedu avait serré les poings, qu'il ne se balançait plus d'avant en arrière.

« Quand est-ce que vous lui avez parlé pour la dernière fois ? demanda-t-il.

— La semaine dernière. Il m'a appelée avant de partir pour le Nigeria.

— Dieu est fidèle. Dieu est fidèle ! » Chinedu haussa la voix. « Dieu est fidèle. Vous m'entendez ?

— Oui », dit Ukamaka, un peu effarouchée.

Le téléphone sonna. Ukamaka le regarda fixement, ce téléphone sans fil noir qu'elle avait placé à côté de son ordinateur portable, redoutant de répondre. Chinedu se leva et tendit la main vers l'appareil, et elle dit « Non ! », l'attrapa et se dirigea vers la fenêtre. « Allô ? Allô ? » Elle voulait que la personne qui appelait, qui qu'elle soit, donne la nouvelle directement, qu'elle ne fasse pas de préambules. C'était sa mère.

« *Nne*, Udenna va bien. Chikaodili vient de m'appeler pour me dire qu'ils avaient raté l'avion. Il va bien. Ils étaient censés prendre cet avion mais ils l'ont raté, Dieu merci. »

Ukamaka posa le téléphone sur le rebord de la fenêtre et se mit à pleurer. Chinedu lui serra d'abord les épaules, puis la prit dans ses bras. Elle se calma le temps de lui dire qu'Udenna allait bien, pour se laisser ensuite de nouveau aller à son étreinte, surprise de s'y sentir à l'aise et en terrain connu, certaine qu'il comprenait instinctivement qu'elle pleurait de soulagement à ce qui n'était pas arrivé, de nostalgie à ce qui aurait pu arriver et de colère à ce qui demeurait encore sans réponse, depuis le jour où Udenna lui avait dit, chez un glacier de Nassau Street, que c'était fini entre eux.

« Je savais que mon Dieu m'exaucerait ! Je priais dans mon cœur pour que Dieu le garde », dit Chinedu en lui frottant le dos.

Plus tard, après avoir proposé à Chinedu de rester déjeuner, pendant qu'elle réchauffait un peu de ragoût au micro-ondes, elle lui demanda :

« Si vous dites que Dieu est responsable d'avoir gardé Udenna, alors ça signifie qu'il est responsable que des gens soient morts, puisqu'il aurait pu les garder, eux aussi. Est-ce que ça signifie que Dieu préfère certaines personnes à d'autres ?

— Les voies de Dieu ne sont pas les nôtres. »

Chinedu retira ses tennis et les posa près de la bibliothèque.

« Ça n'a pas de sens.

— Il y a toujours du sens aux actions de Dieu, mais ce n'est pas toujours un sens au sens humain », dit Chinedu, qui regardait les photos sur les étagères.

C'était le genre de questions qu'elle posait au père Patrick, mais le père Patrick serait convenu qu'il n'y avait pas toujours de sens aux actions de Dieu, en haussant les épaules de sa façon caractéristique, comme la première fois qu'elle l'avait rencontré, ce jour de fin d'été où Udenna lui avait dit que c'était fini. Ils étaient chez Thomas Sweet, Udenna et elle, à l'intérieur, et buvaient des smoothies fraise-banane, leur rituel du dimanche après les courses ; Udenna avait aspiré le sien bruyamment avant de lui dire que ça faisait longtemps que c'était fini entre eux, qu'ils étaient ensemble par habitude seulement, et elle l'avait regardé en attendant qu'il rie, même si ce genre de plaisanterie n'était pas son style. « Sclérosée », voilà le mot qu'il avait employé. Il n'y avait personne d'autre, mais la relation s'était sclérosée. Sclérosée, et pourtant ça faisait trois ans qu'elle organisait sa vie en fonction de lui. Sclérosée, et pourtant elle avait commencé à asticoter son oncle, qui était sénateur, pour qu'il lui trouve un poste à Abuja après ses études parce qu'Udenna voulait rentrer après son doctorat et se mettre à bâtir ce qu'il appelait son « capital politique », dans le projet de se présenter comme gouverneur de l'État d'Anambra. Sclérosée, et pourtant elle pimentait ses ragoûts, maintenant, comme il les aimait. Sclérosée, et pourtant ils avaient souvent parlé des enfants qu'ils auraient, un garçon et une fille dont elle avait toujours considéré la conception comme allant de soi, la fille qu'on appellerait Ulari et le garçon Udoka, tous deux par des prénoms en U. Elle avait quitté Thomas Sweet et s'était mise à marcher sans but jusqu'au bout de Nassau Street, qu'elle avait ensuite redescendue pour finir par passer devant l'église de pierre grise, y entrer et dire à l'homme qui portait un faux col blanc et s'apprêtait à monter dans sa Subaru que la vie n'avait aucun sens. Il lui répondit qu'il s'appelait père Patrick et que la vie n'avait aucun sens mais que nous devions tous avoir la foi quand même. Ayez la foi. Ayez la foi, c'était comme dire : Soyez grande et dotée de courbes harmonieuses. Elle aurait voulu être grande et dotée de courbes harmonieuses, mais elle ne l'était pas, bien sûr. Elle était petite, elle avait les fesses plates et un bourrelet mou au bas du ventre qui s'obstinait à dépasser même quand elle portait sa gaine modelante Spanx qui la comprimait étroitement. C'est ce qu'elle dit et cela fit rire le père Patrick.

« Ayez la foi, rétorqua-t-il, ce n'est pas vraiment comme dire : Soyez grande et dotée de courbes harmonieuses. Ce serait plutôt comme dire : Accommodez-vous du bourrelet et de devoir porter une Spanx. »

Et elle avait ri à son tour, surprise de voir que ce Blanc grassouillet aux cheveux argentés savait ce que c'était qu'une Spanx.

Ukamaka mit quelques cuillérées de ragoût dans l'assiette de Chinedu, à côté du riz qu'elle avait déjà réchauffé.

« Si Dieu préfère certaines personnes à d'autres, il n'y aucun sens à ce qu'il ait choisi d'épargner

Udenna. Udenna ne peut pas avoir été la personne la plus gentille ou la plus généreuse à avoir pris un billet pour ce vol, dit-elle.

— Vous ne pouvez pas appliquer de raisonnement humain à Dieu. » Chinedu leva la fourchette qu'elle avait placée sur son assiette. « S'il vous plaît, donnez-moi une cuiller. »

Elle lui en tendit une. Udenna aurait ri de Chinedu, il aurait dit que ce sont vraiment des manières de la brousse, manger le riz avec une cuiller comme le faisait Chinedu, en la serrant de tous ses doigts — Udenna et sa capacité à jauger les gens d'un seul coup d'œil, à lire dans leurs chaussures ou leur façon de se tenir le genre d'enfance qu'ils avaient eue.

« C'est Udenna, là ? »

Chinedu montra d'un geste la photo dans le cadre en osier — Udenna avait un bras sur ses épaules, ils avaient tous les deux le visage ouvert et souriant ; elle avait été prise par une inconnue dans un restaurant de Philadelphie, une inconnue qui avait dit : « Vous formez un si joli couple, est-ce que vous êtes mariés ? » et Udenna avait répondu : « Pas encore », avec ce demi-sourire charmeur qu'il réservait aux inconnues.

« Oui, c'est le fameux Udenna. » Ukamaka grimaça et s'assit à la table minuscule avec son assiette. « J'oublie toujours d'enlever cette photo. » C'était un mensonge. Depuis un mois, elle la regardait souvent, parfois à contrecœur, redoutant toujours de l'enlever à cause du caractère définitif du geste. Elle sentit que Chinedu savait que c'était un mensonge.

« Vous vous êtes rencontrés au Nigeria ? demanda-t-il.

— Non, on s'est rencontrés à la fête de fin d'études de ma sœur, il y a trois ans, à New Haven. Un ami de ma sœur l'avait amené. Il travaillait à Wall Street et j'étais déjà en master, mais on connaissait beaucoup de gens en commun dans les environs de Philadelphie. Il avait fait sa licence à U-Penn et moi à Bryn Mawr. C'était marrant qu'on ait tant de choses en commun mais qu'on ne se soit jamais rencontrés avant. On est tous les deux venus aux États-Unis pour faire des études à la même époque. Et on s'est aperçus qu'on avait passé le SAT dans le même centre d'examen de Lagos et le même jour !

— Il a l'air grand, dit Chinedu, toujours debout à côté de la bibliothèque, l'assiette à plat sur une main.

— Il fait un mètre quatre-vingt-quinze. » Elle entendit la pointe de fierté dans sa propre voix. « Ce n'est pas sa meilleure photo. Il ressemble beaucoup à Thomas Sankara. J'avais un faible pour cet homme quand j'étais ado. Vous savez, le président du Burkina Faso, ce président très populaire, qui s'est fait tuer…

— Bien sûr que je connais Thomas Sankara. » Chinedu examina la photo quelques instants, comme pour y chercher des traces de la célèbre beauté de Sankara. Puis il dit : « Je vous ai vus tous les deux dans le parking, une fois, et j'ai deviné que vous étiez nigérians. J'ai eu envie de venir me présenter, mais je devais me dépêcher pour attraper la navette. »

Cela fit plaisir à Ukamaka ; le fait qu'il les ait vus donnait de la réalité à leur relation. Ces trois dernières années à coucher avec Udenna, à aligner ses projets sur ceux d'Udenna et à pimenter sa cuisine n'étaient pas, en fin de compte, le fruit de son imagination. Elle se retint de demander à Chinedu ce dont il se souvenait, exactement : Avait-il vu la main d'Udenna s'attarder au creux de ses reins ? Avait-il vu Udenna lui glisser des paroles suggestives, son visage tout près du sien ?

« Quand est-ce que vous nous avez vus ? demanda-t-elle.

— Il y a deux mois, environ. Vous alliez à votre voiture.

— Comment vous avez su que nous étions nigérians ?

— Je le vois toujours. » Il s'assit en face d'elle. « Mais ce matin-là, j'ai regardé les noms sur les boîtes aux lettres pour voir quel était votre appartement.

— Je me souviens maintenant que je vous ai vu une fois dans la navette. J'ai deviné que vous étiez africain mais j'ai pensé que vous étiez peut-être ghanéen. Vous aviez l'air trop doux pour être nigérian. »

Chinedu rit.

« Qui a dit que j'étais doux ? » Il bomba le torse, l'air moqueur et la bouche pleine de riz. Udenna aurait fait remarquer le front de Chinedu et dit qu'il n'y avait pas besoin d'entendre son accent pour savoir qu'il était du genre à avoir fait son secondaire à l'école communale de son village et étudié l'anglais dans un dictionnaire, à la lueur d'une bougie ; qu'on pouvait voir cela tout de suite à son front bosselé et parcouru de veines. C'était ce qu'il avait dit d'un étudiant nigérian à Wharton, dont il avait toujours rejeté l'amitié et ignoré les e-mails. Cet étudiant que son front et ses manières de la brousse trahissaient n'était pas à la hauteur, tout simplement. À la hauteur. Udenna utilisait beaucoup cette expression et au début elle la trouvait puérile, mais l'année dernière, elle s'était mise à l'employer, elle aussi.

« Le ragoût est trop pimenté ? demanda-t-elle en remarquant la lenteur à laquelle Chinedu mangeait.

— Ça va. J'ai l'habitude de manger pimenté. J'ai grandi à Lagos.

— Je n'aimais pas manger pimenté avant de rencontrer Udenna. Je ne suis même pas sûre d'aimer ça maintenant.

— Mais vous cuisinez toujours pimenté. »

Sa remarque lui déplut, et lui déplurent aussi son visage fermé et son expression impassible quand il lui jeta un coup d'œil, puis reporta le regard sur son assiette.

« Ben je m'y suis sans doute habituée, à force, dit-elle.

— Vous pouvez voir s'il y a du nouveau ? »

Elle pressa une touche de son clavier, rafraîchit une page Internet. *Aucun survivant dans l'acci-*

dent d'avion au Nigeria. Le gouvernement avait confirmé que les cent soixante-dix personnes qui se trouvaient à bord étaient mortes.

« Aucun survivant, dit-elle.

— Père, entre tes mains ! » dit Chinedu, qui poussa un bruyant soupir.

Il vint s'asseoir pour regarder, tout près d'Ukamaka, l'haleine chargée de l'odeur du ragoût pimenté. Il y avait de nouvelles photos du site de l'accident. Ukamaka s'attarda sur l'une d'entre elles où plusieurs hommes torse nu portaient un morceau de métal qui ressemblait à un cadre de lit tordu ; elle n'arrivait pas à imaginer de quelle partie de l'avion il avait bien pu s'agir.

« Il y a trop d'iniquités dans notre pays, dit Chinedu. Trop de corruption. Trop de choses pour lesquelles nous devons prier.

— Vous voulez dire que l'accident est une punition de Dieu ?

— Une punition et un avertissement. » Chinedu finissait son riz. Il racla sa cuiller entre ses dents, ce qu'elle trouva gênant.

« J'allais à l'église tous les jours quand j'étais adolescente, à la messe de six heures du matin. J'y allais de moi-même ; dans ma famille, c'étaient des pratiquants du dimanche, dit-elle. Et puis, un jour, j'ai cessé d'y aller, comme ça.

— Tout le monde passe par une crise de la foi. C'est normal.

— Ce n'était pas une crise de la foi. L'Église est devenue soudain comme le Père Noël, pour moi : on n'en doute jamais quand on est enfant, mais en devenant adulte on se rend compte que l'homme qui porte ce costume de Père Noël est en fait le voisin du bout de la rue. »

Chinedu haussa les épaules comme s'il n'avait pas de temps à perdre sur ce genre de décadence, sur son ambivalence.

« Le riz est fini ?

— Il en reste. » Elle prit son assiette pour lui réchauffer un peu plus de riz et de ragoût. Puis, quand elle la lui tendit de nouveau, elle dit : « Je ne sais pas ce que j'aurais fait si Udenna était mort. Je ne sais même pas ce que j'aurais ressenti.

— Vous devez juste rendre grâce à Dieu. »

Elle alla à la fenêtre et inclina le store. L'automne venait d'arriver. Dehors, elle voyait les arbres qui bordaient Lawrence Drive, et leurs feuilles vertes qui se cuivraient.

« Udenna ne me disait jamais "je t'aime" parce qu'il trouvait que c'était un cliché. Une fois, en parlant d'un truc, je lui ai dit que j'étais désolée qu'il le prenne mal, et il s'est mis à crier que je ne devais pas utiliser d'expressions comme "Je suis désolée que tu prennes ça comme ça" parce que c'était banal. Il me donnait toujours l'impression que rien de ce que je disais n'était assez spirituel, assez ironique, assez intelligent. Il faisait toujours beaucoup d'efforts pour se singulariser, même quand ça n'avait pas d'importance. C'était comme s'il donnait une représentation de sa vie, au lieu de la vivre. »

Chinedu ne dit rien. Il mangeait à grosses bouchées ; parfois il poussait le riz avec le doigt comme avec un coin, pour en caser davantage dans sa cuiller.

« Il savait que j'adorais ma vie d'ici, mais il me disait toujours que Princeton était une université ennuyeuse, qui n'était plus dans l'époque. Dès qu'il sentait que je tirais trop de bonheur de quelque chose qui n'avait rien à voir avec lui, il trouvait le moyen de le rabaisser. Comment peut-on aimer quelqu'un tout en voulant gérer la quantité de bonheur à laquelle cette personne a droit ? »

Chinedu hocha la tête ; il la comprenait et prenait son parti, elle le voyait bien. Les jours qui suivirent, des journées qui devenaient assez fraîches pour qu'elle porte ses bottes, des journées où elle allait au campus en navette, faisait des recherches à la bibliothèque, voyait son directeur de thèse, donnait son cours de rédaction de niveau licence ou recevait des étudiants qui lui demandaient des délais supplémentaires pour leurs devoirs, elle rentrait chez elle en fin de soirée et attendait que Chinedu lui rende visite pour pouvoir lui offrir du riz, de la pizza ou des spaghettis. Pour pouvoir parler d'Udenna. Elle racontait à Chinedu des choses qu'elle ne pouvait ou ne voulait pas dire au père Patrick. Elle appréciait le fait que Chinedu parlait peu et semblait non seulement l'écouter, mais aussi réfléchir à ce qu'elle disait. Elle envisagea bien une fois de sortir avec lui, de céder au schéma classique de la liaison en contrecoup à un chagrin, mais il avait quelque chose d'agréablement asexué, quelque chose qui lui donnait l'impression qu'elle n'avait pas besoin d'appliquer de la poudre sous ses yeux pour cacher ses cernes foncés.

Il y avait plein d'autres étrangers dans son immeuble. Avec Udenna, ils disaient pour plaisanter que c'était l'incertitude des étrangers quant à leur nouvel environnement qui s'était muée en cette indifférence dont ils témoignaient les uns envers les autres. Ils ne se disaient pas bonjour dans les couloirs ou les ascenseurs, n'échangeaient aucun regard pendant les cinq minutes de trajet dans la navette du campus, ces brillants intellectuels du Kenya, de Chine et de Russie, ces diplômés et chercheurs qui étaient appelés à diriger, guérir et réinventer le monde. Elle fut donc surprise de voir que lorsqu'elle allait au parking avec Chinedu, il faisait signe à l'un, disait bonjour à l'autre. Il lui parla du chercheur post-doc japonais qui le déposait parfois au centre commercial, du doctorant allemand dont la fille de deux ans l'appelait Chindle.

« Tu les connais de ton cursus ? » avait-elle demandé, avant d'ajouter : « Quel cursus tu suis ? »

Il avait évoqué la chimie, une fois, et elle supposait qu'il faisait un doctorat de chimie. Ce devait être pour cela qu'elle ne le croisait jamais sur le campus ; les labos de sciences étaient si loin, c'était un monde à part.

« Non. Je les ai rencontrés en arrivant ici.

— Ça fait combien de temps que tu habites ici ?

— Pas longtemps. Depuis le printemps.

— Au début, quand je suis arrivée à Princeton, je n'étais pas sûre d'avoir envie d'habiter dans une maison réservée aux doctorants et chercheurs, mais maintenant ça me plaît plutôt bien. La première fois qu'Udenna m'a rendu visite, il a dit que ce bâtiment carré était hideux et dénué de charme. Tu avais déjà habité dans des logements pour diplômés ?

— Non. » Chinedu se tut et détourna les yeux. « Je savais que je devais faire l'effort de me faire des amis dans l'immeuble. Sinon comment est-ce que j'irais à l'épicerie et à l'église ? Dieu merci, tu as une voiture. »

Ça fit plaisir à Ukamaka qu'il dise « Dieu merci, tu as une voiture », parce que c'était une déclaration qui lui parlait d'amitié, de faire des choses ensemble sur le long terme, d'avoir quelqu'un qui l'écoute parler d'Udenna.

Le dimanche elle déposait Chinedu à son église pentecôtiste à Lawrenceville avant d'aller à l'église catholique de Nassau Street, et lorsqu'elle repassait le chercher après l'office, ils allaient faire leurs courses au McCaffrey's. Elle remarquait qu'il faisait très peu d'achats et qu'il épluchait soigneusement les prospectus d'articles en promotion qu'Udenna avait toujours ignorés.

Lorsqu'elle s'arrêtait à Wild Oats, où ils avaient eu coutume d'acheter des légumes bio, Udenna et elle, Chinedu secouait la tête avec stupéfaction car il ne comprenait pas qu'on veuille payer plus cher les mêmes légumes, rien que parce qu'ils avaient été cultivés sans produits chimiques. Il examinait les céréales présentées dans de grands distributeurs en plastique pendant qu'elle choisissait des brocolis et les mettait dans un sac.

« Sans produit chimique par-ci, sans produit chimique par-là. Les gens gaspillent leur argent bêtement. Comme si les médicaments qu'ils prennent pour rester en vie n'étaient pas des produits chimiques, eux aussi, hein ?

— Tu sais bien que c'est pas pareil, Chinedu.

— Je ne vois pas la différence. »

Ukamaka rit.

« En réalité, je m'en fiche un peu, mais Udenna voulait toujours qu'on achète des fruits et des légumes bio. Je crois qu'il avait lu quelque part que les gens comme lui devaient acheter bio. »

Chinedu la regarda de nouveau avec cette expression impassible et fermée. La jugeait-il ? Essayait-il d'arrêter une opinion sur un point précis la concernant ?

Elle dit, tout en ouvrant le coffre pour y mettre le sac de courses :

« Je crève de faim. Si on allait prendre un sandwich quelque part ?

— J'ai pas faim.

— Je t'invite. Ou tu préfères chinois ?

— Je jeûne, dit-il doucement.

— Ah. »

Elle aussi, quand elle était adolescente, avait fait un jeûne, une fois ; elle n'avait avalé que de l'eau entre le matin et le soir pendant une semaine entière pour demander à Dieu de l'aider à obtenir la meilleure note à l'examen du lycée. Elle était arrivée troisième.

« Pas étonnant que tu n'aies pas pris de riz hier soir, dit-elle. Alors est-ce que tu vas me tenir compagnie pendant que je mange ?

— Bien sûr.

— Tu jeûnes souvent, ou là tu fais une prière spéciale ? Ou c'est une question trop personnelle ?

— C'est une question trop personnelle », répondit Chinedu avec une solennité narquoise.

Elle baissa les vitres et sortit en marche arrière de Wild Oats, s'arrêtant pour laisser passer deux jeunes femmes sans veste, en jeans serrés, dont le vent chassait les longs cheveux blonds sur le côté. Il faisait étrangement doux pour une journée de fin d'automne.

« L'automne me fait parfois penser à l'harmattan, dit Chinedu.

— Je sais, dit Ukamaka. J'adore l'harmattan. Je crois que c'est à cause de Noël. J'adore la sécheresse et la poussière de Noël. L'année dernière, Udenna et moi, on est rentrés ensemble pour Noël, et il a passé le jour de l'An dans ma famille à Nimo. Mon oncle n'arrêtait pas de lui poser des questions : “Jeune homme, quand vas-tu amener ta famille, qu'elle vienne frapper à notre porte ? Qu'est-ce que tu étudies à la faculté ?” » Ukamaka avait pris une voix bourrue, qui fit rire Chinedu.

« Est-ce que tu es retourné au pays, depuis ton départ ? » demanda Ukamaka, pour le regretter aussitôt. C'était évident que Chinedu n'avait pas les moyens de se payer un billet d'avion pour une visite au pays.

« Non, fit-il d'une voix blanche.

— Je comptais rentrer après mon doctorat et travailler pour une ONG à Lagos, mais Udenna voulait faire de la politique, alors j'ai commencé à former des projets pour vivre à Abuja. Est-ce que tu vas rentrer quand tu auras fini ici ? Je vois d'ici les paquets de fric que tu pourras te faire dans une des compagnies pétrolières du delta du Niger, avec ton doctorat de chimie. » Elle savait qu'elle parlait trop vite, qu'elle jacassait, en fait, pour essayer de compenser la gêne qu'elle avait éprouvée plus tôt.

« Je ne sais pas. » Chinedu haussa les épaules. « Je peux changer de station ?

— Bien sûr. »

Elle perçut son revirement d'humeur au fait qu'il garda les yeux rivés sur la fenêtre après avoir changé la station de radio, de NPR à une station FM qui diffusait une musique forte.

« Je crois que je vais prendre ta spécialité préférée, du sushi, à la place d'un sandwich », dit-elle d'un ton taquin. Elle lui avait demandé une fois s'il aimait le sushi et il avait répondu : « Dieu m'en préserve. Je suis un Africain. Je ne mange que des aliments cuits. » Elle ajouta : « Tu devrais quand même goûter au sushi une fois. Comment peux-tu vivre à Princeton sans manger de sashimi ? »

C'est à peine s'il sourit. Elle roula lentement jusqu'à la sandwicherie, hochant la tête sur la musique de la radio de façon trop appuyée pour montrer qu'elle l'appréciait autant que lui-même semblait le faire.

« Je vais chercher mon sandwich vite fait », dit-elle, et il répondit qu'il attendrait dans la voiture. À son retour, l'odeur d'ail du sandwich au poulet, emballé d'aluminium, emplit l'habitacle.

« Ton téléphone a sonné », dit Chinedu.

Elle attrapa son portable, placé à côté du changement de vitesse, et le regarda. C'était Rachel, une amie du département, qui appelait sans doute pour savoir si elle avait envie d'aller à la conférence sur la moralité et le roman à East Pyne le lendemain.

« J'en reviens pas qu'Udenna ne m'ait pas appelée », dit-elle, avant de démarrer. Il lui avait envoyé un e-mail pour la remercier de s'être inquiétée pour lui pendant son séjour au Nigeria. Il l'avait retirée de sa liste d'amis sur sa messagerie instantanée, de sorte qu'elle ne pouvait plus savoir quand il était connecté. Et il n'avait pas appelé.

« C'est peut-être mieux qu'il n'appelle pas, dit Chinedu. Pour que tu puisses passer à autre chose.

— Ce n'est pas si simple », dit-elle, un peu contrariée parce qu'elle voulait qu'Udenna appelle, parce que la photo était toujours sur sa bibliothèque, parce que Chinedu parlait comme s'il était le seul à savoir ce qui valait mieux pour elle. Elle attendit qu'ils soient de retour à leur immeuble, que Chinedu ait porté ses courses chez lui et soit redescendu, pour lui dire : « Tu sais, ce n'est vraiment pas aussi simple que tu le crois. Tu sais pas ce que c'est d'aimer un connard.

— Si, je sais. »

Elle le regarda, qui portait les mêmes vêtements que l'après-midi où il avait frappé à sa porte pour la première fois : une paire de jeans et un vieux sweat-shirt qui bâillait à l'encolure, PRINCETON marqué en lettres orange sur le devant.

« Tu n'en as jamais parlé, dit-elle.

— Tu n'as jamais demandé. »

Elle posa son sandwich sur une assiette et s'assit à la table minuscule.

« Je ne savais pas qu'il y avait quelque chose à demander. Je pensais que tu m'en aurais parlé, tout simplement. »

Chinedu ne dit rien.

« Alors parle-moi. Parle-moi de cet amour. C'était ici ou au pays ?

— Au pays. Je suis resté presque deux ans avec lui. »

Ce fut un instant calme. Elle attrapa une serviette et se rendit compte qu'elle le savait, intuitivement, et peut-être depuis le tout début, mais elle dit, parce qu'elle pensait qu'il s'attendait à ce qu'elle exprime de la surprise :

« Ah, tu es homo.

— Une fille m'a dit un jour que j'étais l'homo le plus hétéro qu'elle connaissait et je m'en suis voulu, mais ça m'a fait plaisir. » Il souriait ; il avait l'air soulagé.

« Alors parle-moi de cet amour. »

L'homme s'appelait Abidemi. Quelque chose,

dans la façon dont Chinedu prononça son nom, Abidemi, fit penser à Ukamaka au genre de douleur qu'on s'inflige à soi-même en appuyant doucement sur un muscle endolori, une douleur satisfaisante.

Il parlait lentement, revenant sur des détails qu'elle trouvait sans importance — était-ce un mercredi ou un jeudi qu'Abidemi l'avait emmené dans un club gay privé, où ils avaient serré la main d'un ancien chef d'État ? —, et elle songea qu'il n'avait pas dû raconter souvent cette histoire dans son intégralité, peut-être même ne l'avait-il jamais racontée. Il continua de parler pendant qu'elle finissait son sandwich et venait s'asseoir près de lui sur le canapé, prise d'une étrange nostalgie à l'évocation des détails concernant Abidemi : il buvait de la Guinness stout, il envoyait son chauffeur acheter des plantains rôtis aux marchands des rues, il fréquentait l'église pentecôtiste de House on the Rock, il aimait les kebbé libanais du Double Four, il jouait au polo.

Abidemi était banquier ; fils d'un Homme Important, il avait fait ses études en Angleterre et c'était le genre de type à porter des ceintures en cuir avec des logos de stylistes alambiqués en guise de boucles. Il en portait une de ce style, justement, le jour où il était entré dans la filiale de Lagos d'une entreprise de téléphones portables où Chinedu travaillait au service clientèle. Il s'était montré presque grossier, demandant s'il n'y avait pas un responsable à qui il pouvait s'adresser, mais Chinedu n'avait pas manqué le regard qu'ils avaient échangé, ce frisson grisant qu'il n'avait plus ressenti depuis sa première relation avec un tuteur sportif quand il était au lycée. Abidemi lui avait donné sa carte en lui disant, sèchement : « Appelle-moi. » C'était ainsi qu'Abidemi allait mener la relation au long des deux années à venir, exigeant de tout connaître des faits et gestes de Chinedu, lui achetant une voiture sans le consulter, ce qui avait placé Chinedu dans la situation gênante d'avoir à expliquer à sa famille et ses amis comment il avait subitement fait l'acquisition d'une Honda, lui demandant de l'accompagner en voyage à Calabar et Kaduna en ne le prévenant que la veille, lui envoyant des Texto méchants quand Chinedu manquait ses appels. Pourtant Chinedu avait aimé cette possessivité, ainsi que la vitalité d'une relation qui les consumait tous les deux. Jusqu'au jour où Abidemi annonça qu'il se mariait. Elle s'appelait Kemi, ses parents et ceux d'Abidemi se connaissaient de longue date. Il avait toujours été entendu entre eux deux, bien que de façon tacite, qu'un mariage était inévitable et peut-être rien n'aurait-il changé si Chinedu n'avait pas rencontré Kemi, à la fête d'anniversaire de mariage des parents d'Abidemi. Au départ il ne voulait pas aller à cette réception — il évitait les réunions de famille d'Abidemi — mais ce dernier avait insisté, affirmant qu'il ne pourrait survivre à cette longue soirée que si Chinedu était présent. Abidemi avait dans la voix ce qui ressemblait de façon troublante à un rire lorsqu'il présenta Chinedu à Kemi comme « mon très bon ami ».

« Chinedu boit beaucoup plus que moi », avait dit Abidemi à Kemi, laquelle portait un long tissage de cheveux et une robe jaune sans bretelles. Elle était assise à côté d'Abidemi, esquissait de temps à autre un geste pour enlever une miette sur sa chemise, lui remplir son verre, poser la main sur son genou, et constamment son corps était tendu vers le sien, à l'écoute, prêt à bondir et faire ce qu'il faudrait, peu importe quoi, pour lui plaire.

« Tu dis que je vais avoir une bedaine, *abi* ? » fit Abidemi, la main sur la cuisse de Kemi. « Cet homme en aura une avant moi, c'est moi qui te le dis. »

Chinedu avait eu un sourire crispé ; un mal de tête lui venait à mesure que montait sa rage contre Abidemi. Lorsqu'il raconta cela à Ukamaka, qu'il lui expliqua comment la colère lui avait « éparpillé la tête » ce soir-là, elle vit qu'il était tendu à nouveau.

« Tu regrettes d'avoir rencontré sa femme, dit-elle.

— Non, je regrette qu'il n'ait pas été déchiré intérieurement.

— Il devait l'être.

— Non. Je l'ai observé ce jour-là, j'ai vu comment il était avec chacun de nous, je l'ai vu boire sa stout et plaisanter à mon sujet avec elle et à son sujet avec moi, et j'ai compris qu'il allait rentrer se coucher et dormir tranquille. Si on continuait de se voir, il viendrait me trouver, ensuite il rentrerait à la maison auprès d'elle et dormirait tranquille. Je voulais que quelquefois, il ne dorme pas tranquille.

— Alors tu as rompu ?

— Ça l'a mis en colère. Il ne comprenait pas que je refuse de faire comme il voulait.

— Comment quelqu'un peut-il prétendre t'aimer tout en voulant que tu fasses des choses qui ne lui conviennent qu'à lui ? Udenna était comme ça. »

Chinedu serra le coussin contre lui.

« Ukamaka, tout ne tourne pas autour d'Udenna.

— Je dis juste que j'ai l'impression qu'Abidemi ressemble un peu à Udenna. Je crois que je ne comprends pas cette forme d'amour, c'est tout.

— Ce n'était peut-être pas de l'amour, dit Chinedu, en se levant brusquement du canapé. Udenna t'a fait ci, Udenna t'a fait ça, mais pourquoi tu l'as laissé faire ? Pourquoi tu l'as laissé faire ? As-tu jamais pensé que ce n'était peut-être pas de l'amour ? »

Il était d'une froideur si brutale, son ton de voix, que l'espace d'un instant Ukamaka eut peur, puis elle fut prise de colère et lui dit de partir de chez elle.

Avant ce jour-là, déjà, elle avait remarqué des choses bizarres chez Chinedu. Il ne l'invitait jamais chez lui et, une fois, après qu'il lui eut dit quel était son appartement, elle avait regardé la boîte aux lettres et vu avec surprise que son nom de famille n'y figurait pas ; or le gardien de l'immeuble était très strict là-dessus, tous les locataires devaient marquer leur nom sur leur boîte aux lettres. Il donnait l'impression de ne jamais aller au campus ; la seule fois où elle lui avait demandé pourquoi, il lui avait adressé une réponse délibérément vague, qui lui avait fait comprendre qu'il ne voulait pas en parler, et elle n'avait pas insisté parce qu'elle le soupçonnait d'avoir des difficultés dans ses recherches, de se colleter, peut-être, avec une thèse qui n'allait nulle part. Aussi, une semaine après lui avoir demandé de partir de chez elle, une semaine sans lui avoir parlé, elle monta frapper à sa porte, et lorsqu'il ouvrit et la regarda avec méfiance, elle demanda : « Est-ce que tu écris une thèse ?

— Je suis occupé », dit-il sèchement, et il lui referma la porte au nez.

Elle resta un moment plantée là avant de redescendre chez elle. Elle ne lui parlerait plus jamais, se dit-elle ; ce n'était qu'un rustre de la brousse. Mais le dimanche arriva et elle avait pris l'habitude de le conduire à son église de Lawrenceville avant d'aller à la sienne à Nassau Street. Elle espérait qu'il frappe à sa porte, tout en sachant qu'il n'en ferait rien. Elle éprouva la crainte soudaine qu'il demande à un voisin de palier de le déposer à l'église, et parce qu'elle sentit sa crainte se muer en peur panique, elle monta frapper à sa porte. Il mit un moment à ouvrir. Il avait l'air las et les traits tirés ; son visage était terreux et pas lavé.

« Je suis désolée, dit-elle. Quand je t'ai demandé si tu écrivais une thèse, c'était juste ma façon idiote de m'excuser.

— La prochaine fois que tu voudras t'excuser, dis juste que tu t'excuses.

— Tu veux que je te dépose à l'église ?

— Non. »

Il lui fit signe d'entrer. L'appartement était meublé de façon spartiate d'un canapé, d'une table et d'une télévision ; des livres étaient empilés contre les murs.

« Écoute, Ukamaka, il faut que je te dise ce qui se passe. Assieds-toi. »

Elle s'assit. Il y avait un dessin animé qui passait à la télévision et une Bible ouverte et retournée sur la table, à côté d'une tasse qui contenait, semblait-il, du café.

« Je suis sans papiers. Mon visa a expiré il y a trois ans. Ici, c'est l'appartement d'un ami. Il est au Pérou pour un semestre et il m'a proposé de venir habiter ici le temps d'essayer de régler ma situation.

— Tu ne vas pas à Princeton ?

— J'ai jamais dit que j'y allais. » Il détourna la tête et referma la Bible. « Je vais recevoir un avis d'expulsion des services de l'immigration d'un jour à l'autre. Personne n'est au courant de ma véritable situation au pays. Je n'ai pas pu leur envoyer grand-chose depuis que j'ai perdu mon boulot dans le bâtiment. Mon patron était un type sympa et il me payait sous la table, mais il a dit qu'il ne voulait pas d'ennuis maintenant qu'il est question que la police fasse des descentes sur les lieux de travail.

— Tu as essayé de trouver un avocat ? demanda-t-elle.

— Un avocat pour quoi faire ? Qu'est-ce que tu veux que je plaide ? » Il se mordait la lèvre inférieure et elle ne l'avait jamais vu aussi ingrat physiquement, entre la peau de son visage qui pelait et les cernes sous ses yeux. Elle décida de ne pas lui demander plus de détails parce qu'elle savait qu'il n'était pas disposé à lui en dire davantage.

« Tu as une mine abominable. Tu n'as pas mangé beaucoup depuis la dernière fois que je t'ai vu », dit-elle en pensant à toutes ces semaines qu'elle avait passées à parler d'Udenna alors que Chinedu redoutait de se faire expulser.

« Je jeûne.

— Tu es sûr que tu ne veux pas que je te dépose à l'église ?

— C'est trop tard, de toute façon.

— Alors viens avec moi à mon église.

— Tu sais que j'aime pas l'église catholique, avec toutes ces génuflexions inutiles et cette manie d'adorer des idoles.

— Juste pour une fois. Je t'accompagnerai à la tienne la semaine prochaine. »

Il finit par se lever, se laver la figure et mettre un pull propre. Ils rejoignirent la voiture en silence. Elle n'avait jamais pensé à lui parler de son tremblement lorsqu'il avait prié le premier jour, mais comme elle aspirait maintenant à faire un geste chargé de sens pour lui montrer qu'il n'était pas seul, qu'elle comprenait l'effet que ça devait lui faire d'avoir tant d'incertitudes sur son propre avenir, de ne pas pouvoir contrôler de quoi demain serait fait — et parce qu'elle ne savait pas, en fait, quoi dire d'autre —, elle lui raconta le tremblement.

« C'était bizarre, dit-elle. Peut-être que c'était juste à cause de mon inquiétude rentrée pour Udenna.

— C'était un signe de Dieu, dit Chinedu d'une voix ferme.

— Quel était l'intérêt que mon tremblement soit un signe de Dieu ?

— Il faut que tu arrêtes de penser que Dieu est une personne. Dieu est Dieu.

— Ta foi, c'est presque comme un combat. » Elle le regarda. « Pourquoi Dieu ne peut-il pas se révéler sans ambiguïté et clarifier les choses une fois pour toutes ? Quel est l'intérêt que Dieu soit une énigme ?

— L'intérêt c'est que c'est la nature de Dieu. Si tu comprends l'idée fondamentale qui est que la nature de Dieu est différente de la nature humaine, alors ça prendra un sens », dit Chinedu, qui ouvrit la portière pour sortir de la voiture.

Quel luxe, d'avoir une foi comme la sienne, songea Ukamaka, une foi sans réserve, si forte, si intolérante. Pourtant, elle avait aussi quelque chose d'excessivement fragile ; c'était comme si Chinedu ne pouvait concevoir la foi que par les extrêmes, comme si trouver un terrain d'entente signifiait courir le risque de tout perdre.

« Je vois ce que tu veux dire », acquiesça-t-elle, même si elle ne voyait pas du tout, même si c'était à cause de ce genre de réponse, des années auparavant, qu'elle avait cessé d'aller à l'église puis gardé ses distances, jusqu'au dimanche où Udenna avait employé le mot « sclérosée » chez un glacier de Nassau Street.

Le père Patrick, devant l'église de pierre grise, accueillait les fidèles ; sa chevelure argentée scintillait dans la lumière de fin de matinée.

« J'amène une nouvelle personne dans les geôles du catholicisme, père P., dit Ukamaka.

— Il y a toujours de la place dans nos geôles », dit le père Patrick, qui serra chaleureusement la main d'Ukamaka en lui souhaitant bienvenue.

L'église était sombre, pleine d'échos et de mystères, mêlés d'une odeur discrète de cierges. Ils s'assirent ensemble dans la rangée du milieu, à côté d'une femme qui tenait un bébé dans ses bras.

« Il te plaît ? chuchota Ukamaka.

— Le prêtre ? Il a l'air bien.

— Je veux dire plaire *plaire*.

— Oh, Yahvé Dieu ! Bien sûr que non. »

Elle l'avait fait sourire.

« Ils ne vont pas t'expulser, Chinedu. Nous allons trouver une solution. Nous y arriverons. » Elle serra très fort sa main et vit que ça l'amusait qu'elle insiste sur le « nous ».

Il se pencha vers elle.

« Tu sais, moi aussi, j'ai eu le béguin pour Thomas Sankara.

— Non ! » Des bulles de rire montèrent dans sa gorge.

« Je ne savais même pas qu'il existait un pays du nom de Burkina Faso avant que notre prof au collège nous parle de lui et nous apporte une photo. Je n'oublierai jamais comment je suis tombé raide dingue amoureux d'une photo dans un journal.

— Ne me dis pas qu'Abidemi a un faux air de lui.

— En fait, si. »

Ils continrent d'abord leur fou rire, puis lui laissèrent libre cours en s'appuyant gaiement l'un contre l'autre, sous les regards de la femme au bébé.

La chorale avait commencé à chanter. C'était un de ces dimanches où le prêtre bénit les fidèles avec de l'eau sainte au début de la messe, et le père Patrick parcourait la nef en aspergeant les gens à l'aide d'une sorte de grande salière. Ukamaka l'observa en songeant que les offices catholiques étaient tellement moins vivants, en Amérique ; au Nigeria, c'est une branche de manguier d'un beau vert vif que le prêtre aurait trempée dans un seau d'eau sainte, tenu par un bedeau affairé et en sueur ; il aurait arpenté les travées en la faisant tournoyer, en projetant de l'eau sainte à la ronde ; les gens auraient été trempés ; ils se seraient signés en souriant, et se seraient sentis bénis.

LES MARIEUSES

Mon mari tout neuf a sorti la valise du taxi et il est entré le premier dans le *brownstone*, me guidant par une volée de marches maussades puis le long d'un couloir sans air, à la moquette élimée, pour s'arrêter devant une porte. Le numéro 2B, en caractères de métal jaunâtre irréguliers, y était fixé.

« On est arrivés », a-t-il dit.

Il avait utilisé le mot « maison » pour me parler de notre futur foyer. Je m'étais imaginé une allée bien lisse serpentant entre des pelouses vert concombre, une porte s'ouvrant sur un vestibule, des murs ornés de tableaux paisibles. Une maison comme celles des jeunes mariés blancs dans les films américains qui passaient le samedi soir sur NTA.

Il a allumé la lumière du salon, au milieu duquel trônait un canapé beige, seul et de travers, comme tombé du ciel. Il faisait très chaud ; de vieilles odeurs de renfermé flottaient lourdement dans l'air.

« Je te fais visiter », a-t-il dit.

La petite chambre avait un matelas nu à même le sol dans un coin. La grande chambre avait un lit et une commode, ainsi qu'un téléphone par terre sur la moquette. Malgré cela, ni l'une ni l'autre ne donnaient une sensation d'espace, comme si les murs avaient fini par être gênés d'avoir si peu d'objets entre eux.

« Maintenant que tu es là, on va acheter d'autres meubles. Je n'avais pas besoin de grand-chose tant que j'étais seul, a-t-il dit.

— D'accord », ai-je répondu.

J'étais sonnée. Les dix heures de vol de Lagos à New York et l'attente interminable pendant que la douanière passait ma valise au peigne fin m'avaient laissée sur les rotules, et la tête dans le coton. La douanière avait examiné mes aliments comme si c'étaient des araignées. Elle avait enfoncé ses doigts gantés dans les sacs étanches d'*egusi* pilé, de feuilles d'*onugbu* séchées et de graines d'*uziza*, et fini par confisquer mes graines d'*uziza*. Elle avait peur que je les fasse pousser dans le sol américain. Peu importe si les graines avaient séché des semaines au soleil, si elles étaient dures comme un casque de vélo.

« *Ike agwum*, ai-je dit en posant mon sac à main par terre dans la chambre.

— Oui, moi aussi je suis épuisé, a-t-il dit. On devrait se coucher. »

Dans le lit les draps étaient doux et je me suis roulée en boule, contractée comme le poing d'oncle Ike quand il est en colère, en espérant qu'aucun devoir conjugal n'était attendu de moi. Quelques instants plus tard, je me suis détendue en entendant les ronflements cadencés de mon mari tout neuf. Cela commençait par un grondement de gorge grave pour finir sur une note aiguë, pareille à un sifflement obscène. On ne vous prévenait pas de ce genre de choses, quand on arrangeait votre mariage. Pas un mot sur les ronflements désagréables, pas un mot sur les maisons qui s'avèrent des appartements handicapés de l'ameublement.

Mon mari m'a réveillée en étalant son corps lourd sur le mien. Sa poitrine m'a écrasé les seins.

« Bonjour », ai-je dit, les yeux encore collés par le sommeil. Il a grogné, bruit qui pouvait être une réponse à mon bonjour, ou faire partie du rituel auquel il se livrait. Il s'est soulevé pour retrousser ma chemise de nuit au-dessus de ma taille.

J'ai dit « Attends... », pour pouvoir enlever ma chemise de nuit, pour que ça ne paraisse pas aussi précipité. Mais il avait plaqué sa bouche sur la mienne — voilà autre chose que les marieuses omettent d'évoquer : les bouches qui racontent l'histoire du sommeil, qui collent comme du vieux chewing-gum, qui ont l'odeur des tas d'ordures du marché d'Ogbete. Son souffle s'éraillait quand il bougeait, comme s'il avait les narines trop étroites pour le volume d'air à évacuer. Lorsqu'il a enfin cessé ses coups de butoir, il s'est reposé de tout son poids sur moi, même ses jambes. Je suis restée sans bouger jusqu'à ce qu'il descende d'au-dessus de moi pour aller à la salle de bains.

J'ai tiré sur ma chemise de nuit, l'ai rabattue sur mes hanches.

« Bonjour, *baby* », m'a-t-il dit en revenant dans la chambre. Il m'a tendu le téléphone. « Il faut qu'on appelle ton oncle et ta tante pour leur dire qu'on est bien arrivés. Juste quelques minutes ; c'est presque un dollar la minute pour le Nigeria. Tu composes d'abord le 011, puis 234, puis le numéro.

— *Ezi okwu ?* Tout ça ?

— Oui. Le code pour l'international d'abord, et puis le code national du Nigeria.

— Ah. » J'ai composé les quatorze chiffres. Le poisseux, entre mes jambes, me démangeait.

Les parasites ont crépité sur la ligne téléphonique, s'étirant vers l'autre côté de l'Atlantique. Je savais qu'oncle Ike et tantie Ada parleraient d'une voix chaleureuse, qu'ils me demanderaient ce que j'avais mangé, quel temps il faisait en Amérique. Mais aucune de mes réponses ne serait écoutée ; ils demanderaient pour demander, c'était tout. Oncle Ike sourirait sans doute au téléphone, de ce même sourire qui lui avait détendu le visage lorsqu'il m'avait annoncé qu'on m'avait trouvé le mari idéal. De ce sourire que je lui avais vu il y a plusieurs mois, quand les Super Eagles avaient gagné la médaille d'or de football aux Jeux olympiques d'Atlanta.

« Un docteur en Amérique, avait-il dit, rayonnant. Qui dit mieux ? La mère d'Ofodile lui cherchait une femme, elle avait très peur qu'il épouse une Américaine. Il n'est pas rentré au pays depuis onze ans. Je lui ai donné une photo de toi. Elle est restée un bon moment sans faire signe et j'ai cru qu'ils avaient trouvé quelqu'un d'autre. Mais... » Oncle Ike avait laissé sa phrase en suspens, laissé son sourire s'épanouir.

« Oui, oncle.

— Il sera au pays début juin, avait ajouté tantie Ada. Vous aurez tout le temps de faire connaissance avant le mariage.

— Oui, tantie. » Tout le temps, c'était quinze jours.

« Qu'est-ce que nous n'avons pas fait pour toi ? Nous t'élevons comme notre propre enfant et ensuite nous te trouvons un *ezigbo di* ! Un docteur en Amérique ! C'est comme si on t'avait décroché le gros lot ! » dit tantie Ada. Elle avait quelques poils au menton et tirait sur l'un d'eux en parlant.

Je les avais remerciés tous les deux pour tout — m'avoir trouvé un mari, m'avoir prise chez eux, acheté une paire de chaussures neuves un an sur deux. C'était la seule façon de ne pas me faire traiter d'ingrate. Je ne leur ai pas rappelé que j'aurais voulu repasser l'examen du JAMB et me présenter à l'université, que pendant mes années de secondaire, j'avais vendu plus de pain à la boulangerie de tantie Ada que toutes les autres boulangeries d'Enugu, que les meubles et les sols de la maison brillaient grâce à moi.

« Tu as eu la communication ? a demandé mon mari tout neuf.

— C'est occupé », ai-je dit, en tournant la tête pour qu'il ne voie pas à mon expression que j'étais soulagée. J'avais employé le mot « *engaged* » pour « occupé ».

« Les Américains disent *"busy"*, pas *"engaged"*, a-t-il dit. On réessayera plus tard. Allons prendre le petit déjeuner. »

Pour le petit déjeuner, il a décongelé des pancakes tirés d'un sac jaune vif. J'ai regardé attentivement les boutons qu'il enfonçait sur le micro-ondes blanc, pour bien retenir.

« Fais chauffer de l'eau pour le thé, a-t-il dit.

— Est-ce qu'il y a du lait en poudre ? » ai-je demandé, tout en portant la bouilloire à l'évier. La rouille s'accrochait aux parois de l'évier comme des lambeaux de peinture marron qui s'écaille.

« Les Américains ne mettent pas de lait ni de sucre dans leur thé.

— *Ezi okwu* ? Tu ne bois pas le tien avec du lait et du sucre ?

— Non, je me suis fait aux habitudes d'ici depuis longtemps. Toi aussi, *baby*, tu t'y feras. »

Je me suis assise devant mes pancakes mous — tellement plus minces que les grosses galettes fermes sous la dent que je confectionnais à la maison — et un thé fade que je craignais de ne pouvoir avaler. On a sonné à la porte et il s'est levé. Il marchait en envoyant les mains dans le dos ; je ne l'avais pas vraiment remarqué avant, je n'avais pas eu le temps de le remarquer.

« Je t'ai entendu rentrer hier soir. » La voix à la porte était américaine, les mots se déversaient rapidement, rentraient les uns dans les autres. *Supri-supri*, disait tantie Ify, vite-vite. « Quand tu reviendras rendre visite, tu parleras *supri-supri* comme Américains », avait-elle dit.

« Salut, Shirley. Merci beaucoup pour mon courrier, a-t-il dit.

— Pas de problème. Comment s'est passé ton mariage ? Est-ce que ta femme est là ?

— Oui, viens dire bonjour. »

Une femme aux cheveux métalliques est entrée dans le salon. Elle était enveloppée d'un peignoir rose noué à la taille. À en juger par les rides qui sillonnaient son visage, elle pouvait avoir n'importe quel âge entre soixante et quatre-vingts ans ; je n'avais pas vu assez de Blancs pour arriver à évaluer leur âge correctement.

« Je suis Shirley, du 3A. Enchantée », a-t-elle dit en me serrant la main. Elle avait la voix nasale de quelqu'un qui combat un rhume.

« Je vous en prie », ai-je répondu.

Shirley a marqué une pause, comme si elle était surprise.

« Bon, je vous laisse à votre petit déjeuner, a-t-elle dit alors. Je descendrai vous voir quand vous vous serez installés. »

Elle est sortie en traînant les pieds. Mon mari tout neuf a fermé la porte. La table était bancale, de sorte qu'elle a penché comme une balançoire à bascule quand il s'est appuyé dessus et m'a dit:

« Tu dois dire "Salut" aux gens, ici, pas "Je vous en prie".

— On n'a pas le même âge.

— Ça ne marche pas comme ça ici. Tout le monde dit "Salut".

— *O di mma*. O.K.

— Je ne m'appelle pas Ofodile ici, à propos. Je me fais appeler Dave », a-t-il ajouté, tout en regardant la pile d'enveloppes que lui avait données Shirley. Sur beaucoup d'entre elles, il y avait des lignes écrites sur l'enveloppe elle-même, au-dessus de l'adresse, comme si l'expéditeur s'était rappelé quelque chose après avoir scellé l'enveloppe.

« Dave ? » Je savais qu'il n'avait pas de prénom anglais. Les cartons d'invitation à notre mariage disaient *Ofodile Emeka Udenwa et Chinaza Agatha Okafor.*

« J'utilise un nom de famille différent, aussi. Les Américains ont du mal avec Udenwa, alors je l'ai changé.

— En quoi ? » J'en étais encore à tenter de m'habituer à Udenwa, nom que je ne connaissais que depuis quelques semaines.

« En Bell.

— Bell ! » J'avais entendu parler d'un Waturuocha qui avait changé son nom en Waturu en Amérique, d'un Chikelugo qui avait opté pour Chikel, plus facile pour des Américains, mais passer d'Udenwa à Bell ? « Ça n'a aucun rapport avec Udenwa », ai-je dit.

Il s'est levé.

« Tu ne comprends pas comment ça marche dans ce pays. Si tu veux arriver à quoi que ce soit, tu dois te fondre dans la masse au maximum. Sinon, tu restes sur le carreau. Il faut que tu te serves de ton nom anglais ici.

— Je ne l'ai jamais fait, mon nom anglais est

juste un truc sur mon certificat de naissance. Je me suis toujours appelée Chinaza Okafor.

— Tu t'y feras, *baby*, a-t-il dit en tendant la main pour me caresser la joue. Tu verras. »

Le lendemain, lorsqu'il a rempli une demande de numéro de sécurité sociale pour moi, le nom qu'il a inscrit en caractères gras était AGATHA BELL.

Notre quartier s'appelait Flatbush, m'a expliqué mon mari tout neuf pendant que nous descendions, en sueur et en pleine chaleur, une rue bruyante qui sentait le poisson resté trop longtemps dehors avant le frigo. Il voulait me montrer comment faire les courses et prendre le bus.

« Regarde autour de toi, ne baisse pas les yeux comme ça. Regarde autour de toi, comme ça tu t'habitueras plus vite », dit-il.

Je me suis mise à tourner la tête d'un côté et de l'autre pour lui montrer que je suivais ses conseils. Une vitrine de restaurant obscure promettait LA MEILLEURE CUISINE DES CARAÏBES ET D'AMÉRIQUE en lettres de guingois ; de l'autre côté de la rue, un portique annonçait des lavages de voiture à 3,50 $ sur un tableau noir niché entre des boîtes de Coca et des bouts de papier. Le bord du trottoir était ébréché, comme grignoté par des souris.

À l'intérieur de l'autobus climatisé, il m'a montré où mettre les pièces de monnaie, et comment appuyer sur le ruban contre la paroi pour demander l'arrêt.

« C'est pas comme au Nigeria, où tu préviens le receveur en criant », a-t-il dit, l'air dédaigneux comme si c'était lui qui avait inventé ce système américain si remarquable.

Au Key Food, nous avons parcouru les allées lentement. Quand je l'ai vu mettre un paquet de bœuf dans le caddie, ça ne m'a pas inspiré confiance. J'aurais voulu pouvoir toucher la viande, vérifier qu'elle était bien rouge, comme je le faisais souvent au marché d'Ogbete, où le boucher exhibait des morceaux fraîchement découpés en soulevant des nuages de mouches.

« Est-ce qu'on peut acheter ces biscuits ? » Les paquets bleus de Burton's Rich Tea m'étaient familiers ; je n'avais pas envie de manger des biscuits, juste de voir quelque chose de familier dans le caddie.

« Ces cookies. Les Américains disent cookies. »

J'ai tendu la main vers les biscuits (les cookies).

« Prends les génériques. Ils sont moins chers et c'est la même chose, a-t-il dit en montrant un paquet blanc du doigt.

— D'accord. » Je n'avais plus envie des biscuits, mais j'ai mis le paquet générique dans le caddie et j'ai fixé des yeux le paquet bleu sur l'étagère, avec le logo de grains en relief si familier de Burton, jusqu'au moment où on a quitté l'allée.

« Lorsque je serai médecin traitant, on arrêtera d'acheter des génériques, mais pour le moment on est obligés ; ça n'a pas l'air cher, tous ces trucs, mais ça finit par chiffrer.

— Quand tu seras médecin d'hôpital ?

— Oui, mais ça s'appelle médecin traitant, ici. Médecin traitant à l'hôpital. »

Tout ce que vous disaient les marieuses, c'était que les docteurs gagnaient beaucoup d'argent en Amérique. Elles n'ajoutaient pas qu'avant de gagner beaucoup d'argent, les docteurs devaient faire un internat et un résidanat, que mon mari tout neuf n'avait pas terminés. Mon mari tout neuf me l'avait expliqué pendant notre brève conversation à bord, juste après le décollage de Lagos, avant de s'endormir.

« Les internes sont payés vingt-huit mille dollars par an mais ils font environ quatre-vingts heures par semaine. Ça fait du trois dollars de l'heure, avait-il dit. Tu te rends compte ? Trois dollars de l'heure ! »

Je ne savais pas si trois dollars de l'heure, c'était très bien ou très peu — j'ai opté pour très bien, jusqu'à ce qu'il ajoute que même les lycéens qui travaillaient à temps partiel gagnaient beaucoup plus.

« Et aussi, quand je serai médecin traitant, on n'habitera pas dans un quartier comme ça », a dit mon mari tout neuf. Il s'est arrêté pour laisser passer une femme qui avait perché son gamin sur son caddie. « Tu vois les barreaux qu'ils mettent pour empêcher qu'on sorte les caddies dans la rue ? Dans les bons quartiers, il n'y en a pas. Tu peux emporter ton caddie jusqu'à ta voiture.

— Ah », ai-je fait. Quelle importance, qu'on puisse sortir les caddies ou non ? Ce qui comptait, c'était qu'il y avait des caddies.

« Regarde les gens qui font leurs courses ici, ce sont ces gens-là qui immigrent et continuent de vivre comme s'ils étaient encore dans leur pays. » Il a eu un geste dédaigneux pour une femme et ses deux enfants, qui parlaient en espagnol. « Ils n'avanceront jamais, s'ils ne s'adaptent pas à l'Amérique. Ils seront éternellement condamnés à ce genre de supermarché. »

J'ai murmuré quelques mots pour montrer que j'écoutais. J'ai repensé au marché de plein air d'Enugu, avec ses commerçants qui barati-naient le chaland pour le convaincre de s'arrêter à leurs échoppes couvertes de zinc, qui étaient prêts à marchander toute la journée pour aug-menter le prix d'un seul kobo. Ils vous embal-laient vos achats dans des sacs plastique quand ils en avaient, et sinon, ils vous offraient de vieux journaux en riant.

Mon mari tout neuf m'a conduite au centre commercial ; il voulait me montrer le maximum de choses avant de reprendre son travail le undi. Sa voiture tintinnabulait en roulant, comme si de nombreuses pièces étaient desserrées — un bruit de boîte de clous qu'on secoue. Elle a calé à un feu rouge et il a dû tourner la clé plusieurs fois pour redémarrer.

« J'achèterai une nouvelle voiture après mon résidanat », a-t-il dit.

À l'intérieur du centre commercial, les sols reluisaient, lisses comme des glaçons, et le pla-fond haut comme le ciel clignotait d'une myriade de lumières frêles et minuscules. J'avais l'impression d'être dans un autre univers physique, sur une autre planète. Les gens qui nous bousculaient, même les Noirs, portaient sur le visage la marque de la différence, de l'altérité.

« On va prendre une pizza d'abord, a-t-il dit. C'est vraiment une chose qu'il faut aimer, en Amérique. »

Nous sommes allés au stand de pizzas, tenu par un homme qui avait un anneau dans le nez et un haut chapeau blanc.

« Deux pepperoni et saucisse. C'est plus intéressant si on prend la formule ? » a demandé mon mari tout neuf. Il parlait différemment quand il s'adressait à des Américains : ses *r* étaient exagérés et ses *t* trop atténués. Et il souriait, du sourire enthousiaste de la personne qui veut plaire.

Nous avons mangé la pizza à une petite table ronde dans ce qu'il appelait « l'aire de restauration ». Un océan de gens assis à des tables rondes, penchés sur des assiettes en carton pleines d'aliments gras. Oncle Ike aurait été horrifié à l'idée de manger là ; il avait un titre et ne mangeait même pas aux mariages, à moins d'être servi dans une pièce privée. Il y avait quelque chose d'humiliant dans cet endroit, ce vaste espace où trop de tables et de nourriture s'étalaient en public, ça manquait de dignité.

« Elle te plaît, la pizza ? » m'a demandé mon mari tout neuf. Son assiette en carton était vide.

« Les tomates ne sont pas bien cuites.

— Nous faisons trop cuire les aliments au

pays et c'est pour ça que nous perdons tous les nutriments. Les Américains font cuire comme il faut. Tu vois comme ils ont tous l'air en bonne santé ? »

J'ai hoché la tête et regardé autour de moi. À la table d'à côté, une Noire au corps aussi large qu'un oreiller placé de côté m'a souri. Je lui ai rendu son sourire et j'ai pris une autre bouchée de pizza, en contractant le ventre pour ne pas rendre.

Après, nous sommes allés chez Macy's. Mon mari tout neuf m'a emmenée vers un escalier roulant ; ce dernier avait un mouvement élastique et souple et j'ai tout de suite vu que je tomberais dès que j'y mettrais les pieds.

« *Biko*, il n'y a pas un ascenseur, à la place ? » ai-je demandé. Au moins avais-je déjà pris une fois l'ascenseur grinçant du bureau de l'administration locale, celui qui tremblait une minute entière avant que les portes s'ouvrent.

« Parle anglais, il y a des gens derrière nous, a-t-il chuchoté en m'entraînant à l'écart, vers une vitrine de bijoux étincelants. Ascenseur, ça se dit *elevator* en Amérique, pas *lift*.

— D'accord. »

Il m'a emmenée à l'ascenseur — *elevator*, pas *lift* — et nous sommes allés à un rayon où s'alignaient des rangées de gros manteaux lourds. Il m'en a acheté un terne comme un jour sans soleil, à la doublure rembourrée de mousse, m'a-t-il semblé au toucher. Le manteau m'a paru assez grand pour en loger confortablement deux comme moi.

« L'hiver approche, a-t-il dit. C'est comme si tu étais dans un congélo, alors il te faut un manteau chaud.

— Merci.

— Ça vaut toujours mieux de faire ses achats pendant les soldes. Quelquefois, tu trouves des choses à moins que moitié prix. Ça fait partie des merveilles de l'Amérique.

— *Ezi ọkwu ?* ai-je dit, m'empressant d'ajouter : Vraiment ?

— Viens, on va se promener dans le centre commercial. Il y a quelques-unes des autres merveilles de l'Amérique ici. »

On a marché, et fait des magasins qui vendaient des vêtements, des outils, de la vaisselle, des livres et des téléphones, jusqu'à ce que j'en aie mal à la plante des pieds.

Avant de partir, il m'a emmenée au McDonald's. Le restaurant était niché dans le fond de la galerie ; un M jaune et rouge de la taille d'une voiture se dressait à l'entrée. Sans regarder le menu qui était suspendu, mon mari a commandé deux Double Cheese.

« On pourrait rentrer à la maison, je pourrais cuisiner », ai-je dit. Tantie Ada m'avait mise en garde : « Ne laisse pas ton mari manger dehors trop souvent, sinon ça le poussera dans les bras d'une femme qui cuisine. Surveille toujours ton mari comme un œuf de pintade. »

« J'aime bien manger ça une fois de temps en temps », a-t-il dit. Il tenait le hamburger à deux mains et mastiquait avec une concentration qui lui faisait froncer les sourcils et crisper la mâchoire, ce qui lui donnait encore plus l'air d'un inconnu.

Le lundi j'ai préparé un riz coco, pour contrebalancer les repas pris dehors. J'aurais voulu faire du pépé-soupe, aussi, de celui qui, d'après tantie Ada, attendrit le cœur des hommes. Mais il m'aurait fallu les graines d'*uziza* que la douanière avait confisquées ; pas de pépé-soupe digne de ce nom sans *uziza*. J'ai acheté une noix de coco chez le Jamaïcain du bout de la rue et j'ai passé une heure à la découper en tout petits morceaux, parce qu'il n'y avait pas de râpe, ensuite je l'ai fait tremper dans de l'eau chaude pour en extraire le jus. Je venais de finir de cuisiner quand il est rentré. Il portait une sorte d'uniforme, un haut bleu qui avait l'air d'une blouse de fille, rentré dans un pantalon bleu noué à la taille.

« *Nno*, ai-je dit. Tu as bien travaillé ?

— Il faut que tu parles anglais à la maison aussi, *baby*. Pour t'habituer. » Il m'a effleuré la joue du bout des lèvres, et à ce moment-là la porte a sonné. C'était Shirley, enveloppée du même peignoir rose.

« Cette odeur, a-t-elle dit de sa voix enrhumée. Ça embaume dans tout l'immeuble. Qu'est-ce que vous cuisinez ?

— Du riz coco, ai-je répondu.

— Une recette de votre pays ?

— Oui.

— Ça sent vraiment bon. Notre problème, ici,

c'est que nous n'avons pas de culture, pas de culture du tout. » Elle s'est tournée vers mon mari tout neuf, comme si elle cherchait son accord, mais il s'est contenté de sourire. « Tu peux venir jeter un coup d'œil à mon climatiseur, Dave ? a-t-elle ajouté. Il me joue encore des tours et il fait tellement chaud, aujourd'hui.

— Bien sûr », a dit mon mari tout neuf.

Au moment où ils partaient, Shirley m'a fait signe de la main en disant : « Ça sent *vraiment* bon », et j'ai eu envie de l'inviter à prendre un peu de riz. Mon mari tout neuf est revenu une demi-heure plus tard et il a mangé le plat parfumé que j'ai déposé devant lui, en faisant même claquer ses lèvres, comme le faisait parfois oncle Ike pour montrer à tantie Ada combien il appréciait sa cuisine. Mais le lendemain, il est revenu avec un exemplaire de *Good Housekeeping — The All-American Cookbook*, gros comme une Bible.

« Je ne veux pas qu'on soit connus comme les voisins qui remplissent l'immeuble d'odeurs de cuisine étrangère », m'a-t-il dit.

J'ai pris le manuel de la parfaite ménagère américaine et passé la main sur la couverture, sur une image qui ressemblait à une fleur mais qui devait être un plat.

« Je sais que la cuisine américaine n'aura bientôt plus de secrets pour toi », a-t-il ajouté en m'attirant doucement contre lui. Cette nuit-là, j'ai pensé au livre de cuisine pendant qu'il grognait et ahanait, allongé lourdement sur moi. Une autre chose que les marieuses ne vous disent pas : le combat que c'est, de colorer du bœuf à l'huile et de fariner du poulet sans sa peau. J'avais toujours fait cuire le bœuf dans ses sucs. Quant au poulet, je l'avais toujours poché sans toucher à sa peau. Les jours suivants, je me suis trouvée bien contente que mon mari quitte la maison pour son travail à six heures du matin et n'en revienne qu'après huit heures du soir ; ça me laissait le temps de jeter les morceaux de poulet collants et à moitié cuits, et de recommencer.

La première fois que j'ai vu Nia, qui habitait au 2D, je me suis dit que c'était le genre de femme que tantie Ada aurait désapprouvée. Tantie Ada l'aurait traitée d'*ashawo,* à cause de son haut transparent qui laissait entrevoir un soutien-gorge d'une couleur qui n'était pas assortie. À moins que tantie Ada n'ait jugé que Nia était une prostituée en raison de son rouge à lèvres orange brillant et du fard, du même ton que le rouge à lèvres, étalé sur ses paupières lourdes.

« Salut, m'a-t-elle dit quand je suis descendue prendre le courrier. Tu es la femme de Dave. Je voulais venir te dire bonjour. Je m'appelle Nia.

— Merci. Je m'appelle Chinaza… Agatha. »

Nia m'observait avec attention.

« Qu'est-ce que tu as dit en premier ?

— Mon nom nigérian.

— C'est un nom ibo, n'est-ce pas ? » Elle prononçait « i-bou ».

« Oui.

— Qu'est-ce que ça veut dire ?

— Dieu exauce les prières.

— C'est vraiment joli. Tu sais, Nia est un nom swahili. J'ai changé de prénom à dix-huit ans. J'ai passé trois ans en Tanzanie. Putain, c'était puissant.

— Ah », ai-je dit en secouant la tête. Elle qui était noire américaine s'était choisi un nom africain, alors que mon mari me faisait prendre un nom anglais.

« Tu dois crever d'ennui dans cet appart, je sais que Dave rentre assez tard, a-t-elle dit. Viens prendre un Coca chez moi. »

J'ai hésité, mais Nia se dirigeait déjà vers l'escalier. Je l'ai suivie. Son living-room était d'une élégance sobre : un canapé rouge, une plante verte élancée, un immense masque en bois accroché au mur. Elle m'a offert un Coca light dans un grand verre avec des glaçons, m'a demandé comment je m'adaptais à la vie en Amérique, m'a proposé de me faire visiter Brooklyn.

« Mais il faudrait que ce soit un lundi, je ne travaille pas le lundi.

— Qu'est-ce que tu fais ?

— J'ai un salon de coiffure.

— Tu as des cheveux superbes », lui ai-je dit.

Elle les a touchés en disant « Oh, ça », comme si elle n'y attachait pas d'importance. Mais ce n'était pas seulement ses cheveux, relevés en touffe afro naturelle, que je trouvais beaux, c'était aussi sa peau couleur de cacahouètes grillées, ses yeux mystérieux aux paupières lourdes, ses hanches rondes. Elle avait mis la musique un peu trop fort, ce qui nous obligeait à hausser la voix.

« Tu sais, a-t-elle repris, ma sœur est gérante chez Macy's. Ils embauchent des vendeurs non qualifiés au rayon femmes, alors si ça t'intéresse, je peux lui en toucher un mot et c'est presque comme si c'était fait. Elle me doit un service. »

J'ai senti quelque chose bondir à l'intérieur de moi à la pensée, cette pensée nouvelle et soudaine, de gains qui seraient à moi. À moi.

« Je n'ai pas encore mon permis de travail, ai-je dit.

— Mais Dave a fait la demande pour toi ?

— Oui.

— Ça ne devrait pas prendre très longtemps ; tu devrais l'avoir avant l'hiver, en tout cas. J'ai une amie d'Haïti qui vient de recevoir le sien. Tiens-moi au courant dès que tu l'auras.

— Merci. » J'avais envie d'embrasser Nia. « Merci. »

Ce soir-là, j'ai parlé de Nia à mon mari tout neuf. Il avait les yeux creusés par la fatigue, après tant d'heures de boulot, et il a dit « Nia ? » comme s'il ne savait pas de qui je parlais, avant d'ajouter : « Elle est sympa, mais fais attention parce qu'elle peut avoir une mauvaise influence. »

Nia a pris l'habitude de passer me voir en rentrant du travail, une cannette de Coca light à la main, qu'elle buvait en me regardant cuisiner. Je coupais la clim et j'ouvrais la fenêtre pour laisser entrer l'air chaud et lui permettre de fumer. Elle me parlait des femmes qui venaient à son salon de coiffure et des hommes avec qui elle sortait. Elle émaillait sa conversation quotidienne de mots tels que le substantif « clitoris » et le verbe « baiser ». J'aimais l'écouter. J'aimais son sourire qui découvrait une dent impeccablement cassée, privée d'un triangle bien net au bord. Elle partait toujours avant le retour à la maison de mon mari tout neuf.

L'hiver m'a prise par surprise. Un matin, je suis sortie de l'immeuble et j'en suis restée bouche bée. On aurait dit que Dieu déchiquetait des mouchoirs en papier blancs et jetait les confettis d'en haut. Je suis restée debout à regarder ma première neige, les flocons qui tourbillonnaient, pendant un long, long moment, avant de retourner à l'appartement. J'ai récuré le sol de la cuisine une seconde fois, découpé d'autres bons dans le catalogue Key Food que nous recevions par le courrier, et je suis allée m'asseoir près de la fenêtre pour regarder la frénésie croissante des déchiquetages de Dieu. L'hiver était arrivé et j'étais toujours sans emploi. Ce soir-là, quand mon mari est rentré, j'ai déposé devant lui son assiette de poulet pané et de frites et je lui ai dit : « Je pensais que j'aurais déjà reçu mon permis de travail, à la date d'aujourd'hui. »

Il a mangé quelques-unes de ses frites huileuses avant de répondre. Nous ne parlions plus que l'anglais entre nous, à présent ; il ignorait que je parlais ibo toute seule quand je faisais la cuisine et que j'avais appris à Nia à dire « J'ai faim » et « À demain » en ibo.

« L'Américaine que j'ai épousée pour avoir ma

carte verte me fait des ennuis », a-t-il dit. Puis il a déchiré lentement un morceau de poulet en deux. Il avait des poches sous les yeux. « Notre divorce était presque prononcé, mais pas complètement, quand je t'ai épousée au Nigeria. Juste un détail, seulement elle l'a appris et maintenant elle menace de me dénoncer à l'Immigration. Elle réclame plus d'argent.

— Tu as été marié ? » J'ai entrelacé les doigts car mes mains s'étaient mises à trembler.

« Tu me passes ça, s'il te plaît ? a-t-il dit en montrant le citron pressé que j'avais préparé plus tôt.

— La carafe ?

— La cruche. Les Américains disent cruche, pas carafe. »

J'ai poussé la carafe (la cruche) dans sa direction. Le martèlement qui vibrait dans ma tête était fort, il remplissait mes oreilles d'un liquide brûlant.

« Tu as été marié ?

— Juste sur le papier. On est beaucoup de Nigérians à faire ça, ici. C'est une transaction ; tu paies la femme et vous faites les papiers ensemble, mais il arrive que ça se passe mal et qu'elle refuse de divorcer ou décide de te faire chanter. »

J'ai tiré vers moi le tas de bons d'achat et je me suis mise à les déchirer en deux, l'un après l'autre.

« Ofodile, tu aurais dû m'en informer plus tôt.

— J'allais te le dire, a-t-il fait en haussant les épaules.

— Je méritais de le savoir avant qu'on se marie. » Je me suis enfoncée dans la chaise en face de lui, lentement, comme si elle allait casser si je ne le faisais pas.

« Ça n'aurait rien changé. Ton oncle et ta tante avaient déjà décidé. Tu allais dire non à des gens qui se sont occupés de toi depuis la mort de tes parents ? »

Je l'ai dévisagé en silence, tout en déchiquetant les bons en morceaux de plus en plus petits ; des images fragmentées de détergents, de paquets de viande et d'essuie-tout tombaient par terre.

« En plus, vu la pagaille qui règne au pays, qu'est-ce que tu aurais fait ? a-t-il demandé. Vrai ou faux qu'il y a des gens qui ont des masters et qui battent le pavé sans boulot ? » Il parlait d'une voix blanche.

« Pourquoi m'as-tu épousée ? ai-je demandé.

— Je voulais une femme nigériane et ma mère m'a dit que tu étais une brave fille, une fille calme. Elle m'a dit que tu étais peut-être même vierge. » Il a souri. Il avait l'air encore plus fatigué quand il souriait. « Je devrais sans doute lui dire ô combien elle se trompait. »

J'ai jeté d'autres bons d'achat par terre, serré fort les mains et enfoncé les ongles dans ma peau.

« J'ai été content quand j'ai vu ta photo, a-t-il ajouté en faisant claquer ses lèvres. Tu avais la peau claire. Il fallait que je pense au physique de mes enfants. Les Noirs à la peau claire s'en sortent mieux en Amérique. »

Je l'ai regardé manger le reste de son poulet

pané et j'ai remarqué qu'il n'attendait pas d'avoir fini de mastiquer pour boire son eau.

Ce soir-là, pendant qu'il prenait sa douche, j'ai mis seulement les vêtements qu'il ne m'avait pas achetés, deux boubous brodés et un caftan, tous trois hérités de tantie Ada, dans la valise en plastique que j'avais apportée du Nigeria, et je suis allée chez Nia.

Nia m'a fait du thé, avec du lait et du sucre, et s'est assise avec moi à sa table ronde, entourée de trois tabourets hauts.

« Si tu veux appeler ta famille au pays, tu peux le faire d'ici. Reste aussi longtemps que tu veux au téléphone, je demanderai un paiement échelonné à Bell Atlantic.

— Je n'ai personne à qui parler au pays », ai-je dit en fixant le visage en forme de poire de la sculpture sur l'étagère en bois. Ses yeux creux me rendaient mon regard.

« Et ta tante ? » a demandé Nia.

J'ai secoué la tête. Tu as quitté ton mari ? hurlerait tantie Ada. Tu es folle ou quoi ? Est-ce qu'on jette un œuf de pintade ? Sais-tu combien de femmes donneraient leurs deux yeux pour un docteur en Amérique ? Pour n'importe quel mari ? Et oncle Ike s'emporterait contre mon ingratitude et ma stupidité, le poing et le visage contractés, avant de lâcher le combiné.

« Il aurait dû t'avertir pour le mariage, mais ce n'était pas un vrai mariage, Chinaza, a dit Nia. J'ai lu dans un livre qu'on ne tombe pas amoureux, on “monte en amour”. Peut-être que si tu laissais le temps au temps…

— Il ne s’agit pas de ça.

— Je sais, a dit Nia en soupirant. J’essayais juste d’être positive, là, tu vois. Tu avais quelqu’un au Nigeria ?

— J’ai eu quelqu’un, mais il était trop jeune et il n’avait pas d’argent.

— Putain, ça craint. »

J’ai remué mon thé qui n’en avait pourtant pas besoin.

« Je me demande pourquoi mon mari avait besoin de se trouver une femme au Nigeria.

— Tu ne dis jamais son nom, tu ne dis jamais Dave. C’est un truc culturel ?

— Non. » J’ai baissé le regard sur le set de table en tissu imperméabilisé. J’avais envie de dire que c’était parce que je ne connaissais pas son nom, que je ne le connaissais pas.

« Est-ce que tu as rencontré la femme qu’il avait épousée ? Ou est-ce que tu as connu aucune de ses copines ? » ai-je demandé.

Nia a détourné la tête. Le genre de mouvement de tête théâtral qui en dit long, du moins qui veut en dire long. Le silence s’est installé entre nous.

« Nia ? ai-je fini par demander.

— Je me le suis fait, il y a presque deux ans, quand il a emménagé ici. Je me le suis fait et au bout d’une semaine c’était fini. On n’est jamais sortis ensemble. Je ne lui ai jamais vu de copine.

— Ah. » J’ai bu quelques gorgées de mon thé au lait sucré.

« Il fallait que je sois franche avec toi, que je déballe tout.

— Oui. » Je me suis levée pour regarder par la fenêtre. Dehors, le monde semblait momifié sous un drap de blancheur morte. Il y avait sur les trottoirs des tas de neige hauts comme des enfants de six ans.

« Tu peux attendre d'avoir tes papiers et ensuite tu te casses, a dit Nia. Tu peux demander des allocations le temps de t'organiser, et ensuite, tu te trouves un boulot et un appart, tu gagnes ta vie, tu recommences à zéro. On est aux États-Unis d'Amérique, bordel de Dieu ! »

Nia m'a rejointe près de la fenêtre. Elle avait raison. Je ne pouvais pas encore partir. Le lendemain soir, j'ai retraversé le couloir dans l'autre sens. J'ai sonné à la porte et il a ouvert, s'est écarté et m'a laissée passer.

DEMAIN EST TROP LOIN

C'était le dernier été que tu avais passé au Nigeria, l'été d'avant le divorce de tes parents, avant que ta mère jure que tu ne remettrais plus jamais les pieds au Nigeria pour voir la famille de ton père, et surtout pas Grandmama. Tu te souviens distinctement de la chaleur de cet été, même maintenant, dix-huit ans plus tard — la tiède moiteur du jardin de Grandmama, un jardin aux arbres si nombreux que le câble du téléphone se prenait dans les feuilles, que des branches différentes se mêlaient et qu'on voyait parfois des mangues aux anacardiers et des goyaves aux manguiers. L'épais tapis de feuilles en décomposition était détrempé sous tes pieds nus. L'après-midi, des abeilles bordées de jaune bourdonnaient au-dessus vos têtes, à ton frère Nonso, ton cousin Dozie et toi, et le soir, le seul que Grandmama autorisait à grimper aux arbres pour secouer une branche bien chargée était ton frère Nonso, alors que tu grimpais mieux que lui. Une pluie de fruits tombaient, des avocats, des noix de cajou, des goyaves, et avec ton cousin Dozie, vous en remplissiez de vieux seaux.

C'était l'été où Grandmama avait appris à Nonso à cueillir les noix de coco. C'était dur de grimper aux cocotiers, si hauts et si peu garnis de branches, et Grandmama avait donné à Nonso un long bâton en lui montrant comment faire tomber les cosses à l'épaisse écorce. À toi elle ne l'avait pas montré, parce qu'elle disait que les filles ne cueillaient pas les noix de coco. Grandmama cassait les noix de coco contre une pierre, avec soin, pour que le lait aqueux reste dans la moitié du bas, qui formait une tasse aux bords en dents de scie. Tout le monde avait droit à une gorgée de ce lait rafraîchi par le vent, même les enfants du bout de la rue qui venaient jouer avec vous, et Grandmama présidait au rituel du partage en veillant à ce que Nonso boive en premier.

C'était l'été où tu avais demandé à Grandmama pourquoi Nonso buvait en premier alors que Dozie avait treize ans, un an de plus que Nonso, et où Grand-mama avait répondu que Nonso était le seul fils de son fils, celui qui perpétuerait le nom des Nnabuisi, contrairement à Dozie qui n'était qu'un *nwadiana*, un fils de sa fille. C'était l'été où tu avais trouvé une mue de serpent sur la pelouse, intacte et transparente comme un bas très fin, et Grandmama t'avait dit que le serpent s'appelait l'*echi eteka*, « Demain est trop loin ». Une seule morsure, avait-elle dit, et en dix minutes tout était fini.

Ce n'était pas l'été où tu étais tombée amoureuse de ton cousin Dozie, par contre, parce que cela, ça remontait à quelques étés, lorsqu'il avait dix ans et toi sept, que vous vous étiez faufilés tous les deux dans le recoin minuscule derrière le garage de ta grand-mère, et qu'il avait essayé de faire entrer ce que vous appeliez tous les deux sa « banane » dans ce que vous appeliez tous les deux ta « tomate », sans trop savoir ni l'un ni l'autre où était le bon trou. Mais c'était l'été où tu avais eu des poux, et où ton cousin Dozie et toi aimiez fouiller dans tes épais cheveux pour y repêcher les minuscules insectes noirs et les écraser entre vos ongles, en vous amusant du crépitement de leurs ventres gorgés de sang ; l'été où ta haine pour ton frère Nonso avait pris une telle ampleur que tu la sentais te pincer les narines, et où ton amour pour ton cousin Dozie se dilata et t'enveloppa comme une seconde peau.

C'était l'été où tu vis un manguier se fendre en deux moitiés presque parfaites pendant un orage où les éclairs déchiraient des lignes de feu dans le ciel.

C'était l'été où Nonso est mort.

Grandmama ne l'appelait pas l'été. Personne, au Nigeria. C'était le mois d'août, coincé entre la saison des pluies et celle de l'harmattan. Il pouvait pleuvoir à verse toute la journée, une pluie argentée qui éclaboussait la véranda où Nonso, Dozie et toi chassiez les moustiques et mangiez des épis de maïs grillés ; ou bien il y avait un soleil aveuglant et vous faisiez la planche dans la citerne que Grandmama avait sciée en deux, votre piscine de fortune. Le jour de la mort de Nonso, il faisait doux ; une petite bruine le matin, un soleil tiède l'après-midi et le soir, la mort de Nonso. Grandmama avait hurlé contre lui — contre son corps inerte — en disant *i laputago m*, qu'il l'avait trahie, en lui demandant qui allait perpétuer le nom des Nnabuisi à présent, qui allait protéger la lignée familiale.

Les voisins étaient venus en l'entendant. C'était la femme de la maison d'en face — celle dont le chien fouillait dans les poubelles de Grandmama le matin — qui avait tiré de tes lèvres paralysées le numéro de téléphone américain et appelé ta mère. C'était également cette voisine qui avait desserré vos mains, à Dozie et toi, qui vous avait fait asseoir et boire un peu d'eau. La voisine essaya aussi de te retenir près d'elle pour que tu n'entendes pas Grandmama parler au téléphone avec ta mère, mais tu lui avais échappé pour te rapprocher de l'appareil. Grandmama et ta mère se préoccupaient du corps de Nonso, plutôt que de sa mort. Ta mère voulait à tout prix que le corps de Nonso soit immédiatement rapatrié en Amérique, et Grand-mama répétait les paroles de ta mère en secouant la tête. La folie guettait dans ses yeux.

Tu savais que Grandmama n'avait jamais aimé ta mère. (Tu avais entendu Grandmama le dire à son amie quelques étés plus tôt : Cette Noire américaine a lié mon fils et l'a mis dans sa poche.) Mais en regardant Grandmama au téléphone, tu compris qu'elles étaient unies, ta mère et elle. Tu étais sûre que ta mère avait la même folie rouge dans les yeux.

Lorsque tu parlas à ta mère, sa voix résonna au bout du fil comme jamais, de toutes ces années où Nonso et toi aviez passé l'été chez Grandmama. Est-ce que tu vas bien ? n'arrêtait-elle pas de te demander. Est-ce que tu vas bien ? Il y avait de la crainte dans sa voix, comme si elle te soupçonnait d'aller bien, effectivement, malgré la mort de Nonso. Tu jouais avec le fil du téléphone et ne répondais pas grand-chose. Elle dit qu'elle allait prévenir ton père, bien qu'il fût quelque part dans les bois, à un festival d'Arts noirs où il n'y avait ni radio ni téléphone. Finalement, elle poussa un sanglot rauque, un sanglot qui ressemblait à un aboiement, avant de te dire que tout irait bien et qu'elle allait prendre des dispositions pour faire rapatrier le corps de Nonso par avion. Cela te rappela son rire, un rire grave en *ho ho ho* qui partait du creux de son ventre, ne s'adoucissait pas en montant et ne s'accordait pas du tout avec son corps svelte. Lorsqu'elle allait dans la chambre de Nonso pour lui dire bonne nuit, elle en ressortait toujours en riant comme ça. Le plus souvent, tu plaquais les paumes de tes mains contre tes oreilles pour bloquer le son de ce rire, et tu gardais les mains plaquées contre tes oreilles même quand elle entrait dans ta chambre pour te dire : Bonne nuit, ma chérie, dors bien. Elle ne quittait jamais ta chambre en riant comme ça.

Après le coup de téléphone, Grandmama s'allongea par terre sur le dos, les yeux grands ouverts, et se mit à rouler d'un côté et de l'autre, comme si elle se livrait à on ne sait quel jeu idiot. Elle dit que c'était mal de rapatrier le corps de Nonso en Amérique, que son esprit errerait toujours ici. Il appartenait à cette terre dure qui n'avait pas su amortir sa chute. Il appartenait à ces arbres, dont l'un l'avait lâché. Assise, tu l'observas en souhaitant d'abord qu'elle se lève et te prenne dans ses bras, puis en souhaitant qu'elle s'abstienne.

Dix-huit ans se sont écoulés et les arbres du jardin de Grandmama paraissent inchangés ; ils tendent toujours les branches les uns vers les autres et s'enlacent toujours, ils projettent toujours des ombres dans le jardin. Le reste, en revanche, semble plus petit : la maison, le jardin de derrière, la citerne cuivrée par la rouille. Même la tombe de Grandmama dans le jardin de derrière a l'air minuscule, et tu imagines qu'on a chiffonné son corps pour le faire tenir dans un petit cercueil. La tombe est recouverte d'une fine couche de ciment ; la terre, tout autour, a été fraîchement creusée et, debout à côté de la tombe, tu la vois d'ici dix ans, négligée, étouffant sous les mauvaises herbes qui recouvriront le ciment.

Dozie t'observe. À l'aéroport, il t'avait embrassée avec retenue et t'avait souhaité la bienvenue en disant que c'était une grande surprise que tu reviennes, et tu avais longuement regardé son visage, dans ce hall plein de monde aux pas traînants, jusqu'à ce qu'il finisse par détourner ses yeux, bruns et tristes comme ceux du caniche de ton amie. Tu n'avais pas besoin de ce regard, cependant, pour savoir que le secret de la mort de Nonso était bien gardé avec Dozie, qu'il avait toujours été bien gardé avec Dozie. Dans la voiture, en route pour la maison de Grandmama, il te demanda des nouvelles de ta mère, et tu lui dis qu'elle vivait en Californie, maintenant ; tu ne précisas pas que c'était dans une communauté, parmi des gens au crâne rasé qui avaient des piercings aux seins, ni que lorsqu'elle t'appelait, tu raccrochais toujours avant qu'elle ait fini de parler.

Tu te diriges vers l'avocatier. Dozie t'observe toujours et tu le regardes en essayant de te souvenir de l'amour qui te remplissait si fort, jusqu'à t'engorger, cet été de tes dix ans, qui t'avait fait t'agripper à la main de Dozie l'après-midi qui avait suivi la mort de Nonso, quand sa mère, ta tantie Mgbechibelije, était venue le chercher. Il y a un chagrin doux dans les rides qui strient son front, une mélancolie dans sa posture, bras le long du corps. Tu te demandes soudain s'il était habité par un désir, lui aussi, comme toi. Tu n'as jamais su ce qu'il y avait derrière son sourire calme, derrière ces fois où il restait tellement immobile que les mouches à fruits se perchaient sur ses bras, derrière les images qu'il te donnait et les oiseaux qu'il gardait dans une cage en carton et choyait jusqu'à ce qu'ils meurent. Tu te demandes si ça lui faisait quelque chose d'être le mauvais petit-fils, celui qui ne portait pas le nom des Nnabuisi.

Tu tends la main pour toucher le tronc de l'avocatier ; juste à ce moment Dozie ouvre la bouche et tu sursautes parce que tu penses qu'il va évoquer la mort de Nonso, mais il te dit qu'il n'aurait jamais imaginé que tu reviennes dire au revoir à Grandmama parce qu'il savait à quel point tu la détestais. Ce mot, « détester », flotte entre vous deux comme une accusation. Tu as envie de dire que lorsqu'il t'a appelée à New York, que tu as entendu sa voix pour la première fois depuis dix-huit ans, qui t'apprenait que Grandmama était morte — j'ai pensé que tu voudrais le savoir, furent ses mots —, tu t'es appuyée à ton bureau, les jambes en coton, dans l'effondrement de toute une vie de silence, et ce n'est pas à Grandmama que tu as pensé, c'est à Nonso et c'est à lui, Dozie, et c'est à l'avocatier et c'est à cet été humide du royaume amoral de ton enfance et c'est à toutes les choses auxquelles tu ne t'étais pas autorisée à repenser, que tu avais aplaties en une mince feuille et fait disparaître dans un coin.

Mais tu ne dis rien et te contentes d'enfoncer profondément les paumes dans le tronc rugueux de l'arbre. La douleur t'apaise. Tu te souviens quand vous mangiez ces avocats ; tu aimais le tien avec du sel, Nonso le préférait sans, et Grandmama claquait toujours la langue et déclarait que tu ne savais pas ce qui était bon, quand tu disais que l'avocat sans sel t'écœurait.

À l'enterrement de Nonso, dans un cimetière froid de Virginie où les pierres tombales se dressaient avec obscénité, ta mère était vêtue de la tête aux pieds de noir délavé, portant même une voilette, et cela illuminait sa peau couleur cannelle. Ton père se tenait à l'écart, loin de vous deux, dans son habituel *dashiki*, des cauris blanc crème autour du cou. Il avait l'air de ne pas faire partie de la famille, d'être l'un des invités qui reniflaient bruyamment et qui, plus tard, avaient demandé à ta mère d'une voix feutrée comment Nonso était mort, au juste, comment il avait pu tomber d'un des arbres auxquels il grimpait depuis qu'il savait marcher.

Ta mère ne leur dit rien, à tous ces gens qui posaient des questions. Elle ne te dit rien à toi non plus, au sujet de Nonso, même quand elle vida sa chambre et emballa ses affaires. Elle ne te demanda pas si tu voulais garder quoi que ce soit, et tu en fus soulagée. Tu ne voulais d'aucun de ses livres portant son écriture, plus régulière, disait ta mère, que des phrases tapées à la machine. Tu ne voulais pas de ses photos de pigeons au jardin public, tellement prometteuses, disait ton père, pour un enfant. Tu ne voulais pas de ses peintures, qui étaient de simples copies de celles de ton père, mais dans des couleurs différentes. Ni de ses vêtements. Ni de sa collection de timbres.

Ta mère finit par évoquer Nonso trois mois après l'enterrement, quand elle t'annonça leur divorce. Elle dit que leur divorce n'avait rien à voir avec Nonso, que cela faisait déjà longtemps qu'elle et ton père s'éloignaient l'un de l'autre. (Ton père était à Zanzibar, à ce moment-là ; il était parti juste après l'enterrement de Nonso.) Puis ta mère te posa la question : Comment Nonso est-il mort ?

Tu te demandes encore comment les mots sont sortis de ta bouche. Tu ne reconnais toujours pas l'enfant aux yeux clairs que tu étais. Peut-être fut-ce à cause de sa façon de dire que le divorce n'avait rien à voir avec Nonso — comme si Nonso était le seul capable de constituer une raison, comme si tu n'étais pas dans la course. Ou peut-être était-ce simplement que tu ressentais ce désir brûlant qu'il t'arrive encore parfois de ressentir, le besoin de lisser les rides, d'aplatir les choses que tu trouves trop cahoteuses.

Tu dis à ta mère, avec juste ce qu'il fallait de réticence dans la voix, que Grandmama avait demandé à Nonso de grimper à la plus haute branche de l'avocatier pour lui montrer qu'il était un homme, un vrai. Ensuite elle l'avait effrayé — c'était une plaisanterie, assuras-tu à ta mère — en lui disant qu'il y avait un serpent, l'*echi eteka,* à côté de lui sur la branche. Elle lui demanda de ne pas bouger. Il bougea, bien sûr, et tomba de la branche, et quand il toucha le sol, cela fit le bruit d'un grand nombre de fruits tombant d'un coup. Un plaf sourd et définitif. Grandmama était restée immobile à le regarder, puis elle s'était mise à lui crier après, comme quoi il était le seul fils, il avait trahi la lignée en mourant, les ancêtres seraient mécontents. Il respirait encore, dis-tu à ta mère. Il respirait encore après sa chute, mais Grandmama était restée plantée là et avait crié sur son corps brisé jusqu'à ce qu'il meure.

Ta mère se mit à hurler. Et tu te demandas si les gens poussaient ce type de hurlements hystériques lorsqu'ils venaient juste de décider de rejeter la vérité. Elle savait bien que Nonso s'était cogné la tête contre une pierre et qu'il était mort sur le coup — elle avait vu son corps, vu son crâne brisé. Mais elle décida de croire que Nonso était encore vivant après sa chute. Elle pleura, hurla et maudit le jour où elle avait posé les yeux sur ton père, à la première exposition qu'il donnait de son travail. Puis elle l'appela, et tu l'entendis crier au téléphone : C'est la faute de ta mère ! Elle l'a fait paniquer et il est tombé ! Elle aurait pu faire quelque chose après mais elle est restée plantée là, comme la stupide Africaine à amulettes qu'elle est, et elle l'a laissé mourir !

Ton père te parla ensuite et dit qu'il comprenait que c'était très dur pour toi, mais que tu devais faire attention à ce que tu disais pour ne pas causer plus de peine encore. Et tu réfléchis à ses paroles — fais attention à ce que tu dis — en te demandant s'il savait que tu mentais.

Cet été d'il y a dix-huit ans, ce fut l'été de ta première réalisation de soi. L'été où tu compris qu'il fallait qu'il arrive quelque chose à Nonso pour que tu puisses survivre. À dix ans déjà, tu savais que certaines personnes peuvent prendre trop d'espace par le simple fait qu'elles sont ; que par leur simple existence, certaines personnes peuvent en étouffer d'autres. L'idée de faire peur à Nonso avec l'*echi eteka* était entièrement tienne. Mais tu avais expliqué à Dozie que vous aviez tous les deux besoin qu'il arrive quelque chose à Nonso — l'estropier peut-être, ou lui tordre les jambes. Tu voulais gâcher la perfection de son corps agile, le rendre moins attachant, moins capable de faire tout ce qu'il faisait. Moins capable d'envahir ton espace. Dozie ne dit rien, mais il te dessina avec des yeux en forme d'étoiles.

Grandmama cuisinait dans la maison et Dozie était debout en silence près de toi, vos épaules se touchaient, quand tu suggéras à Nonso de grimper au sommet de l'avocatier. Il fut facile à convaincre ; il te suffit de lui rappeler que c'était toi qui grimpais le mieux de vous deux. Et c'était vraiment toi qui grimpais le mieux, tu pouvais monter au sommet d'un arbre, n'importe lequel, en quelques secondes — tu faisais mieux les choses qui ne s'enseignent pas, les choses que Grand-mama ne pouvait pas lui montrer. Tu lui demandas de passer en premier pour voir s'il pouvait arriver à la dernière branche, tout en haut de l'avocatier, et tu suivrais. Les branches n'étaient pas solides, et Nonso plus lourd que toi. Lourd de tout ce que Grandmama lui faisait manger. Mange un peu plus, lui disait-elle souvent. Pour qui crois-tu que je l'ai préparé ? Comme si tu n'étais pas là. Parfois elle te tapotait le dos et te disait en ibo : C'est bien, tu apprends, *nne*, c'est comme ça que tu t'occuperas de ton mari un jour.

Nonso grimpa à l'arbre. De plus en plus haut.

Tu attendis qu'il ait presque atteint le sommet, que ses jambes hésitent à gravir encore quelques centimètres. Tu attendis ce court moment où il se trouva entre deux mouvements. Un moment ouvert, un moment où tu vis le bleu de toute chose, de la vie elle-même — l'azur pur d'un des tableaux de ton père, des chances qui s'offrent, d'un ciel lavé par une averse matinale. Et alors tu crias : « Un serpent ! C'est l'*echi eteka* ! Un serpent ! » Tu hésitais entre dire que le serpent était sur une branche proche de lui, ou qu'il remontait le long du tronc. Mais cela n'eut pas d'importance parce que, pendant ces quelques secondes, Nonso te regarda et lâcha prise, ses pieds glissèrent, ses bras se dénouèrent. À moins que l'arbre n'ait éjecté Nonso, tout simplement.

Tu ne te rappelles pas combien de temps tu es restée à regarder Nonso avant d'aller chercher Grandmama, Dozie silencieux à tes côtés tout du long.

Le mot de Dozie — « détester » — te tourne dans la tête à présent. Détester, détester, détester. Ce mot fait que tu as du mal à respirer, tout comme tu avais du mal à respirer quand tu attendais, dans les mois qui suivirent la mort de Nonso, que ta mère remarque que tu avais la voix pure comme de l'eau et les jambes comme des élastiques, que ta mère termine ses visites du soir dans ta chambre sur ce rire grave en *ho ho ho*. Au lieu de quoi, elle te serrait dans ses bras avec trop de précaution quand elle te disait bonne nuit et ne parlait plus qu'en murmures, et tu t'étais mise à faire semblant de tousser ou d'éternuer pour éviter ses baisers. Année après année quand elle vous trimbalait d'un État à l'autre, allumant des bougies rouges dans sa chambre, interdisant la moindre allusion au Nigeria ou à Grandmama, refusant de te laisser voir ton père, elle ne rit plus jamais de ce rire.

Dozie parle, à présent ; il te dit qu'il a commencé à rêver de Nonso il y a quelques années, que dans ces rêves Nonso est plus âgé et plus grand que lui, et tu entends des fruits tomber d'un arbre proche et tu lui demandes sans te retourner : Qu'est-ce que tu voulais, cet été-là, qu'est-ce que tu voulais ?

Tu ne sais pas à quel moment Dozie se déplace, à quel moment il vient derrière toi, si près que tu lui sens une odeur d'agrume, peut-être qu'il a épluché une orange et ne s'est pas lavé les mains après. Il te retourne face à lui et te regarde et tu le regardes et vois de fines rides sur son front et une dureté nouvelle dans ses yeux. Il te dit qu'il ne lui était pas venu à l'esprit de vouloir parce que ce qui comptait, c'était ce que tu voulais, toi. Suit un long silence pendant lequel tu observes la colonne de fourmis noires qui monte le long du tronc, chacune porteuse d'un petit duvet blanc, dessinant un motif noir et blanc. Il te demande si tu as fait le même genre de rêves que lui et tu dis que non, en évitant son regard, et il se détourne de toi. Tu veux lui parler de la douleur dans ta poitrine, du vide dans tes oreilles et de l'air qui s'est troublé, après son appel téléphonique, des portes ouvertes d'un coup, des choses aplaties qui ont ressurgi, mais il s'éloigne. Et tu pleures, debout seule sous l'avocatier.

L'HISTORIENNE OBSTINÉE

De longues années après la mort de son mari, Nwamgba fermait toujours les yeux de temps à autre pour revivre ses visites nocturnes à sa case et leurs lendemains matin où elle allait à la rivière en fredonnant, repensant à son odeur de fumée, à la fermeté de son poids, à tous ces secrets qu'elle partageait avec elle-même, se sentant comme entourée de lumière. D'autres souvenirs d'Obierika demeuraient nets — ses doigts boudinés, recourbés sur sa flûte le soir quand il jouait ; sa joie lorsqu'elle déposait ses bols de nourriture devant lui ; son dos en sueur lorsqu'il revenait chargé de paniers d'argile fraîche pour sa poterie. Dès l'instant où elle l'avait vu pour la première fois à un match de lutte au cours duquel ils n'avaient cessé de se regarder, tous les deux trop jeunes, elle-même qui ne portait pas encore le pagne de la menstruation, elle avait cru avec un entêtement tranquille que leurs *chis* à l'un et à l'autre les avaient destinés à se marier, aussi quand il se présenta à son père quelques années plus tard en apportant des pichets de vin de palme, accompagné des membres de sa famille, elle dit à sa mère que c'était l'homme qu'elle voulait épouser. Sa mère en fut atterrée. Nwamgba ne savait-elle pas qu'Obierika était enfant unique, et que feu son père avait été un enfant unique dont les nombreuses épouses avaient perdu des grossesses et enterré des bébés ? Peut-être que quelqu'un dans leur famille avait commis l'acte tabou de vendre une fille comme esclave, et qu'Ani, le dieu de la terre, leur infligeait ces malheurs en punition. Nwamgba ignora les paroles de sa mère. Elle se rendit dans l'*obi* de son père et lui dit qu'elle s'enfuirait de la maison d'un autre homme, quel qu'il soit, s'ils ne l'autorisaient pas à épouser Obierika. Son père la trouva épuisante, cette fille obstinée à la langue pointue, qui avait un jour jeté son frère au sol dans un combat. (Ce après quoi le père de Nwamgba avait interdit à tout le monde de laisser sortir de la concession la nouvelle que la fille avait mis à terre un garçon.) Lui aussi s'inquiétait de l'infertilité de la famille d'Obierika, mais ce n'était pas une mauvaise famille : feu le père d'Obierika avait reçu le titre d'*ozo* ; Obierika donnait déjà ses graines d'igname à des métayers. Nwamgba ne serait pas mal lotie en l'épousant. De plus, mieux valait qu'il la laisse partir avec l'homme qu'elle s'était choisi, et s'épargne ainsi des années d'ennuis quand elle reviendrait sans cesse à la maison, après s'être disputée avec sa belle-famille. Aussi il lui donna sa bénédiction, et elle sourit et l'appela par son nom honorifique.

Pour payer le prix de la mariée, Obierika était venu avec des cousins du côté de sa mère, Okafo et Okoye, qui étaient comme des frères pour lui. Nwamgba les détesta au premier regard. Elle lut dans leurs yeux une envie cupide cet après-midi-là, en les regardant boire du vin de palme dans l'*obi* de son père, et durant les années qui suivirent, années au fil desquelles Obierika reçut des titres, agrandit sa concession, vendit ses ignames à des étrangers qui venaient de loin, elle vit leur jalousie noircir. Mais elle les tolérait parce qu'ils comptaient pour Obierika, parce que Obierika faisait semblant de ne pas remarquer qu'ils ne travaillaient pas mais venaient lui demander des ignames et des poulets, parce qu'il voulait s'imaginer qu'il avait des frères. Ce furent eux qui le poussèrent, après la troisième fausse couche de Nwamgba, à prendre une autre femme. Obierika leur dit qu'il allait y réfléchir, mais lorsqu'il se retrouva seul avec elle dans sa case, la nuit, il lui dit qu'il était sûr qu'ils auraient une maison pleine d'enfants et qu'il ne prendrait pas d'autre épouse avant qu'ils soient vieux, pour avoir quelqu'un qui s'occupe d'eux. Elle trouvait cela bizarre de sa part, un homme prospère qui n'aurait qu'une seule femme, et se faisait plus de souci que lui pour leur absence d'enfant, et pour les chansons que les gens chantaient, aux paroles mélodieuses et méchantes : *Elle a vendu sa matrice. Elle lui a mangé le pénis. Il joue de la flûte et lui cède ses richesses.*

Un jour, lors d'une assemblée au clair de lune, sur la place pleine de femmes qui racontaient des histoires et apprenaient de nouvelles danses, un groupe de filles se mit à chanter en voyant Nwamgba, pointant leurs seins agressifs dans sa direction. Elle s'arrêta et leur demanda si elles voulaient bien chanter un peu plus fort, pour qu'elle puisse entendre les paroles et leur montrer alors qui des deux tortues était la plus grande. Elles se turent. Nwamgba eut plaisir à voir leur peur, à les voir battre en retraite devant elle, mais ce fut là qu'elle décida de trouver elle-même une épouse pour Obierika.

Nwamgba aimait aller à la rivière Oyi, dénouer son lappa et descendre la pente jusqu'au torrent argenté qui jaillissait d'un rocher. Les eaux de l'Oyi étaient plus fraîches que celles de l'autre rivière, l'Ogalanya, à moins qu'elle se sentît juste rassurée par le sanctuaire de la déesse Oyi, niché dans un coin : enfant, elle avait appris qu'Oyi était la protectrice des femmes, que c'était à cause d'elle qu'il ne fallait pas vendre les femmes comme esclaves. Son amie la plus proche, Ayaju, était déjà à la rivière, et tout en l'aidant à hisser son pot sur sa tête, Nwamgba lui demanda qui pourrait faire une bonne deuxième épouse pour Obierika.

Elles avaient grandi ensemble, Ayaju et elle, et s'étaient mariées avec des hommes du même clan. Ce qui les différenciait, cependant, c'était qu'Ayaju était descendante d'esclave ; son père avait été amené comme esclave à la suite d'une guerre. Ayaju n'aimait pas son mari, Okenwa, dont elle disait qu'il ressemblait à un rat et sentait le rat, mais ses perspectives de mariage avaient été limitées : aucun homme d'une famille libre ne serait venu demander sa main. Le corps d'Ayaju, rapide dans ses mouvements, tout en longueur, racontait ses nombreux voyages de commerce ; elle était même allée au-delà d'Onicha. C'était elle qui la première avait rapporté des récits sur les étranges coutumes des marchands igala et edo, elle qui parla la première des hommes à la peau blanche qui étaient arrivés à Onicha avec des miroirs, des tissus et les fusils les plus grands qu'on ait jamais vus dans ces régions. Ce caractère cosmopolite lui valait le respect, et c'était la seule descendante d'esclave à parler d'une voix forte au Conseil des femmes, la seule personne à avoir réponse à tout.

Elle suggéra donc rapidement, comme deuxième épouse pour Obierika, la jeune fille de la famille Okonkwo ; cette fille avait des hanches superbes et le sens du respect, rien à voir avec les jeunes filles d'aujourd'hui qui n'ont que des bêtises dans la tête. Sur le trajet du retour, Ayaju dit que Nwamgba devait peut-être faire comme d'autres femmes dans sa situation : prendre un amant et se faire enceinter pour perpétuer la lignée d'Obierika. Nwamgba répliqua sèchement car le ton d'Ayaju lui avait déplu, qui semblait suggérer qu'Obierika était impuissant, et comme en réponse à ses pensées, elle sentit un violent élancement dans son dos et comprit qu'elle était de nouveau enceinte, mais elle n'en dit rien parce qu'elle savait aussi qu'elle perdrait le bébé de nouveau.

Elle fit sa fausse couche quelques semaines plus tard, par caillots de sang qui roulèrent le long de ses jambes. Obierika la consola et suggéra qu'ils aillent voir Kisa, le célèbre oracle, dès qu'elle serait suffisamment rétablie pour faire le trajet d'une demi-journée. Après que le *dibia* eut consulté l'oracle, Nwamgba éprouva de la réticence à l'idée de sacrifier une vache entière ; Obierika avait des ancêtres avides, pour le moins. Mais ils procédèrent aux nettoyages rituels et aux sacrifices et lorsqu'elle lui suggéra d'aller voir la famille Okonkwo au sujet de leur fille, il différa tant et plus, jusqu'au jour où une autre douleur aiguë déchira le dos de Nwamgba ; quelques mois plus tard, couchée sur un tas de feuilles de bananier fraîchement lavées derrière sa case, elle peinait et poussait pour faire sortir le bébé.

Ils l'appelèrent Anikwenwa : Ani le dieu de la terre avait enfin accordé un enfant. Il était foncé de peau et bien bâti, et il avait la curiosité joyeuse d'Obierika. Ce dernier l'emmenait cueillir des plantes médicinales, ramasser de l'argile pour la poterie de Nwamgba, tuteurer des tiges d'igname à la ferme. Okafo et Okoye, les cousins d'Obierika, leur rendaient visite trop souvent. Ils s'extasiaient devant le talent d'Anikwenwa à la flûte, sa rapidité à apprendre les poèmes et les passes de combat que lui enseignait son père, mais Nwamgba voyait la lueur de malveillance que leurs sourires ne savaient cacher. Elle avait peur pour son enfant et son mari, et lorsque Obierika mourut — un homme qui buvait du vin de palme et riait avec entrain quelques instants avant de s'écrouler — elle sut qu'ils l'avaient tué à l'aide d'un médicament. Elle se cramponna à son cadavre jusqu'à ce qu'une voisine l'en détache à coups de gifles ; elle resta couchée dans les cendres froides des jours entiers, saccagea les motifs tracés au rasoir dans ses cheveux. La mort d'Obierika la plongeait dans un désespoir sans fin. Elle pensait souvent à la femme qui, à la mort de son dixième enfant de suite, était allée dans son jardin de derrière et s'était pendue à un colatier. Mais elle n'aurait rien fait de tel, à cause d'Anikwenwa.

Plus tard, elle regretta de ne pas avoir insisté pour que les cousins d'Obierika boivent son *mmili ozu* devant l'oracle. Nwamgba avait assisté à cela une fois ; à la mort d'un homme riche, sa famille avait exigé que son rival boive son *mmili ozu*. Nwamgba avait regardé la femme non mariée prendre une feuille d'arbre pleine d'eau, en effleurer le corps du mort sans cesser de prononcer des paroles solennelles, et donner cette tasse feuillue à boire à l'accusé. Il but. Tout le monde le regarda pour s'assurer qu'il avalait bel et bien, et un silence grave pesa dans l'air car tous savaient que s'il était coupable, il mourrait. Il mourut quelques jours plus tard, et ses proches courbèrent la tête de honte, et Nwamgba se sentit étrangement secouée par toute l'affaire. Elle aurait dû en exiger autant des cousins d'Obierika, mais elle s'était laissé aveugler par le chagrin et maintenant Obierika était enterré et c'était trop tard.

Les cousins, pendant les funérailles, prirent sa défense en ivoire en prétendant que les ornements qui accompagnaient les titres revenaient aux frères, et non aux fils. Lorsqu'ils vidèrent sa grange de ses ignames et emportèrent les chèvres adultes de son enclos, ce fut alors qu'elle leur tint tête en criant, et lorsqu'ils la bousculèrent, elle attendit le soir pour faire le tour du clan en chantant leur méchanceté et les calamités qui s'abattaient sur la terre quand on spoliait une veuve, jusqu'à ce que les anciens leur demandent de la laisser tranquille. Elle se plaignit auprès du Conseil des femmes, et vingt femmes allèrent de nuit chez Okafo et Okoye en brandissant des pilons, les sommant de laisser Nwamgba tranquille. Des membres de la classe d'âge d'Obierika leur dirent, eux aussi, de la laisser tranquille. Mais Nwamgba savait que ces cousins cupides n'arrêteraient jamais pour de bon. Elle rêvait de les tuer. Elle n'aurait pas eu de mal à le faire — ces mauviettes qui avaient passé leur vie aux crochets d'Obierika au lieu de travailler — seulement, bien sûr, elle aurait été bannie, et il n'y aurait eu personne pour s'occuper de son fils. Alors elle emmenait Anikwenwa faire de longues promenades, lui disait que la terre leur appartenait depuis ce palmier-ci jusqu'à ce plantain-là, que son grand-père l'avait transmise à son père. Elle lui répétait inlassablement les mêmes choses, malgré l'ennui et la perplexité qui se lisaient sur son visage, et ne lui permettait pas d'aller jouer au clair de lune si elle n'était pas là pour le surveiller.

Ayaju revint d'un voyage de commerce avec une nouvelle histoire : à Onicha, les femmes se plaignaient des Blancs. Elles avaient fait bon accueil au comptoir commercial des Blancs, mais à présent les Blancs voulaient leur dire comment commercer et quand les anciens d'Agueke, un clan d'Onicha, avaient refusé d'apposer le pouce sur un papier, les Blancs étaient revenus de nuit avec les hommes normaux qui leur servaient d'auxiliaires, et ils avaient rasé le village. Il n'en était rien resté. Nwamgba ne comprenait pas. Quel genre de fusils ces Blancs pouvaient-ils bien avoir ? En riant, Ayaju répondit que leurs fusils n'avaient rien à voir avec la pétoire rouillée que possédait son mari. Certains Blancs rendaient visite à différents clans et demandaient aux parents d'envoyer leurs enfants à l'école, et elle avait décidé d'y envoyer Azuka, le fils qui se montrait le plus paresseux à la ferme, parce qu'elle avait beau être riche et respectée, il n'en demeurait pas moins qu'elle était descendante d'esclave et que ses fils n'avaient pas le droit de porter des titres. Elle voulait qu'Azuka apprenne les coutumes de ces étrangers parce que si les uns dominaient les autres, ce n'était pas parce qu'ils avaient plus de valeur, mais parce qu'ils avaient de meilleurs fusils ; après tout, son propre père n'aurait pas été amené ici comme esclave si son clan était aussi bien armé que celui de Nwamgba. En écoutant son amie, Nwamgba rêvait de tuer les cousins d'Obierika avec les fusils des Blancs.

Le jour où les Blancs vinrent rendre visite à son clan, Nwamgba abandonna la marmite qu'elle allait mettre au four, prit Anikwenwa et ses apprenties et courut à la place du village. Elle fut d'abord déçue par l'aspect quelconque des deux Blancs ; ils avaient l'air inoffensif, la couleur des albinos et des membres fins et frêles. Leurs compagnons étaient des hommes normaux, mais eux aussi avaient quelque chose d'étranger et un seul d'entre eux parlait ibo, en plaçant bizarrement ses accents toniques. Il dit qu'il était originaire d'Elele ; les autres hommes normaux venaient de Sierra Leone, et les Blancs de France, de l'autre côté de la mer. Ils appartenaient à la congrégation du Saint-Esprit ; ils étaient arrivés à Onicha en 1885 et y construisaient leur école et leur église. Nwamgba fut la première à poser une question : Avaient-ils apporté leurs fusils, par hasard, ceux qui avaient servi à tuer les gens d'Agueke, et pouvait-elle en voir un ? L'homme répondit d'un ton malheureux que c'était les soldats du gouvernement britannique et les marchands de la Royal Niger Company qui détruisaient les villages ; eux, au contraire, étaient porteurs de bonnes nouvelles. Il parla de leur dieu, qui était venu au monde pour mourir, qui avait un fils mais pas de femme, qui était trois mais aussi un. Beaucoup de gens, autour de Nwamgba, rirent bruyamment. Certains s'en allèrent, parce qu'ils avaient imaginé que l'homme blanc serait un puits de sagesse. D'autres restèrent et offrirent des bols d'eau fraîche.

Quelques semaines plus tard, Ayaju rapporta une autre histoire : les Blancs avaient établi un tribunal à Onicha et ils y jugeaient les litiges. Ils s'installaient bel et bien. Pour la première fois, Nwamgba mit en doute les paroles de son amie. Les gens d'Onicha devaient avoir leurs propres tribunaux, quand même. Le clan voisin de celui de Nwamgba, par exemple, ne rendait justice que pendant la fête de l'igname nouveau, de sorte que la rancune des gens croissait pendant qu'ils attendaient le jugement. Un système idiot, estimait Nwamgba, mais enfin à chacun son système. Ayaju rit et lui dit à nouveau que les uns dominent les autres quand ils ont de meilleurs fusils. Son fils commençait déjà à apprendre ces coutumes étrangères, et peut-être qu'Anikwenwa devait s'y mettre lui aussi. Nwamgba refusa. Il était impensable que son fils unique, la prunelle de ses yeux, soit donné aux Blancs, si exceptionnels fussent leurs fusils.

Trois évènements, au cours des années qui suivirent, amenèrent Nwamgba à changer d'avis. Le premier fut que les cousins d'Obierika s'emparèrent d'un grand terrain et dirent aux anciens qu'ils le cultivaient pour elle, cette femme qui avait émasculé leur frère mort et qui refusait maintenant de se marier alors que des prétendants se présentaient et qu'elle avait encore les seins ronds. Les anciens prirent le parti des cousins. Le deuxième fut qu'Ayaju lui raconta l'histoire de deux personnes qui avaient soumis un litige portant sur une terre au tribunal des Blancs ; le premier homme mentait mais parlait la langue des Blancs, contrairement au second, propriétaire légitime du terrain, qui perdit le procès, se fit tabasser, enfermer en prison et sommer de céder sa terre. Le troisième évènement fut l'histoire d'Iroegbunam, le garçon qui avait disparu depuis de nombreuses années et refait soudain surface, à l'âge adulte, avec un récit qui avait causé un tel choc à sa mère, à présent veuve, qu'elle en était devenue muette : un voisin, que son père faisait souvent taire aux réunions de classe d'âge, l'avait enlevé pendant que sa mère était au marché et l'avait emmené chez les marchands d'esclaves aro, lesquels l'avaient toisé de la tête aux pieds et s'étaient plaints que sa blessure à la jambe allait diminuer son prix. Ensuite, lui et quelques autres avaient été ligotés par les mains pour former une longue colonne humaine ; on lui avait donné des coups de bâton et demandé de marcher plus vite. Il n'y avait qu'une seule femme parmi eux. Elle hurla à s'en casser la voix, disant aux ravisseurs qu'ils étaient sans cœur, que son esprit les tourmenterait eux et leurs enfants, qu'elle savait qu'elle allait être vendue à l'homme blanc, et ignoraient-ils que l'esclavage de l'homme blanc était très différent, que les gens étaient traités comme des chèvres, emmenés très loin dans de grands bateaux et, pour finir, mangés ? Iroegbunam marcha, marcha, marcha, les pieds en sang, le corps engourdi, avec juste un peu d'eau qu'on lui versait dans la bouche de temps en temps, jusqu'au point où la seule chose dont il se souviendrait plus tard, c'était l'odeur de la poussière. Ils finirent par s'arrêter dans un clan de la côte où il y avait un homme qui parlait un ibo presque incompréhensible, toutefois Iroegbunam reconnut assez de mots pour comprendre qu'un autre homme, qui était censé vendre les captifs aux Blancs du bateau, était monté à bord pour marchander avec les Blancs mais s'était fait enlever à son tour. Il y eut des disputes violentes, de la bagarre ; certains captifs tirèrent sur les cordes et Iroegbunam s'évanouit. Quand il se réveilla, un Blanc lui massait les pieds avec de l'huile et, au début, il fut terrifié, tout persuadé qu'il était que le Blanc le préparait pour son dîner. Mais c'était un Blanc d'une espèce différente, un missionnaire qui achetait des esclaves dans le seul but de les libérer, et il recueillit Iroegbunam chez lui et en fit un missionnaire chrétien.

Nwamgba était obsédée par l'histoire d'Iroegbunam parce que c'était là, elle le savait, la façon dont les cousins risquaient de se débarrasser de son fils. Le tuer était trop dangereux, le risque de malheurs infligés par l'oracle trop élevé, en revanche ils pouvaient le vendre, du moment qu'ils avaient un médicament fort pour se protéger. Elle était frappée, aussi, d'entendre

Iroegbunam repasser dans la langue du Blanc de temps à autre. Celle-ci était nasale et dégoûtante. Nwamgba n'avait aucune envie de parler un truc pareil, en ce qui la concernait, mais elle décida soudain qu'Anikwenwa la maîtriserait suffisamment pour traduire les cousins d'Obierika en justice au tribunal des Blancs, les vaincre et reprendre possession de ce qui lui revenait. Aussi, peu après le retour d'Iroegbunam, elle dit à Ayaju qu'elle voulait envoyer son fils à l'école.

Ils allèrent d'abord à la mission anglicane. Il y avait plus de filles que de garçons dans la salle de classe — quelques garçons s'y aventuraient par curiosité, avec leur lance-pierres, puis ressortaient. Les élèves étaient assis, une ardoise sur les genoux, tandis que le professeur, debout devant eux une grande badine à la main, leur racontait l'histoire d'un homme qui transformait un bol d'eau en vin. Nwamgba fut impressionnée par les lunettes du professeur, et elle se dit que l'homme de l'histoire devait avoir une médecine plutôt puissante, pour pouvoir transformer de l'eau en vin. Mais lorsque les filles furent mises à part et qu'une enseignante vint leur donner un cours de couture, Nwamgba trouva ça idiot ; dans son clan, les filles apprenaient la poterie tandis que la couture était une affaire d'hommes. Cependant, ce qui acheva de la détourner de cette école, ce fut que les cours étaient prodigués en ibo. Elle demanda pourquoi au premier professeur. Il dit qu'on enseignait l'anglais aux enfants, bien sûr — il lui montra le manuel d'anglais —, mais que les enfants assimilaient mieux dans leur langue maternelle et que les enfants du pays des hommes blancs étaient instruits dans leur langue maternelle, eux aussi. Nwamgba s'apprêta à partir. Le professeur lui barra le chemin et lui dit que les missionnaires catholiques étaient sévères et n'avaient pas l'intérêt des indigènes à cœur. Nwamgba les trouvait amusants, ces étrangers qui ne savaient pas que l'on doit présenter une image d'unité devant des inconnus. Mais elle était venue en quête d'anglais, aussi passa-t-elle devant l'homme et se rendit-elle à la mission catholique.

Le père Shanahan lui dit qu'Anikwenwa allait devoir prendre un nom anglais, car il n'était pas possible d'être baptisé avec un nom païen. Elle accepta facilement. Pour elle il s'appelait Anikwenwa ; s'ils voulaient lui donner un nom imprononçable avant de lui enseigner leur langue, ça ne la dérangeait nullement. Tout ce qui comptait, c'était qu'il maîtrise suffisamment cette langue pour pouvoir combattre les cousins de son père. Le père Shanahan regarda Anikwenwa, enfant musclé à la peau sombre, et lui donna dans les douze ans, même s'il avait du mal à estimer l'âge de ces gens-là ; ici, un garçon pouvait avoir un physique d'homme, pas du tout comme en Afrique de l'Est, où il avait travaillé précédemment et où, dans l'ensemble, les indigènes étaient minces, sans cette musculature développée qui prêtait à confusion. Il versa de l'eau sur la tête du garçon, en disant : « Michael, je te baptise au nom du Père, du Fils et du Saint-Esprit. »

Il donna au garçon un maillot de corps et un short car dans le peuple du Dieu vivant, on ne se promenait pas tout nu, et il essaya de prêcher à la mère, mais elle le regarda comme s'il était un gamin qui avait encore beaucoup à apprendre. Elle avait une sorte d'assurance troublante qu'il avait vue chez beaucoup de femmes, ici ; il y avait un tel potentiel à exploiter, si l'on parvenait à dompter leur sauvagerie. Cette Nwamgba ferait une missionnaire merveilleuse auprès des femmes. Il la regarda s'éloigner. Elle marchait le dos droit, avec grâce, et contrairement aux autres, elle n'avait pas passé trop de temps en circonvolutions verbales. Ça l'exaspérait, leur façon de parler interminablement et par proverbes sibyllins, sans jamais en venir au fait, mais il était résolu à se distinguer, ici ; c'était la raison pour laquelle il était entré dans la congrégation du Saint-Esprit, dont la vocation particulière était la rédemption des païens noirs.

Nwamgba s'alarma en découvrant que les missionnaires fouettaient leurs élèves pour un oui ou pour un non — quand ils étaient en retard, quand ils étaient paresseux, quand ils étaient lents, quand ils étaient oisifs. Et une fois, comme le lui raconta Anikwenwa, le père Lutz avait mis des menottes en métal aux poignets d'une fille pour lui apprendre à mentir, en répétant en ibo — car le père Lutz parlait un ibo de guingois — que les parents indigènes choyaient trop leurs enfants, que l'enseignement de l'Évangile passait par l'enseignement d'une bonne discipline. Le premier week-end où Anikwenwa rentra à la maison, Nwamgba vit de méchantes zébrures sur son dos. Elle serra son lappa autour de sa taille et se rendit à l'école. Elle dit au professeur qu'elle arracherait les yeux de tous les membres de la mission si jamais ils lui refaisaient une chose pareille. Elle savait qu'Anikwenwa ne voulait pas aller à l'école et elle lui disait que c'était seulement pour un an ou deux, le temps qu'il apprenne l'anglais, et bien que les gens de la mission lui eussent dit de ne pas venir aussi souvent, elle se présentait systématiquement le week-end pour le ramener à la maison. Anikwenwa retirait toujours ses vêtements avant même d'être sorti de la concession de la mission. Il avait horreur du short et de la chemisette qui le faisaient transpirer, du tissu qui le grattait aux aisselles. Il avait aussi horreur de partager sa classe avec des hommes âgés et de rater des concours de lutte.

Peut-être est-ce parce qu'il commença à remarquer les regards admiratifs que lui valaient ses vêtements au sein du clan, toujours est-il qu'Anikwenwa changea peu à peu d'attitude envers l'école. Nwamgba s'en rendit compte pour la première fois lorsque certains garçons avec qui il balayait la place du village se plaignirent qu'il ne faisait plus sa part parce qu'il était à l'école, et qu'Anikwenwa dit quelque chose en anglais, une réplique mordante qui les fit taire et emplit

Nwamgba d'une fierté indulgente. Sa fierté se mua en vague inquiétude quand elle remarqua qu'il avait moins de curiosité dans les yeux. Il y avait chez lui une solennité nouvelle, comme s'il se trouvait soudain chargé du poids d'un monde trop lourd. Il regardait les choses trop longuement. Il cessa de manger la cuisine de sa mère parce que, disait-il, elle avait été sacrifiée aux idoles. Il lui dit de nouer son lappa autour de sa poitrine et non plus autour de sa taille parce que sa nudité était un péché. Elle le regarda, amusée par son sérieux mais inquiète néanmoins, et lui demanda pourquoi il remarquait maintenant seulement sa nudité.

Quand vint le temps de sa cérémonie d'*ima mmuo*, il dit qu'il n'y participerait pas car c'était une coutume païenne d'initier les garçons au monde des esprits, une coutume qui selon le père Shanahan allait devoir disparaître. Nwamgba lui tira brutalement l'oreille et lui dit que ce n'était pas à un étranger albinos de déterminer quand leurs coutumes devaient changer, en conséquence de quoi tant que le clan lui-même ne décidait pas que l'initiation devait cesser, il y participerait, ou alors il devrait lui dire s'il était son fils à elle ou celui de l'homme blanc. Anikwenwa accepta à contrecœur, mais lorsqu'un groupe de garçons l'entraîna, elle remarqua qu'il ne partageait pas leur excitation. Sa tristesse l'attrista. Elle sentait son fils lui échapper, pourtant elle était fière qu'il apprenne tant de choses, qu'il puisse devenir interprète au tribunal ou écrivain public, et qu'avec l'aide du père Lutz il ait rapporté à la maison des documents montrant que leurs terres leur appartenaient, à lui et à sa mère. Le plus grand moment de fierté de Nwamgba fut lorsqu'il alla chez ses cousins paternels Okafo et Okoye, et réclama la défense en ivoire de son père. Et qu'ils la lui rendirent.

Nwamgba savait que son fils habitait maintenant un espace mental qui lui était étranger. Il lui dit qu'il allait partir à Lagos pour apprendre à être professeur et, alors même qu'elle hurlait — Comment peux-tu me laisser ? Qui va m'enterrer quand je mourrai ? —, elle savait qu'il partirait. Elle ne le vit pas pendant de longues années, années durant lesquelles mourut son cousin paternel Okafo. Elle consultait souvent l'oracle pour savoir si Anikwenwa était encore en vie ; le *dibia* la réprimandait et la renvoyait chez elle, car bien sûr qu'il était en vie. Enfin, Anikwenwa revint, l'année où le clan interdit tous les chiens après que l'un d'eux eut tué un membre de la classe d'âge de Mmangala, la classe d'âge à laquelle Anikwenwa aurait appartenu s'il ne disait pas que ces choses-là étaient diaboliques.

Nwamgba ne dit rien quand il annonça qu'il avait été nommé catéchiste à la nouvelle mission. Elle aiguisait son *aguba* dans la paume de sa main, s'apprêtant à dessiner des motifs dans les cheveux d'une petite fille, et continua — *tic, tic, tic* — pendant qu'Anikwenwa lui parlait de gagner des âmes au sein de leur clan. L'assiette de graines de fruit à pain qu'elle lui avait offerte était intacte — il ne mangeait plus rien qui vînt d'elle — et elle le regarda, cet homme qui portait un pantalon et un chapelet autour du cou, en se demandant si elle avait dévié son destin. Était-ce cela que son chi avait tracé pour lui, cette vie où il agissait comme quelqu'un qui s'applique à jouer une étrange comédie ?

Le jour où il lui parla de la femme qu'il allait épouser, elle n'en fut pas étonnée. Il ne fit pas comme on devait faire ; il ne consulta personne pour poser des questions sur la famille de la mariée, mais il se contenta de dire que quelqu'un de la mission avait vu une jeune femme convenable originaire d'Ifite Ukpo et que la jeune femme convenable serait envoyée chez les sœurs du Saint-Rosaire à Onicha pour apprendre à devenir une bonne épouse chrétienne. Nwamgba, qui souffrait d'une crise de paludisme ce jour-là et frottait ses articulations endolories, allongée sur son lit en terre battue, demanda à Anikwenwa le nom de la jeune femme. Agnes, répondit Anikwenwa. Nwamgba demanda le nom véritable de la jeune femme. Anikwenwa s'éclaircit la gorge et dit qu'elle se nommait Mgbeke avant de devenir chrétienne, et Nwamgba demanda si Mgbeke ferait au moins la cérémonie de la confession, même si Anikwenwa ne suivait pas les autres rituels de mariage de leur clan. Il secoua la tête avec colère et lui dit que cette confession de l'épouse avant son mariage où elle jurait, entourée des femmes de sa famille, qu'aucun homme ne l'avait touchée depuis que son mari avait déclaré son intérêt pour elle était un péché parce que les épouses chrétiennes ne devaient pas avoir été touchées *du tout*.

La cérémonie du mariage à l'église fut aussi étrange que risible, mais Nwamgba l'endura en silence et se dit qu'elle ne tarderait pas à mourir et qu'elle rejoindrait Obierika et serait libérée de ce monde qui était de plus en plus absurde. Elle était bien décidée à détester l'épouse de son fils, mais Mgbeke était difficile à détester ; elle avait la taille fine et elle était douce, elle ne demandait qu'à faire plaisir à l'homme qu'elle avait épousé, ne demandait qu'à faire plaisir à tout le monde, avait la larme facile et s'excusait de choses qui ne dépendaient pas d'elle. Alors, à la place, Nwamgba la prit en pitié. Mgbeke rendait souvent visite à Nwamgba en larmes ; elle lui racontait qu'Anikwenwa avait refusé de dîner parce qu'il était fâché contre elle, ou qu'Anikwenwa lui avait interdit d'aller au mariage anglican d'une amie parce que les anglicans ne prêchaient pas la vérité, et Nwamgba gravait en silence des motifs sur ses poteries en écoutant Mgbeke pleurer, ne sachant pas trop comment s'y prendre avec une femme qui pleurait pour des choses qui n'en valaient pas les larmes.

Tout le monde appelait Mgbeke « missus », même les non-chrétiens qui respectaient tous la femme du catéchiste, mais le jour où elle alla à la rivière Oyi et refusa de se déshabiller parce qu'elle était chrétienne, les femmes du clan, scandalisées qu'elle ait osé manquer de respect à la déesse, la frappèrent et la jetèrent dans le bosquet. La nouvelle circula vite. Missus s'était fait malmener. Anikwenwa menaça de jeter en prison tous les anciens du clan si jamais sa femme était à nouveau traitée de la sorte, mais à son passage suivant, le père O'Donnell, qui venait à pied de son comptoir d'Onicha, rendit visite aux anciens et s'excusa au nom de Mgbeke puis demanda si, éventuellement, les chrétiennes pouvaient être autorisées à aller chercher de l'eau tout habillées. Les anciens refusèrent — si on voulait les eaux d'Oyi, il fallait suivre les règles d'Oyi — mais ils furent courtois envers le père O'Donnell, lequel les écouta et ne se comporta pas comme leur propre fils, Anikwenwa.

Nwamgba avait honte de son fils, elle était agacée par son épouse et irritée par la vie tellement étroite qu'ils menaient tous les deux, traitant les non-chrétiens comme s'ils avaient la petite vérole, mais elle gardait bon espoir d'avoir un petit-fils ; elle priait et faisait des sacrifices pour que Mgbeke ait un fils, parce que ce serait Obierika revenu en lui et que cela ramènerait un semblant de sens dans son univers. Elle ne sut rien de la première fausse couche de Mgbeke ni de la deuxième ; ce n'est qu'à la troisième que Mgbeke lui en parla, en reniflant et en se mouchant. Il fallait consulter l'oracle puisque c'était un malheur de famille, dit Nwamgba, mais la peur écarquilla les yeux de Mgbeke. Michael serait très fâché si jamais il avait connaissance de cette suggestion.

Nwamgba, qui avait toujours du mal à se souvenir que Michael était Anikwenwa, alla elle-même voir l'oracle, et se dit ensuite que c'était vraiment ridicule — même les dieux avaient changé, ils ne demandaient plus du vin de palme, mais du gin. S'étaient-ils convertis, eux aussi ?

Quelques mois plus tard, Mgbeke lui rendit visite, toute souriante, avec un bol d'une de ces mixtures que Nwamgba trouvait immangeables, et Nwamgba comprit que son chi était encore bien réveillé et que sa belle-fille était enceinte. Anikwenwa avait décrété que son épouse accoucherait à la mission d'Onicha, mais les dieux en voulaient autrement car elle commença son travail avant terme, par une après-midi pluvieuse ; quelqu'un courut sous l'averse chercher Nwamgba dans sa case. C'était un garçon. Le père O'Donnell le baptisa Peter, mais Nwamgba l'appelait Nnamdi car elle croyait que c'était Obierika revenu en lui. Elle lui chantait des chansons, et quand il pleurait elle enfonçait son mamelon desséché dans sa bouche, mais, malgré tous ses efforts, elle ne retrouvait pas en lui l'esprit de son splendide mari Obierika. Mgbeke fit trois fausses couches de plus et Nwamgba alla à de nombreuses reprises chez l'oracle avant qu'une grossesse tienne bon et que naisse le deuxième bébé, cette fois-ci à la mission d'Onicha. Une fille. Dès l'instant où Nwamgba la tint dans ses bras et où le bébé riva sur elle le regard délicieux de ses yeux vifs, elle sut que c'était l'esprit d'Obierika qui était revenu. Étrange, de revenir dans une fille, mais qui pouvait prédire les choix des ancêtres ? Le père O'Donnell la baptisa Grace, mais Nwamgba l'appelait Afamefuna, « Mon nom ne sera pas perdu ». Elle était enchantée de l'intérêt solennel de la gamine pour ses poèmes et ses histoires, du regard attentif de l'adolescente quand elle luttait pour faire de la poterie avec des mains qui s'étaient mises à trembler depuis peu. Mais Nwamgba ne fut pas enchantée qu'Afamefuna doive partir en pension pour son secondaire (Peter vivait déjà chez les pères à Onicha), parce qu'elle craignait que le mode de vie de là-bas ait raison de l'esprit combatif de sa petite-fille et le remplace par une rigidité dénuée de toute curiosité, comme chez Anikwenwa, ou alors par un désarroi mou, comme chez Mgbeke.

L'année où Afamefuna partit faire son collège à Onicha, Nwamgba eut l'impression qu'on avait éteint une lampe par une nuit sans lune. Ce fut une année étrange, l'année où l'obscurité s'abattit soudain sur la terre en pleine après-midi, et quand Nwamgba sentit la douleur au cœur de ses articulations, elle sut que sa fin était proche. Elle suffoquait, allongée sur son lit, tandis qu'Anikwenwa la suppliait de se faire baptiser et de recevoir l'onction pour pouvoir lui faire des obsèques chrétiennes, puisqu'il ne pouvait pas prendre part à une cérémonie païenne. Nwamgba lui dit que s'il avait l'audace de faire venir quelqu'un pour l'enduire d'huile crasseuse, elle rassemblerait ses dernières forces pour gifler la personne. Tout ce qu'elle souhaitait, c'était voir Afamefuna avant de rejoindre les ancêtres, mais Anikwenwa dit que Grace passait des examens à l'école et ne pouvait pas rentrer. Mais elle vint. Nwamgba entendit sa porte grincer et vit devant elle Afamefuna, sa petite-fille qui était venue d'elle-même d'Onicha parce qu'elle n'arrivait pas à dormir depuis plusieurs jours, que son esprit agité la pressait de rentrer à la maison. Grace posa son cartable, dans lequel se trouvait son manuel dont un chapitre s'intitulait « La pacification des tribus primitives du sud du Nigeria », écrit par un ancien administrateur originaire du Worcestershire qui avait vécu sept ans parmi elles.

C'était Grace qui ferait des lectures sur ces sauvages, intriguée par leurs coutumes curieuses et dénuées de sens, sans y voir de lien avec elle-même jusqu'au jour où son professeur, sœur Maureen, lui dirait qu'elle ne pouvait pas qualifier de poésie les jeux d'appel et réponse que sa grand-mère lui avait enseignés, parce que les tribus primitives n'avaient pas de poésie. C'était Grace qui rirait si fort que sœur Maureen l'enverrait en consigne puis appellerait son père, lequel giflerait Grace devant les professeurs pour leur montrer comme il était sévère avec ses enfants. C'était Grace qui nourrirait un profond mépris pour son père pendant des années, qui s'engagerait comme domestique à Onicha pendant ses vacances pour éviter les propos moralisateurs et les certitudes austères de ses parents et de son frère. Grace qui, après le lycée, serait institutrice à Agueke, où les gens racontaient des histoires sur la destruction de leur village par les fusils des Blancs il y avait de cela des années, histoires qu'elle ne croyait qu'à moitié car ils racontaient aussi des histoires de sirènes surgissant du fleuve Niger avec des liasses de billets neufs à la main. Grace qui, alors qu'elle compterait parmi les rares femmes au University College d'Ibadan en 1950, changerait de dominante, passant de la chimie à l'histoire, après avoir entendu l'histoire de M. Gboyega en prenant le thé chez une amie. L'éminent M. Gboyega, Nigérian à la peau couleur chocolat, formé à Londres et grand spécialiste de l'histoire de l'Empire britannique, avait démissionné, ulcéré, quand le Conseil des examens d'Afrique de l'Ouest avait évoqué la possibilité d'inclure l'histoire de l'Afrique dans le programme scolaire, consterné qu'il était qu'on pût considérer l'histoire africaine comme un sujet d'études. Grace réfléchirait longuement à cette histoire, avec une grande tristesse, et elle en viendrait à établir un lien très clair entre éducation et dignité, entre les faits évidents et tangibles qui sont imprimés dans les livres, et ceux, doux et subtils, qui se déposent dans les âmes. Ce serait Grace qui remettrait sa propre éducation en perspective — avec quel entrain elle avait chanté, le Jour de l'Empire : « Dieu bénisse notre gracieux souverain. Qu'il lui donne victoire, bonheur et gloire. Puisse-t-il régner longtemps sur nous » ; la perplexité dans laquelle l'avaient plongée, dans ses manuels, des noms de choses comme « papier peint » ou « pissenlits », qu'elle était incapable de se représenter ; le mal que lui avaient donné des problèmes d'arithmétique portant sur des mélanges, car qu'est-ce que c'était que le café, et qu'est-ce que c'était que la chicorée, et pourquoi fallait-il les mélanger ? C'était Grace qui remettrait en perspective l'éducation de son père, puis se précipiterait à la maison pour le voir, à présent vieux et les yeux larmoyants, pour lui dire qu'elle n'avait pas reçu toutes ces lettres qu'elle avait ignorées, pour répondre « Amen » à ses prières, appuyer les lèvres sur son front. C'était Grace qui, passant en voiture devant Agueke sur le chemin du retour, resterait hantée par l'image d'un village détruit et irait à Londres, Paris et Onicha, éplucherait des dossiers d'archives moisis, réimaginant les vies et les odeurs du monde de sa grand-mère, pour le livre qu'elle intitulerait *La Pacification par les balles : reconquête de l'histoire du Nigeria du Sud*. C'était Grace qui, discutant de la première version de son manuscrit avec son fiancé, George Chikadibia — élégant, diplômé du Kings College de Lagos, futur ingénieur, adepte du costume trois pièces, un spécialiste des danses de salon qui aimait dire qu'un lycée sans latin, c'était comme une tasse de thé sans sucre —, Grace qui comprendrait que leur mariage ne tiendrait pas quand George lui dirait qu'elle faisait fausse route en écrivant sur la culture primitive, au lieu de choisir un sujet valable comme les alliances africaines sous la tension américano-soviétique. Ils divorceraient en 1972, non à cause des quatre fausses couches qu'aurait subies Grace, mais parce qu'elle se réveillerait en sueur, une nuit, et se rendrait compte qu'elle l'étranglerait s'il lui fallait entendre un énième monologue extatique sur ses années à Cambridge. C'était Grace, lorsqu'elle recevrait des prix universitaires, qu'elle parlerait à des congrès devant des assemblées aux visages graves des peuples ijaw, ibibio, ibo et efik du Nigeria du Sud, qu'elle écrirait pour des organisations internationales des rapports qui relevaient du simple bon sens mais pour lesquels elle serait généreusement payée, Grace qui imaginerait sa grand-mère regardant tout cela avec beaucoup d'amusement et pouffant de rire. C'était Grace qui, se sentant étrangement déracinée vers la fin de sa vie, entourée de ses distinctions, de ses amis, des roses sans pareilles de son jardin, se rendrait au tribunal de Lagos et changerait officiellement son prénom, abandonnant Grace pour Afamefuna.

Mais ce jour-là, assise au chevet de sa grand-mère dans la lumière du soir qui décline, Grace ne pense pas à son avenir. Elle tient simplement la main de sa grand-mère, à la paume durcie par des années de poterie.

Remerciements

Merci à Sarah Chalfant, Robin Desser et Mitzi Angel.

Les histoires suivantes ont été publiées précédemment : « Jumping Monkey Hill » dans *Granta 95 : Loved Ones*, « On Monday of Last Week » dans *Granta 98 : The Deep End*, « The Arrangers of Marriage » sous le titre « New Husband » dans *Iowa Review*, « Cell One » et « The Headstrong Historian » dans *The New Yorker*, « Imitation » dans *Other Voices*, « The American Embassy » dans *Prism International*, « The Thing Around Your Neck » dans *Prospect 99*, « Tomorrow Is Too Far » dans *Prospect 118*, « A Private Experience » dans *Virginia Quarterly Review* et « Ghosts » dans *Zoetrope : All-Story*. « The American Embassy » a également paru dans *The O. Henry Prize Stories 2003*, recueil établi sous la direction de Laura Furman (Anchor Books, 2003).

Cellule Un	11
Imitation	39
Une expérience intime	67
Fantômes	87
Lundi de la semaine dernière	113
Jumping Monkey Hill	143
Autour de ton cou	171
L'ambassade américaine	189
Le tremblement	209
Les marieuses	243
Demain est trop loin	269
L'historienne obstinée	285

DU MÊME AUTEUR

Aux Éditions Gallimard

L'AUTRE MOITIÉ DU SOLEIL, Folio n° 5093

AUTOUR DE TON COU, Folio n° 5863

AMERICANAH

Aux Éditions Anne Carrière

L'HIBISCUS POURPRE

Composition CMB
Achevé d'imprimer le 3 août 2015
par l'Imprimerie, Novoprint à Barcelone
Dépôt légal : août 2015
Premier dépôt légal dans la collection : décembre 2014

ISBN : 978-2-07-046231-5 / Imprimé en Espagne.

293664